Birgitt Umbach

Lillian O'Donnell

Erst die Liebe, dann der Tod

Scherz
Bern   München   Wien

Einzig berechtigte Übertragung aus dem Amerikanischen
von Mechtild Sandberg
Titel des Originals: »A Private Crime«
Schutzumschlag von Heinz Looser
Foto: Thomas Cugini

1. Auflage 1995, ISBN 3-502-51511-5
Copyright © 1991 by Lillian O'Donnell
Alle deutschsprachigen Rechte beim Scherz Verlag Bern und München
Gesamtherstellung: Ebner Ulm

Prolog

»Tag und Nacht demonstrieren sie mit Plakaten und Sprechchören vor dem Haus. Sie wollen den Jungen und seine Familie aus dem Haus vertreiben, und Ihre Beamten tun nichts!« Bernard Yosts Stimme war so emotionsgeladen, als plädierte er bereits vor den Geschworenen.

»Wir sind jeder Beschwerde nachgegangen«, entgegnete Captain Emanuel Jacoby milde und blätterte dabei in dem Bericht, den er vor sich liegen hatte.

»Ja, natürlich. Der Form halber. Ihre Leute kommen. Sie lösen die Demonstration auf und schicken alle nach Hause. Dann verschwinden sie wieder. Und sobald sie weg sind, kommen die Leute zurück und fangen von neuem an.«

Manny Jacoby breitete hilflos die wohlgepolsterten Hände aus. »Was schlagen Sie vor?«

»Sie könnten die Demonstranten einsperren, zum Beispiel wegen Erregung öffentlichen Ärgernisses.«

Jacoby, Leiter des zwanzigsten Reviers, warf einen Blick zu Lieutenant Mulcahaney hinüber, die die Abteilung vier des Morddezernats leitete, eine der übergeordneten Einheiten, die in der Dienststelle in der 82. Straße untergebracht waren. Sie sagte nichts, sondern begnügte sich damit, den unerschütterlichen Gleichmut des Captain zu bewundern.

»Ich soll ein ganzes Viertel einsperren?« fragte er.

»Wenn es nicht anders geht!« versetzte der Anwalt heftig. »Es sei denn, Sie sind sich nicht sicher, daß Ihre Leute so einer Aufgabe gewachsen sind«, fügte er hinzu und wußte, als er sah, wie Jacobys Gesicht sich verfinsterte, daß er zu weit gegangen war. Statt noch etwas zu sagen, öffnete er seine Aktentasche, entnahm ihr ein zerknittertes Blatt Papier, glättete es und legte es dem Captain hin.

»Das war um einen Stein gewickelt und wurde bei den Hites durchs Fenster geworfen.«

»Verschwindet, ihr Söhne des Teufels! Geschmeiß! Ihr gehört in die Hölle. Und wenn ihr nicht freiwillig geht, befördern wir euch dorthin. Brennen sollt ihr!«

»Für mich heißt das, sie haben vor, das Haus in Brand zu stecken«, sagte Yost.

Jacoby hielt Norah Mulcahaney das Blatt Papier hin. Sie nahm es, las und reichte es zurück, ohne eine Miene zu verziehen.

»Und was wollen Sie da unternehmen?«

»Was hätten Sie denn gern?« fragte Jacoby.

»Mindestens können Sie das Haus bewachen lassen.«

Jacoby antwortete nicht gleich. Die Stille in dem kleinen, überheizten Büro wurde durch die geräuschvolle Betriebsamkeit im benachbarten Dienstraum noch betont. Obwohl es schien, als zöge Captain Jacoby den Vorschlag des Anwalts ernsthaft in Betracht, glaubte Norah nicht, daß er das tat. Zwar war es nichts Ungewöhnliches, einem Verdächtigen Polizeischutz zu gewähren, doch in diesem Fall fand sie die Vorstellung absurd und glaubte, Manny Jacoby gut genug zu kennen, um zu wissen, daß es ihm genauso ging.

»Wenn Sie um die Sicherheit Ihres Mandanten fürchten«, sagte Jacoby schließlich, »warum überreden Sie ihn dann nicht, sich zu stellen?«

»Weil er unschuldig ist. Weil er es nicht getan hat«, versetzte Yost selbstsicher und ging nun Norah, die die Ermittlungen im Fall Hite leitete und die er bis jetzt ignoriert hatte, direkt an. »Sie können ihm nichts nachweisen. Sie hoffen doch nur, daß die Demonstrationen der Nachbarn meinen Mandanten dazu treiben werden, aus Angst ein Geständnis abzulegen.«

Norah Mulcahaney war neununddreißig Jahre alt, seit zwölf Jahren bei der Polizei. Nach ihren ersten zwei Dienstjahren war sie vom Streifendienst bereits zur Mordkommission versetzt – das an sich schon eine ungewöhnliche Leistung darstellte – und kurz danach zum Sergeant befördert worden. Abgesehen von einer kurzen Periode, während der sie ein Sonderdezernat zur Aufdeckung von Verbrechen an alten Bürgern gebildet und geleitet hatte, war sie während ihrer ganzen Laufbahn bei der Mordkommission tätig gewesen. Vor zwei Jahren, als sie die Prüfung zum Lieutenant bestanden hatte, hatte man ihr die Abteilung Nummer vier übergeben.

Sie war groß, einen Meter sechsundsiebzig ohne Schuhe, und

ihre Haltung verriet eine ruhige Selbstsicherheit. Sie hatte es nicht nötig, Aufmerksamkeit zu erregen, und kleidete sich daher vor allem zweckmäßig, schminkte sich kaum, trug das glänzende, dunkelbraune Haare meist streng zurückgekämmt und im Nacken gebunden. Erste Fältchen zeigten sich auf ihrer Stirn und rund um die tiefblauen Augen, aber sie waren noch schwach und taten ihrem schönen Teint keinen Abbruch.

Norah Mulcahaney war eine Frau mit starken Überzeugungen und bekannt dafür, daß sie kein Blatt vor den Mund nahm. Doch sie wohnte diesem Gespräch auf Manny Jacobys Wunsch nur als Beobachterin bei und wollte nichts sagen, solange er sie nicht dazu aufforderte. Sie schwieg daher und zeigte nichts von dem, was in ihr vorging.

Sie war zornig, empört und tief bekümmert. Sie hatte den Eindruck, daß die Morde nicht nur an Zahl wuchsen, sondern auch immer grausamere und menschenverachtendere Dimensionen annahmen. Dieser Fall war besonders erschreckend; er gehörte zum Schlimmsten, was sie erlebt hatte.

Anfangs waren die Ermittlungen gut vorangeschritten. Unmittelbar nachdem die Mutter des Opfers ihren neunjährigen Sohn Pepe als vermißt gemeldet hatte, war eine Suchaktion eingeleitet worden, und man hatte den Jungen sehr bald in dem Mietshaus gefunden, in dem er gewohnt hatte – tot und verstümmelt. Die Leiche war zerstückelt, die einzelnen Teile in schwarzen Müllsäcken verstaut worden, die man zur Abholung bereitgestellt hatte. Norah und ihre Leute brauchten nicht lange, um auf den einzigen Verdächtigen zu stoßen, Raymond Hite, einen Vierzehnjährigen, der im selben Haus wohnte. Seine Eltern beantragten Prozeßkostenbeihilfe und bekamen Bernard Yost als Anwalt zugeteilt. Auf seinen Rat hin weigerte sich der junge Hite fortan, mit der Polizei zu sprechen.

Das beharrliche Schweigen des Jungen legte die Bemühungen der Polizei lahm. Norah Mulcahaney gab es zu. Es gab keine unmittelbaren Beweise, die es gestatteten, eine Verbindung zwischen Hite und dem Opfer herzustellen; die Polizei konnte also nichts mehr tun. Seit nunmehr fünf Tagen war das Verbrechen von den Medien nicht mehr erwähnt worden. Der Fall, obwohl noch lange nicht abgeschlossen, schien dazu bestimmt, in der Versenkung zu verschwinden.

»Ich verlange Schutz für meinen Mandanten – für den Jungen und für seine Eltern.« Yost wandte sich diesmal an Jacoby und Norah.

Norah warf Manny Jacoby einen Blick zu, und der nickte.

»Machen Sie sich keine Sorgen, Herr Rechtsanwalt«, sagte sie, »wir werden dafür sorgen, daß ihm nichts passiert. Wir werden ihn nämlich jetzt abholen.«

Das war nicht die Art von Schutz, um die er gekämpft hatte. »Warum? Aufgrund welcher Beweise? Wegen des Crack?«

Bei der Durchsuchung der Wohnung des Verdächtigen hatte man in Raymond Hites Schrank eine geringfügige Menge Crack und die Pfeife, um es zu rauchen, gefunden und beides routinemäßig ins Labor geschickt.

»Wenn Sie ihn wegen Drogenbesitzes verhaften wollen, bitte sehr. Sie wissen selbst, wie schnell ich ihn da wieder heraus haben werde.«

»Darum geht es auch gar nicht«, entgegnete Norah ruhig.

»Worum dann? Sie haben keinerlei Beweis dafür, daß zwischen Hite und dem Opfer je körperlicher Kontakt bestand.«

»Doch, jetzt haben wir ihn«, sagte sie.

»Wieso? Was haben Sie denn?«

Manny Jacoby schaltete sich ein. »Das werden wir Sie zu gegebener Zeit wissen lassen.«

Yost runzelte irritiert die Stirn. Er überlegte. »Lassen Sie mich mit dem Jungen und seinen Eltern sprechen, dann können wir vereinbaren, wann und wo er sich der Polizei freiwillig stellt.«

Ein paar Tropfen Speichel waren das Beweismittel, aufgrund dessen der Junge verhaftet werden würde. Der Mörder hatte seinem Opfer ins Gesicht gespien, nachdem er es getötet hatte. Ein sorgfältiger Amtsarzt hatte den getrockneten Speichel auf der linken Wange des Kindes entdeckt und mit Hilfe der scheinbar belanglosen Crackpfeife und moderner DNA-Untersuchungen festgestellt, daß der Speichel von Raymond Hite stammte. Das gemeine Verbrechen war unter dem Einfluß von Crack verübt worden.

»Dazu ist es jetzt zu spät«, erwiderte Jacoby dem Anwalt und nickte Norah zu.

Sie stand auf und ging zur Tür. Vor Crack-Zeiten, dachte sie, wäre dieses Verbrechen wie so viele andere gar nicht begangen worden.

1

Es war Samstag, der neunundzwanzigste April. Den New Yorkern stand ein Wochenende der Festlichkeiten zur Feier des zweihundertjährigen Jubiläums der Amtseinführung George Washingtons als Präsident der Vereinigten Staaten bevor. Am Vormittag sollte eine große Schiffsparade stattfinden, danach ein glänzendes Bankett in Gracie Mansion, dem Amtssitz des Bürgermeisters von New York, und am Abend schließlich ein spektakuläres Feuerwerk auf dem East River, nahe der Wallstreet, wo vor zweihundert Jahren George Washington gelandet war.

Auch private Feiern waren geplant, vom schlichten Picknick bis zur üppigen Party – Regen drohte, aber das konnte die allgemeine Begeisterung nicht dämpfen. Norah hatte vor, den Abend mit Randall Tye zu verbringen. Der bekannte Fernsehmann, Talkmaster und Nachrichtenmoderator, hätte zu jeder der öffentlichen Veranstaltungen gehen können, doch mit Rücksicht auf den sehr privaten Charakter ihrer Freundschaft hatte er Norah zusammen mit einigen wenigen guten Freunden zum Grillen auf seiner Dachterrasse eingeladen, von wo man auch das Feuerwerk würde sehen können. Sie freute sich auf den Abend.

Tatsächlich dachte sie in letzter Zeit viel an Randall. Er begann, in ihrem Leben eine immer bedeutendere Rolle zu spielen. Tye war mehr als ein schlichter Fernsehjournalist. Er hatte seine eigene Talk-Show; er verkehrte mit den Prominenten des Landes und war selbst ein prominenter Mann. Eben das hatte Norah, als sie ihn kennengelernt hatte, zunächst abgeschreckt.

Er war mit seinem markanten Gesicht, dem welligen blonden Haar und den hellbraunen Augen außerdem ein Mann, der auffiel, auch wenn er kein schöner Mann im klassischen Sinn war. Er besaß Charisma, eine persönliche Ausstrahlung, die stärker wirkte als simples gutes Aussehen. Randall war ein Mann, der hart arbeitete, sein Material stets genau recherchierte und sich auf jede Aufgabe gründlich vorbereitete, doch den Platz an der Spitze hatte er sich dank seiner persönlichen Qualitäten erobert.

Norah hatte anfangs nicht daran geglaubt, daß zwischen ihnen eine Beziehung möglich sei, doch er hatte sich augenblicklich zu ihr hingezogen gefühlt, und da war es ihr schwergefallen zu widerstehen. Als sie jedoch dahinterkam, daß die Partys, die Theateraufführungen, die Diners, zu denen er sie mitnahm, alle nur »Werbegeschenke« waren, mit denen man sich eine Erwähnung in seiner Show oder wenigstens sein Wohlwollen erkaufen wollte, war sie enttäuscht gewesen. Als Polizeibeamtin durfte sie solche Gefälligkeiten nicht annehmen. Als Privatperson betrachtete sie sie als Bestechung. Randall erklärte ihr, daß Derartiges in diesem Geschäft gang und gäbe sei, doch er respektierte Norahs Standpunkt und versprach ihr, sich nur noch »ganz privat« mit ihr zu treffen.

Er wollte sie heiraten. Er bot ihr Liebe und Kameradschaft an und eine sorgfältige Trennung ihres Berufslebens.

»Versuch es doch. Es wird dir gefallen«, hatte er sie gedrängt.

Sie lehnte ab, aber er gab nicht auf. Er akzeptierte es sogar, daß sie es ablehnte, mit ihm zu schlafen, solange sie nicht fest gebunden waren.

Norah ertappte sich dabei, daß sie während der Arbeit Tagträumen über Randall Tye nachhing. Das war ihr vorher nur einmal passiert, mit dem Mann, den sie geheiratet hatte – Joseph Antony Capretto. Sie hatte nicht geglaubt, daß ihr das ein zweites Mal widerfahren könnte, schon gar nicht eingedenk der Art und Weise, wie Joe ums Leben gekommen war. Vier Jahre waren seitdem vergangen, aber sie konnte es nicht vergessen und sie wollte es auch gar nicht. Die Ehe mit Joe war sehr glücklich gewesen; sie hatten alles miteinander geteilt, auch – oder vielleicht vor allem – ihre Arbeit. Randall Tye plädierte für eine andere Art der Partnerschaft. Er bot Unterstützung ohne Einmischung. Norah fing langsam an, sich zu fragen, wie lange sie an den Regeln noch festhalten konnte, die sie selbst aufgestellt hatte.

Die Atmosphäre auf der Dienststelle war beinahe festlich, als Norah am Samstag morgen zur Arbeit kam. Der größte Teil der uniformierten Beamten mußte in den kommenden zwei Tagen Straßendienst tun. Man rechnete damit, daß am ersten Tag zwei Millionen Menschen an den Festlichkeiten teilnehmen würden. Die Atmosphäre war allerdings eine andere als beim Besuch eines ausländischen Würdenträgers; bei solchen Gelegenheiten bestand stets die Gefahr eines terroristischen Attentats. Heute würde die Stimmung von Frohsinn und Vaterlandsstolz geprägt sein.

Den neuesten Statistiken zufolge wurde in der Stadt New York alle fünf Stunden ein Mord verübt; im Bereich der vierten Abteilung lagen die Zahle höher. Norah wußte, daß das Zufall war. Die höhere Zahl aufgeklärter Verbrechen jedoch war kein Zufall, diese Tatsache war Norah und ihrem Team zu verdanken.

»Morgen, Lieutenant«, begrüßte Detective Simon Wyler sie. »Haben Sie einen Moment Zeit?«

»Natürlich. Kommen Sie rein.« Sie ging ihm voraus in ihr Büro.

Wyler war gerade dreißig geworden. Er war vor zweieinhalb Jahren von einer anderen Dienststelle kommend zu ihrer Abteilung gestoßen und war Norah eine wertvolle Stütze geworden. Er war sehr groß, schlank, lässig, elegant. Er hatte dunkles, welliges Haar und eine schmale, stark hervorspringende Nase. Er bevorzugte breitkrempige Filzhüte und lange schmale Mäntel. Er war intelligent, zurückhaltend, ein guter Vernehmungsbeamter, der nicht auf körperliche Gewalt zurückgreifen mußte. Norah hielt nichts von Leuten, die eine Situation so weit außer Kontrolle geraten ließen, daß am Ende nur noch die Gewalt blieb, um sie zu retten. Das paßte Wyler ebenso wie seine Versetzung in ihre Abteilung.

»Es handelt sich um den Fall Hite, Lieutenant . . .«

Wyler und Julius Ochs hatten den Jungen am Montag verhaftet. Norah sowie mehrere Streifenwagen waren mit von der Partie gewesen, nicht weil Beaufsichtigung notwendig gewesen wäre, sondern weil die Situation in der Nachbarschaft so ungemein brenzlig war. Die Vorsichtsmaßnahmen hatten sich zum Glück als überflüssig erwiesen. Als die Demonstranten die weißblauen Streifenwagen und die neutralen Limousinen der Kriminalpolizei vorfahren sahen, stellten sie ihre Sprechchöre ein und machten Platz, um Wyler und Ochs durchzulassen. Als diese wenig später mit dem jungen Verdächtigen zurückkamen, der den Kopf tief gesenkt hielt – aus Reue, Scham oder Niedergeschlagenheit –, ging ein Murmeln durch die Menge. Die Polizeibeamten, die Raymond Hite flankierten, aber auch die anderen rundherum, taten so, als bemerkten sie nichts. Aber selbst wenn sie das Raunen tatsächlich nicht gehört hätten, wäre die Spannung fühlbar gewesen. Sie hing wie schwerer, klammer Nebel in der Luft.

Norah beobachtete von ihrem Wagen aus, wie Wyler und Ochs den Verdächtigen aus dem heruntergekommenen Haus heraus, die Treppe hinunter auf die Straße führten. Sie wünschte, die beiden würden etwas schneller machen, den Jungen in den Wagen befördern, wo er sicher war, und davonfahren. Gleichzeitig wußte sie, daß jeder Anschein von Hast unbedingt vermieden werden mußte. Das hätte Angst angezeigt und zu Ausschreitungen gegen den Jungen ermutigt. Sie konnte also nur warten, die Schritte bis zum Wagen zählen, die Sekunden, die sie brauchten, um die hintere Tür zu öffnen und den Jungen hineinzustoßen. Als die Tür zuschlug, atmete Norah auf. Und dann hörte sie ein Geräusch, das sie im ersten Moment nicht erkannte.

Applaus. Hochrufe.

Einige der Nachbarn lachten, einige weinten, aber alle applaudierten sie.

Die Aufnahme und die Verlesung der Anklageschrift waren routinemäßig abgelaufen. Am Donnerstag, dem siebenundzwanzigsten, morgens ziemlich früh, hatte die Voruntersuchung stattgefunden, und der Anklagebeschluß war ergangen. Das Datum für den Prozeß mußte erst noch festgelegt werden.

»Und? Hat er die Kaution aufgebracht?« fragte Norah. Der Richter hatte die Kaution unter Berufung auf die besondere Unmenschlichkeit des Verbrechens und den Aufruhr in der Nachbarschaft auf fünfhunderttausend Dollar festgesetzt. Niemand erwartete, daß die Hites diesen Betrag würden aufbringen können. wenn es ihnen doch gelingen sollte und der Verdächtige freigelassen wurde, würde die Sicherheit des Jungen ernstlich gefährdet sein.

»Nein«, antwortete Wyler.

»Also, was gibt's?«

»Drei Personen in der Straße erinnern sich jetzt, gesehen zu haben, wie das Opfer, Pepe, durch die Hintertür ins Hite-Haus gegangen ist. Ray Hite folgte ein paar Minuten später.«

»Diese Leute wurden bei der allgemeinen Befragung bereits vernommen?«

»Richtig.«

Zuvor hatten sie aus Furcht geschwiegen. Norah wußte das so gut wie alle anderen Polizeibeamten. Jeder in der Stadt hatte Angst – die Alten vor den Jungen, die Weißen vor den Schwarzen, die Reichen vor den Armen. Nicht jedem Zeugen konnte Schutz garantiert werden. Verkrüppelt oder gar getötet zu werden, weil man seiner Pflicht als Bürger nachgekommen war – das war ein hoher Preis.

»Was hat Sie veranlaßt, die Leute noch einmal zu befragen?«

»Ich hatte so ein Gefühl. Die drei machten mir den Eindruck, als hielten sie mit etwas hinter dem Berg«, erklärte Wyler. »Ich hatte mir vorgenommen, bei denen noch mal anzuklopfen, wenn sich eine passende Gelegenheit dazu ergeben sollte.«

»Und sind sie bereit, vor Gericht zu erscheinen?«

»Ja.«

»Gute Arbeit, Simon.«

Mittags saßen Norah und Ferdi Arenas über der Statistik für den vergangenen Monat, und Norah dachte, wenn alles so weiterläuft, komme ich hier heute tatsächlich pünktlich weg und kann mich noch für Randalls Grillparty umziehen. Zum Mittagessen ließen sie und Ferdi sich etwas schicken und machten ein paar Minuten Pause, um in Ruhe zu essen.

»Was machen Sie heute abend?« fragte sie Ferdi.

»Wir gehen zum Konzert im Park. Eine Nachbarin paßt auf die Kinder auf.«

»Wie schön«, sagte Norah und lächelte. Sie und Ferdi standen einander sehr nahe. Sie arbeiteten schon seit vielen Jahren zusammen, aber ihre Freundschaft hatte noch eine andere Grundlage als die lange Zeit der Zusammenarbeit: Sie hatten beide einen geliebten Menschen an den »Dienst« verloren – Norah ihren Mann; Ferdi die Frau, die er hatte heiraten wollen. Nach fünf Jahren hatte Ferdi den inneren Frieden und den Mut gefunden, wieder zu lieben. Jetzt war er verheiratet und Vater von zwei Töchtern, Zwillingen, und einem kleinen Sohn. Er wünschte Norah von Herzen, daß auch sie ein neues Glück finden möge, und hätte gern ein wenig nachgeholfen. Die Gelegenheit schien ihm günstig.

»Und was haben Sie für Pläne?« fragte er prompt.

»Randall hat mich zum Essen eingeladen.« Sie sah ihn erwartungsvoll an.

»Sie haben ihn gern, nicht wahr?«

»Sehr.« Sie zögerte. »Er hat mich gebeten, seine Frau zu werden.«

»Oh!« Das hatte Ferdi nicht erwartet. Wollte sie einen Rat oder suchte sie nur jemanden, der zuhörte?

»Ich weiß nicht, was ich tun soll«, platzte Norah heraus und war darüber ebenso überrascht wie Ferdi. Sie hatte überhaupt nicht die Absicht gehabt, etwas von dem Heiratsantrag zu sagen. Aber offenbar beschäftigte er sie tiefer, als sie sich bisher eingestanden hatte. »Ich könnte kündigen –«

»Kündigen? Ihren Dienst bei der Polizei?« Ferdi fiel aus allen Wolken.

»Na ja, ich glaube nicht, daß es einer Ehe guttäte, wenn ich weiter arbeiten würde.«

»Aber Sie lieben Ihre Arbeit, Norah! Es täte einer Ehe ganz bestimmt nicht gut, wenn Sie sie aufgäben. Das haben Sie doch schon einmal versucht.«

Nach Joes Tod.

Ihr Leben war in die Zeit vor Joes Tod und danach aufgeteilt. Sie erinnerte sich an jede Einzelheit dieses schicksalhaften Tages. Joe, damals Captain, hatte direkt unter dem obersten Leiter der Kriminalpolizei in der Hauptdienststelle am Police Plaza Nummer eins gearbeitet. Norah war, wie jetzt, im zwanzigsten Revier stationiert gewesen, allerdings nicht in leitender Stellung. Sie war damals noch Sergeant. Sie waren sechs Jahre verheiratet gewesen und waren nach einer Zeit, in der ihre Ehe ziemlich gewackelt hatte, auf dem Weg gewesen, wieder zueinander zu finden. An jenem Abend hatten sie zum Essen ausgehen wollen, in ein elegantes Restaurant in der Nähe ihres Hauses. In den letzten Minuten ihrer Schicht bekam Norah einen Tip. Sie hätte ihn leicht an den Mann weitergeben können, der sie ablösen sollte, aber die Details waren interessant, sie wollte den Fall gern selbst übernehmen. Also rief sie Joe an und sagte ihm, sie würde sich verspäten. Joe hatte es danach nicht eilig, nach Hause zu kommen, sondern arbeitete ebenfalls länger, und als er schließlich sein Büro verließ, waren die Straßen rund um die Police Plaza dunkel und nahezu menschenleer. Als Joe Capretto auf den Parkplatz unter der Brücke kam, wo er seinen Wagen stehen hatte, hörte er eine Frau schreien. Er verhinderte eine Vergewaltigung. Die Täter und Joe gingen im Kampf zu Boden. Es gelang ihm, seine Pistole zu ziehen, doch ehe er abdrücken konnte, waren die Männer in ihrem Wagen und hielten direkt auf ihn zu. Er wurde mehrere Straßen weit mitgeschleift.

Luis Deland, Chef der Kriminalpolizei, versprach der Witwe, daß man die Täter finden werde. Inspector James Felix, seit vielen Jahren mit Joe und dann auch mit Norah befreundet, war ehrlicher gewesen und hatte hinzugefügt: früher oder später. Das hieß, man würde vielleicht warten müssen, bis die Täter eine zweite, ähnliche Tat verübten.

Daraufhin hatte Norah gekündigt, genauer gesagt, sie hatte es versucht. Jim Felix hatte sich geweigert, ihre Kündigung anzunehmen, und ihr geraten, sich eine Zeitlang Urlaub zu nehmen, um Abstand zu gewinnen. Wie Ferdi ihr jetzt ins Gedächtnis rief, hatte es nicht viel gebracht. Schon nach zwei Monaten war sie zurückgekehrt. Die Arbeit war ihr wichtiger geworden den je.

»Aber diesmal wäre das etwas ganz anderes«, versicherte sie Ferdi und sich selbst. »Als ich damals aufhören wollte, hatte ich nichts – keine andere Interessen. Diesmal hätte ich Randall und ein völlig neues Leben.«

Ferdi Arena nickte. »Ja, ein neues Leben wäre das wirklich.«

Ein Klopfen an der Tür unterbrach sie im Gespräch. Art Potts, Manny Jacobys rechte Hand, schaute herein.

»Wir haben gerade einen Ruf von eins-neun bekommen. Im Hof der Julia Richmond High-School ballert offenbar ein Mann in Army-Uniform mit einer Maschinenpistole herum.«

2

Von allen Seiten strömten Polizeifahrzeuge zum Tatort und umkreisten den Hof, weil man hoffte, den wahnsinnigen Schützen zu sichten und ihm den Fluchtweg abzuschneiden. Doch sie kamen alle zu spät. Er war bereits verschwunden. Es war überhaupt kein Mensch mehr da. Der ganze Schulhof war wie leergefegt.

Die Wagen, die in Sekundenabständen eintrafen, hielten. Die Motoren wurden ausgeschaltet. Als erste sprang Norah Mulcahaney heraus. Das Krachen der Wagentür, die sie hinter sich zuschlug, zerriß die lähmende Stille. Dann trafen auch die anderen Fahrzeuge ein, und Männer und Frauen in blauen Uniformen oder in Zivil stiegen aus.

Norah hatte gehofft, daß an diesem Morgen nicht viele Menschen im Hof sein würden, aber sie hatte den monatlichen Flohmarkt vergessen. Handbeschriftete Transparente, die auf ihn aufmerksam machten, bunte Ballons, die seine Grenzen absteckten, farbige Schirme bildeten einen traurigen Kontrast zu umgestürzten Ständen. Wild verstreut liegende Waren – Kleidung, Schmuck, Töpfe und Pfannen, zerbrochenes Geschirr – erzählten von Angst und Entsetzen. Käufer und Verkäufer waren um ihr Leben gelaufen. Norah, die nicht weit von hier wohnte, kannte die Gegend gut, doch jetzt blickte sie sich um, als sähe sie sie zum erstenmal.

Der Schulhof befand sich direkt hinter dem Backsteinbau und bestand aus Korbball-, Baseball- und Handballplätzen. Ein Teil des Hofs, mit Schaukeln, Klettergerüst und einem Sandkasten, war für die Kleinen reserviert. Am Rand, mit Blick zur First Avenue, standen Bänke für Spaziergänger und ältere Leute unter einer Reihe üppiger grüner Bäume. Das ganze Areal wurde auf der Nordseite von einer Kirche begrenzt, im Osten, auf der anderen Straßenseite, vom Sloan-Kettering-Krebszentrum und im Süden von einer Nebenstelle der New York Public Library und einer Zeile Wohnhäuser viktorianischen Stils.

Wo waren die Menschen geblieben?

Mit Ferdi an ihrer Seite und der Pistole in der Hand, ging Norah langsam bis zur Mitte des Hofs und sah zu den, wie es schien, leeren Fenstern hinauf. Hinter jedem von ihnen konnte der Schütze lauern. Er konnte aber auch auf einem Dach versteckt sein. Vielleicht hatte er es nur darauf angelegt, hier ein ganzes Heer von Polizeibeamten zusammenzuziehen, um dann ungehindert auf sie alle losballern zu können. Vielleicht war die erste wilde Schießerei eine List gewesen. Der Meldung zufolge hatte er eine Maschinenpistole, er würde also die meisten von ihnen niederschießen können, ehe irgend jemand feststellen konnte, woher das Feuer kam. Norah schlug das Herz bis zum Hals; alle ihre Sinne waren gespannt, um auch das feinste Signal aufzunehmen. Jede Frau und jeder Mann hier befand sich in dem gleichen Zustand. Nur so konnten sie tun, was sie tun mußten, allem ins Auge sehen, was auf sie wartete. Die Reaktion würde später einsetzen, und die Reaktion war es, die aus vielen guten Polizeibeamten Versager machte. Doch daran dachte Norah jetzt nicht. Sie hatte aufgehört zu denken, als sie den Kinderwagen sah, der neben einem Betonbehälter mit Grünpflanzen beim Eingang zum Kleinkinderspielplatz stand, und die Frau, die ein paar Schritte von ihm entfernt auf dem Pflaster lag.

»Hier!« rief Norah laut und winkte. »Hierher!«

Sie begann zu laufen. Vor der Frau und dem Kinderwagen hielt sie an. Die Einschüsse bildeten eine Linie auf dem Rücken der Frau. Wie alle anderen hatte sie zu fliehen versucht, aber der Kinderwagen war ein Hindernis gewesen. Norah atmete einmal tief durch, um sich zu wappnen, dann ging sie an der Frau vorbei zu dem Kinderwagen und sah hinein.

Das Kind schien zu schlafen. Norah berührte seine Wange – rosig, noch warm, aber sie fühlte keinen Atem. Die weiß-blau bestickte Decke war von Kugeln durchlöchert. Aber es war kein

Blut zu sehen. Das Blut des Kindes mußte in die Matratze geflossen sein, dachte sie, aber wieviel Blut konnte dieses zarte Körperchen überhaupt enthalten haben. Wenigstens war es schnell vorbei gewesen; sie wünschte von ganzem Herzen, das Kind möge weder Angst noch Schmerz verspürt haben. Sie ging ein paar Schritte zurück und kniete neben der reglos daliegenden Frau nieder. Sie winkte Ferdi, aber der reagierte nicht gleich.

»Ferdi«, rief sie. »Was ist denn? Alles in Ordnung?«

Er schüttelte sich kurz, dann kam er zu ihr, und gemeinsam drehten sie die Tote behutsam herum.

So jung, dachte Norah. Sie konnte höchstens sechzehn sein, wahrscheinlich war sie noch nicht einmal das gewesen, obwohl sie sich Mühe gegeben hatte, älter zu wirken. Ihr dunkles Haar war zu festen Korkenzieherlöckchen gedreht. Sie hatte einen eleganten weißen Hosenanzug à la Chanel an, der für sie viel zu gediegen war. Vorn und hinten war er von Blut durchtränkt. Ihre großen dunklen Augen waren weit aufgerissen und voller Entsetzen. Sie hat gewußt, daß es keine Hoffnung gibt, dachte Norah. Sie hat es schon bei der ersten Feuergarbe, beim ersten Treffer gewußt. Sie hatte das Kind zu retten versucht, indem sie den Wagen in die eine Richtung gestoßen hatte und selbst in der entgegengesetzten losgelaufen war.

Norah legte sachte ihre Fingerspitzen an die Seite ihres Halses und suchte, wie sie es bei dem Kind getan hatte, nach der Halsschlagader. Sie spürte keinen Puls. Beide waren tot, das junge Mädchen und das Kind.

Zusammen mit Ferdi drehte sie das Mädchen zurück in seine ursprüngliche Lage.

»Machen Sie Meldung«, sagte sie zu Ferdi, als sie beide aufstanden. »Sorgen Sie dafür, daß schnellstens ein Arzt geschickt wird.«

»Ja, Lieutenant.« Wie immer, wenn sie im Dienst waren, benahm Ferdi sich sehr förmlich. Diesmal wirkte er außerdem sehr verschlossen und unzugänglich.

Ferdi war, wie bereits erwähnt, Vater zweier kleiner Mädchen und eines kleinen Jungen, der erst vor kurzem zur Welt gekommen war. Um mehr mit seiner Familie zusammensein zu können, war Ferdi mit ihr aus Forest Hills in die Stadt umgezogen. Genau wie Norah wohnte er nicht weit von hier.

»Kennen Sie das Mädchen, Ferdi? Haben Sie sie hier in der Gegend schon einmal gesehen?«

»Nein, aber der Wagen ... Ist Ihnen die Größe des Wagens aufgefallen, Lieutenant?«

»Er ist groß, ja.«

»Es ist ein Wagen für zwei. Wie der, den wir für die Zwillinge hatten. Sie passen nicht mehr hinein, aber manchmal fährt die Babysitterin Ricardo in ihm spazieren. Und manchmal kommt sie auch hierher.«

»Und Sie dachten ... Ach, Ferdi, das tut mir leid. Vielleicht sollten Sie lieber nach Hause gehen.«

Er schluckte. »Nein, nein, schon in Ordnung. Ich geh jetzt Meldung machen.«

Nichts war in Ordnung, dachte Norah, aber es war für ihn vielleicht das beste, wenn er hier bei ihr blieb. Sie nickte. »Wenn Sie mit der Spurensicherung sprechen, dann sagen Sie den Leuten, daß wir einen Experten für Maschinenpistolen brauchen.«

Danach winkte Norah Wyler zu sich.

»Da müssen doch mehr als eine Meldung eingegangen sein. Lassen Sie sich Namen und Adressen der Anrufer geben.« Sie wies auf das Bibliotheksgebäude. »Da drinnen gibt's bestimmt ein Telefon.«

Neel und Ochs waren die nächsten, mit denen sie sprach. »Ich möchte mit den Zeugen reden. Natürlich sind die Leute, die hier waren, als der Kerl zu schießen anfing, geflohen und haben Deckung gesucht. Aber sie werden bald wieder zum Vorschein kommen. Sorgen Sie dafür, daß niemand verschwindet, bevor wir Namen und Adresse haben. Danny, Sie kümmern sich um die Nordseite. Schauen Sie mal in der Kirche nach.«

»In Ordnung, Lieutenant.«

Detective Daniel Neel kam aus einer Familie, in der die Männer schon seit drei Generationen bei der Polizei waren. Sein Großvater war Inspector gewesen, und er hatte fest vor, diesen Großvater zu überflügeln. Er war ein gutaussehender Junge mit dunklem lockigem Haar, blitzenden Zähnen und einem Grübchen am

Kinn. Groß und kräftig wie er war, boxte er in seiner Freizeit in der Mittelgewichtsklasse für die Polizeistaffel.

»Julius, Sie nehmen die Ostseite«, fuhr Norah fort. »Fangen Sie mit der Krebsklinik an. Vielleicht sind ein paar Leute da hineingelaufen.«

Körperlich betrachtet war Detective Ochs das genaue Gegenteil von Neel, aber er war blitzgescheit. Beruflich hatte er die gleichen hochgesteckten Ziele.

»Okay, Lieutenant«, rief Ochs und ging schon über die Straße.

Noch einmal sah Norah sich auf dem menschenleeren Platz um, der unter dunklen Gewitterwolken trostlos wirkte. Noch einmal studierte sie die Feuerlinie. Nachdem die beiden Opfer getötet worden waren, schien der Schütze die Waffe eine Zeitlang direkt auf das Straßenpflaster gerichtet zu haben. Danach hatte er, unvermittelt, wie es schien, die Schulmauer unter Beschuß genommen, aber relativ weit oben, ein gutes Stück oberhalb Mannshöhe. Sie machte sich eine entsprechende Notiz in ihrem Buch.

Der Himmel verdunkelte sich. Ein schwefelgelber Schimmer markierte die Ränder der Unwetterzone. Norah bat einen der uniformierten Beamten, ihr eine Zeltbahn aus dem Kofferraum seines Streifenwagens zu bringen, und kehrte dann zu dem jungen Mädchen zurück, um sie sich noch einmal genau anzusehen.

Sie hatte hübsche Beine und kleine, zierliche Füße, die in hochhackigen, zweifellos sehr teuren Eidechsenpumps steckten. Norah sah sich nach der Handtasche um. Sie hatte nicht unter dem Mädchen gelegen, als sie und Ferdi sie herumgedreht hatten. Das hieß wahrscheinlich, daß sie sie im Kinderwagen verwahrt hatte. Ja, unter der Decke, zu Füßen des Säuglings, lag die Handtasche, ebenfalls Eidechse, passend zu den Schuhen. Zusammen mit dem Hosenanzug mußte das ganze Ensemble gut über tausend Dollar gekostet haben.

In der Handtasche waren ein paar Briefe, an Dolores Lopez, 319 East 69th Street, gerichtet und in Mayaguez, Puerto Rico, abgestempelt; eine Geldbörse mit sechshundert Dollar in schmutzigen, abgegriffenen Scheinen und das übliche Sortiment von Kosmetika – Lippenstift, Puder, Wimperntusche und so weiter.

Während Norah die Habseligkeiten der Toten durchging,

wurde sie gewahr, daß aus den verschiedenen Häusern auf der anderen Straßenseite Menschen traten und in sicherem Abstand vom Schulhof auf dem Bürgersteig eine Kette bildeten. Nur eine Frau rannte direkt in den Hof.

»Cindy!« rief sie. »Cindy! Wo ist meine Cindy?«

Norah trat ihr in den Weg, um den Blick auf die Tote und den Kinderwagen zu versperren. »Sie wissen, daß sie hier war?«

»Ja. Ja. Sie hat gesagt, sie wollte hierher gehen. Was ist denn passiert. Wo ist sie?«

»Sie war allein?«

»Sie ist zwölf Jahre alt.« Die Frau war augenblicklich in der Defensive. »Wir wohnen gleich gegenüber.« Sie wies auf das Haus neben der Bibliothek. »Hier brauchte man sich nie Sorgen zu machen. Wir haben hier nie irgendwelche Geschichten erlebt. Jedenfalls nicht – so was.« Sie begann zu weinen. »Ich war unten in der Waschküche. Ich habe nichts gehört – ich hab' überhaupt nicht gewußt . . . O Gott, wo ist meine Cindy?«

In diesem Moment wurde die Hintertür des Schulgebäudes aufgestoßen, und eine Menschengruppe, hauptsächlich Frauen und Kinder, stürzte auf die Straße heraus. Einige waren wie betäubt, andere schluchzten, alle waren noch im Schock. Ein Kind schrie: »Mami! Mami!«

Cindy rannte in die ausgebreiteten Arme ihrer Mutter.

Norah ließ die beiden gehen.

Die Aufgabe, mit all diesen Menschen zu sprechen, sich von ihnen schildern zu lassen, was sie erlebt hatten, sie noch einmal die Emotionen jenes Augenblicks durchleben zu lassen, schien überwältigend. Aber dann holte Norah tief Atem, dachte, immer Schritt für Schritt, Vernehmung um Vernehmung, atmete aus und richtete das Wort an die Menschenmenge.

»Ich bin Lieutenant Mulcahaney vom zwanzigsten Revier. Ich weiß, daß Sie jetzt alle nur nach Hause möchten, und ich werde Sie nicht länger aufhalten, als unbedingt nötig, aber wir müssen so genau wie möglich wissen, was sich hier abgespielt hat. Kann es mir jemand von Ihnen sagen?«

Niemand rührte sich.

»Sie haben Glück gehabt«, fuhr Norah fort. »Sie sind nicht einmal verletzt worden.« Sie deutete auf die Tote und den Kinderwagen. »Diese Menschen sind tot.«

Eine stämmige grauhaarige Frau in einem grauen Jogginganzug mit weißen Streifen an der Schulter trat vor.

»Ich verkaufe handbemaltes Porzellan. Das da drüben ist mein Stand.« Sie wies auf einen umgestürzten Tisch und zertrümmertes Porzellan, das auf dem Pflaster lag. »Ich habe gerade mit einer Kundin gesprochen, als ich die Schüsse hörte. Im ersten Moment war mir gar nicht klar, daß es Schüsse waren. Dann sah ich einen Mann in so einem Tarnanzug ...«

»Sie meinen in einer Army-Uniform?«

»Ja. Grün, mit Braun gesprenkelt. Er hatte eine Schirmmütze auf, tief in die Stirn gezogen, so daß man seine Augen und sein Gesicht nicht sehen konnte, nur den Bart. Und unter dem Arm hatte er ein Gewehr oder so was, und damit hat er geschossen. Er hat einfach herumgeschossen, als wär's ihm völlig egal, was er trifft. Als ob er verrückt geworden wäre.« Ihre Stimme brach. Sie begann zu weinen. »Entschuldigen Sie.«

»Aber natürlich, Mrs. –?«

»Boyd. Philomena Boyd.«

»Ihr Bericht ist uns eine große Hilfe, Mrs. Boyd. Ist Ihnen an dem Schützen vielleicht sonst noch etwas aufgefallen? War er groß oder klein? Sie erwähnten einen Bart; war der Bart hell oder dunkel?«

Philomena Boyd hörte auf zu weinen und versuchte, sich zu konzentrieren. »Wie groß er war, kann ich nicht sagen; er stand gebückt, wissen Sie, aber sein Bart war dunkel und sehr buschig.«

»Gut. Ich danke Ihnen sehr.« Norah sah wieder zu den anderen hin. »Kann noch jemand etwas dazu sagen?« Sie erhielt keine Antwort. Was konnte sie auch anderes erwarten, da sie doch um ihr Leben gelaufen waren? »Aber er war allein?« Darauf bekam sie hier und dort ein Nicken der Zustimmung. »Und er hat nicht von einem Fahrzeug oder von der Straße aus geschossen, sondern kam direkt in den Hof? Können Sie mir sagen, wo er gestanden hat?«

»Da.« Mehrere Leute wiesen auf den ersten in einer Reihe von bepflanzten Betonbehältern. Andere nickten zustimmend. Nun konnte Norah den nächsten Schritt tun.

Sie wies auf die junge Tote. »Das ist Dolores Lopez. Sie wohnt nicht weit von hier. Kennt sie jemand von Ihnen?«

Instinktiv wichen die Leute zurück.

»Vielleicht«, fuhr Norah fort, »haben Sie sie hier in der Gegend schon einmal gesehen?« Sie blickte von einem zum anderen, aber niemand erwiderte ihren Blick. Niemand sagte etwas. »Vielleicht haben Sie sie mit ihrem Kind gesehen, wenn sie spazierenging oder mit den anderen Müttern hier auf einer Bank saß? Vielleicht haben Sie sie beim Einkaufen oder in der Bibliothek gesehen?«

Keine Reaktion. Irgend jemand verheimlichte etwas. Norah spürte es. Sie drängte nicht. Später würden sowieso alle hier Anwesenden einzeln und in aller Ausführlichkeit vernommen werden. Man würde im ganzen Viertel von Haus zu Haus gehen und die Leute befragen, man würde die Aussagen über den Computer vergleichen und prüfen lassen.

Norah winkte einigen Beamten und sagte zu den Leuten: »Wir brauchen Ihre Namen und Adressen. Dann können Sie gehen...«

An der Polizeiabsperrung gab es plötzlich Tumult. Eine Frau schrie und wehrte sich gegen die Beamten, die sie zurückhalten wollten. Sie war vielleicht zwanzig, hatte einen engen schwarzen Lederrock an und dazu einen schwarzen Rolli und viel Goldschmuck. Ihr schwarzes Haar stand ihr wirr vom Kopf ab, ihre olivbraune Haut war fleckig, ihre Augen waren rot und geschwollen. Sie war einem hysterischen Ausbruch nahe. Auf ein Zeichen von Norah ließen die Beamten sie los. Sie rannte direkt zu der Stelle, an der Dolores Lopez lag.

»*Madre de Dios*«, murmelte sie und bekreuzigte sich.

»Kennen Sie sie?« fragte Norah leise. Als sie keine Antwort erhielt, wollte sie die Tote herumdrehen, doch das war nicht nötig.

»Das ist meine Schwester. Meine kleine Schwester Dolores.«
»Und das Kind?«
»Ihr Sohn.«
»Und wie heißen Sie bitte?«
»Carmen. Carmen Herrera.« Sie gab ihre Antworten wie ein

Automat, ohne Norah auch nur ein einziges Mal anzusehen. Sie starrte nur auf die Tote auf dem Pflaster. Dann ging sie stocksteif von der Toten weg zum Kinderwagen. Wie zuvor Norah, nahm sie sich einen Moment Zeit, um sich innerlich zu wappnen, dann schaute sie in den Wagen. Sie seufzte kaum hörbar. Dann beugte sie sich tiefer und schob sachte und voller Zärtlichkeit ihre Arme unter das Kind, um es herauszuheben. Sie hielt es fest an sich gedrückt. »Sch, *niño*, sch«, murmelte sie beruhigend und wiegte das Kind tonlos vor sich hin summend hin und her.

3

Norah konnte sie nicht von dem Kind trennen. Die Frau schien in Trance gefallen zu sein. Sie ignorierte Norah, ihre Umgebung, den Lärm, die Menschen. Unaufhörlich wiegte sie sich mit dem Kind im Arm und summte leise vor sich hin.

»Bitte, Mrs. Herrera, Sie können jetzt nichts mehr für den Kleinen tun. Es tut mir leid, aber – es ist zu spät.«

Carmen Herrera hörte entweder tatsächlich nicht oder sie weigerte sich einfach zu reagieren. »Ich nehme ihn mit nach Hause.«

»Nein. Das geht nicht. Es tut mir wirklich leid.«

»Er war das Kind meiner Schwester, und jetzt gehört er mir. Ich nehme ihn mit nach Hause. Sie können mich nicht daran hindern.«

Sie dauerte Norah aufs tiefste.

»Wir haben bereits einen Arzt angefordert. Er wird gleich kommen. Möchten Sie nicht, daß er sich den Kleinen einmal ansieht? Ja, Mrs. Herrera? Er wird jeden Moment hier sein. Dann sehen wir weiter. Ja?«

»Ja, gut.«

»Vielleicht möchten Sie solange hineingehen?« Norah wies auf das Schulgebäude.

»Nein. Wir warten hier.«

Norah widersprach nicht. Ein Stuhl wurde gebracht, so daß die Frau mit dem toten Kind in den Armen wenigstens sitzen konnte.

Und so wartete sie, während die Menschenmenge immer größer wurde. Sie hätten Schauspieler auf einer Bühne sein können, die darauf warteten, daß das Theater sich füllte.

Sirenen kündigten das Eintreffen des Rettungswagens vom nahe gelegenen New York Hospital an. Unmittelbar danach kam der Wagen vom Leichenschauhaus, und dann stieg der Oberste Leichenbeschauer, Philip Worgan, aus seinem Wagen und steuerte auf Norah zu. Er war dreiunddreißig, allem Anschein nach ein Mann von unerschütterlichem Gleichmut, der keine Emotionen kannte. Tatsächlich war er ein leidenschaftlicher Wissenschaftler und übte seinen Beruf mit großem Enthusiasmus aus.

Worgan nickte Norah nur kurz zu und kniete neben der Toten nieder. Seine Untersuchung war kurz, doch keineswegs oberflächlich. Als er fertig war, gab er das Zeichen, die Trage zu bringen, und ging dann zu der jungen Frau, die den toten Säugling in den Armen hielt.

»Die Schwester«, flüsterte Norah ihm zu. »Mrs. Herrera? Hier ist der Arzt.«

Carmen Herrera hatte aufgehört zu weinen, aber sie reagierte nicht auf Norahs Worte. Doch als Worgan ihr sanft und behutsam das Kind aus den Armen nahm, ließ sie es geschehen. Als sie auf ihre leeren Hände hinunterblickte und sah, daß sie voller Blut waren, schrie sie laut auf.

»Nein! Nein!« Sie versuchte, das Kind wieder an sich zu reißen.

Norah legte ihren Arm um die zitternde Frau. »Er ist tot, Mrs. Herrera. Es hilft nichts mehr.«

»Geben Sie ihn mir!«

»Dr. Worgan möchte ihn sich doch nur ansehen.«

»Ich weiß es genau, Sie wollen ihn nur wegbringen und aufschneiden. Aber das lasse ich nicht zu.«

»Sie bekommen ihn doch wieder«, versprach Norah. »In Ordnung, Mrs. Herrera?«

»Kann ich mit ihm im Krankenwagen fahren?«

Diesmal sah Norah Worgan fragend an. Der runzelte die Stirn. Er hatte seine Arbeitsplanungen schon über den Haufen werfen müssen, um Norah Mulcahaneys dringendem Notruf Folge zu leisten; nun würde er seine Arbeit noch länger liegen lassen müssen, um mindestens eine der Autopsien bevorzugt durchzuführen.

»Ich komme mit«, schlug Norah vor. »Ich bleibe bei ihr, bis Sie fertig sind. Okay, Phil?«

»Wenn Sie nichts Besseres zu tun haben.«

»Im Augenblick nicht, nein.«

Ihre Blicke trafen sich. »Also gut«, sagte er noch und brachte das Kind selbst zum Fahrzeug, ehe er zu seinem eigenen Wagen zurückkehrte. »Bis gleich.«

Reporter überfielen Worgan mit Fragen, aber er beachtete sie gar nicht. Blitzlichter blendeten ihn. Er hielt eine Hand hoch, um seine Augen abzuschirmen, machte sich jedoch nicht die Mühe zu protestieren.

Norah wußte, daß sie die nächste Kandidatin war und man sie nicht so leicht davonkommen lassen würde. Sie hatte immer ein gutes Verhältnis zu den Medien gehabt. Bei ihrem letzten Fall, dem Mordfall Valente, war sie ins öffentliche Rampenlicht gerückt und sogar zu einem Auftritt in Randall Tyes Show *People in the News* eingeladen worden. Anfangs war sie vor der Kamera nervös gewesen, aber Tye besaß große Erfahrung darin, seinen Gästen die Befangenheit zu nehmen und sie aus der Reserve zu locken, und es war ihm gelungen, Norah so stark zu provozieren, daß sie unverblümt ihre Meinung gesagt hatte.

Und jetzt hatte sie keineswegs die Absicht, die Leute von der Presse, die sie rufend und winkend bedrängten, zu übergehen, doch zuerst ermahnte sie Ochs und Neel, ja niemanden gehen zu lassen, der nicht Namen und Adresse hinterlassen hatte.

»Wenn jemand eine Aussage machen möchte, dann nehmen Sie ihn mit auf die Dienststelle. Lassen Sie ihm keine Gelegenheit, es sich wieder anders zu überlegen.«

Nachdem die beiden Tragen in den Wagen gehoben worden waren, ging Norah zu den Presseleuten hinüber. Sie hob beide Hände und erreichte, daß es wenigstens etwas ruhiger wurde, wenn auch nicht still.

»Ich kann Ihnen nichts sagen, weil ich nichts weiß.« Die Erklärung wurde mit ungläubigem Gelächter aufgenommen. »Ich fahre jetzt mit den beiden Opfern zum Leichenschauhaus.«

Das war ungewöhnlich und erntete erstauntes Gemurmel. Als man Carmen Herrera in das Fahrzeug half, rief einer der Reporter: »Wer ist die Frau?«

»Sie ist die Schwester der Toten«, antwortete Norah. »Lassen Sie sie erst mal in Ruhe, ja?«

Damit stieg auch Norah in den Wagen, der sofort mit heulender Sirene abfuhr.

Carmen Herrera sprach auf der Fahrt zum Leichenschauhaus kein Wort. Und Norah versuchte nicht, sie zum Sprechen zu bringen. Es war jetzt nicht der Zeitpunkt dazu. Nach der Ankunft würde man sie von den beiden Toten trennen und in ein Wartezimmer setzen; da würde sie vielleicht aus eigenem Antrieb zu sprechen beginnen.

Und so war es.

»Das Baby, Charlito . . .« Die Tränen kamen Carmen wieder in die Augen. »Er ist ein uneheliches Kind. Meine kleine Schwester hat eine Dummheit gemacht. In unserer Familie, in Puerto Rico, nimmt man so etwas nicht auf die leichte Schulter. Ich bin hinuntergeflogen, um bei ihr zu sein, und sobald das Kind geboren war und meine Schwester reisefähig war, habe ich die beiden mit hierhergenommen. Hier interessiert sich kein Mensch für solche Dinge.

Ich war so glücklich, die beiden hier zu haben. Dolores und ich waren uns immer sehr nahe. Und ich hatte mir immer ein Kind gewünscht. Juan und ich, mein Mann und ich, wir haben alles versucht, aber bisher haben wir kein Glück gehabt. Charlito war für mich wie ein eigenes Kind.«

Norah und Joe hatten sich auch ein Kind gewünscht und hatten keines bekommen. Dann hatten sie eines adoptiert, das sie aber wieder hergeben mußten. Sie konnte Carmens Schmerz nachfühlen.

»Wie lange war Dolores schon bei Ihnen?«

»Ungefähr fünf Monate.«

»Und Sie hat bei Ihnen und Ihrem Mann gewohnt?«

»Ja.«

»Hat sie hier Freunde gefunden?«

»Nein.«

»Ist sie ausgegangen?«

»Nein. Sie wollte von Männern nichts mehr wissen. Sie war sehr verbittert.«

»Wegen der Sache mit dem Kind? Hat der Vater sie denn einfach im Stich gelassen?«

»Ja. Mein Vater war außer sich. Er hätte den Burschen gezwungen, Dolores zu heiraten, aber Dolores hat sich geweigert zu sagen, wer der Vater war.«

Da also lag ein Motiv, dachte Norah. »Wer kann den Tod Ihrer Schwester gewünscht haben? Haben Sie eine Ahnung?«

Carmen Herrera schüttelte den Kopf. »Es war doch ein Unglücksfall, oder nicht? Der Mann, der sie erschossen hat – der war doch verrückt!«

Bisher sah es ganz so aus, als hätte sie recht, als handelte es sich um die Tat eines Wahnsinnigen, der seiner inneren Wut Luft gemacht hatte. Den Zeugenaussagen zufolge hatte der Schütze wahllos in alle Richtungen geschossen.

Norah bemühte sich, Carmen Herrera zu beruhigen. »Aus welcher Gegend von Puerto Rico stammen Sie?«

»Mayaguez«, antwortete sie automatisch. »Ich verstehe nicht, weshalb ein Mensch das Verlangen haben sollte, gerade Dolores und dem Kind etwas anzutun. Was soll ich nur meinen Eltern sagen? Sie werden mir an allem die Schuld geben.«

»Wie lange leben Sie schon in New York?«

»Ungefähr drei Jahre. Erst ist mein Mann hergekommen, dann hat er mich nachkommen lassen.«

»Er scheint sich hier eine gute geschäftliche Basis geschaffen zu haben, wenn er es sich leisten kann, Ihre Schwester und das Kind zu holen.«

»Er hat eine Tankstelle in der York Avenue.«

»Soll ich ihn anrufen?«

Carmen Herrera schüttelte den Kopf und sah zur Tür.

Der Mann, der dort stand, sah unglaublich gut aus – dunkle Haut, aristokratisch wirkende Züge, hohe Stirn, volle rote Lippen. Das schwarze Haar, knapp kinnlang, war lose zurückgebürstet. In seinem Ohr trug er einen goldenen Ohrring mit einem kleinen Brillanten. Nur eines beeinträchtigte die Gesamtwirkung, er war klein, bestimmt nicht größer als einen Meter zweiundsechzig. Beileibe kein Zwerg, aber an seinem Auftreten, an seiner Haltung konnte Norah erkennen, daß seine Körpergröße ihm stark zu schaffen machte. Er trug eine Fliegerjacke aus weichem, beigefarbenem Leder, die die breiten Schultern betonte: Die maßgeschneiderte Hose war aus einem teuren Wollstoff in einem etwas dunkleren Ton.

Er kam zwei Schritte ins Zimmer, breitete die Arme aus und wartete, bis seine Frau zu ihm kam.

»*Los mataron*«, rief sie klagend, den Kopf an seiner Brust.

»*Por qué los mataron?*«

»*Càlmate, querida. Càlmate.*« Er küßte sie leicht auf die Wange.

»Wer sind Sie?« fragte er dann Norah.

»Lieutenant Mulcahaney, Mordkommission.«

»Was tut meine Frau hier? Warum haben Sie sie hierhergebracht?«

»Sie wollte es gern. Sie bestand darauf. Sie wollte in der Nähe ihrer Schwester und des Kindes sein.«

»Ach, und Sie sind mitgekommen, um ihr Gesellschaft zu leisten? Sie haben alles stehen- und liegengelassen, um bei ihr bleiben zu können, weil sie Ihnen so leid tut? Ist das richtig, Lieutenant? Oder wollten Sie sich vielleicht ihren Zustand zunutze machen? Hofften Sie vielleicht auf Fragen Antworten zu bekommen, die sonst unbeantwortet bleiben würden?«

»Zum Beispiel?«

»Keine Ahnung, was Ihnen gerade in den Kram paßt.«

»Ich möchte einzig herausfinden, wer Ihre Schwägerin und das Kind getötet hat.«

»Dann kümmern Sie sich darum. Sie hatten kein Recht, meine Frau hierherzubringen und einem Verhör zu unterwerfen. Seit ihrer letzten Fehlgeburt geht es ihr nicht gut. Sie hat dieses Kind geliebt. Der Kleine war ihr ein und alles. Und jetzt – weiß Gott, was für einen Schaden Sie angerichtet haben!«

Norah sah ihm direkt ins Gesicht. »Ich hatte keine andere Absicht, als Ihrer Frau Trost anzubieten.«

»Das ist nicht Ihre Aufgabe.«

Er hatte Norah angegriffen und in die Enge getrieben, und sie, voll Mitleid mit seiner Frau, hatte es zugelassen. Jetzt blieb ihr nichts anderes übrig, als sich zu entschuldigen.

»Tut mir leid.«

In seinem zornigen Blick war ein Schimmer von Genugtuung. »Es sollte Ihnen auch leid tun.« Er zog sein Jackett aus und legte es seiner Frau um die Schultern. »Komm, *querida*, ich bringe dich jetzt nach Hause.«

»*Y el niño?*«

»*Está con Dios.*« Er nahm die Handtasche seiner toten Schwägerin und sah sich um. »Ist das alles?« fragte er Norah.

»Alles, was sie bei sich hatte, ja.«

»Was ist mit dem Kinderwagen?«

»Der ist zur Untersuchung im Labor. Sobald die Untersuchungen abgeschlossen sind, kommt er in die Aufbewahrung. Wenn er dann nicht als Beweismittel gebraucht wird, können Sie ihn dort abholen.«

Herrera hob die Schultern. »Ich glaube nicht, daß wir ihn brauchen.« Er legte den Arm um seine Frau und führte sie hinaus, ohne sich noch einmal umzusehen.

Vor der Abfahrt zum Leichenschauhaus hatte Norah Arenas und die übrigen ihrer Leute angewiesen, bis Schichtende mit den Hausbefragungen fortzufahren. Was dann noch nicht geschafft war, sollte das nächste Team übernehmen. Nach dem unbefriedigenden Gespräch mit Juan Herrera fuhr Norah auf die Dienststelle zurück, um sich von ihrem ersten Team berichten zu lassen.

Die Beschreibungen des Schützen waren unterschiedlich. Einige Zeugen behaupteten, er sei klein gewesen, andere sagten, es sei ein großer Mann gewesen; manchen war er massig erschienen, anderen schlank. Das war nichts Ungewöhnliches; Eindrücke waren subjektiv, häufig von früheren Erfahrungen eines Zeugen gefärbt. Alle Zeugen jedoch sagten übereinstimmend aus, daß der Mann eine Army-Uniform getragen hatte und eine weiche Mütze, die er tief ins Gesicht gezogen hatte, so daß seine Augen nicht zu erkennen gewesen waren. Der untere Teil seines Gesichts, auch darin stimmten die Zeugen überein, war durch einen dunklen Bart verdeckt gewesen. Er war aus dem Nichts gekommen und hatte ohne Vorwarnung zu schießen begonnen. Natürlich hatten alle schleunigst Deckung gesucht. Die Leute hatten sich hinter Autos und Müllcontainer geduckt und die Köpfe unten gelassen, bis sie sicher sein konnten, daß er weg war.

Es stellte sich jedoch heraus, daß er kein völlig Unbekannter war. Er war verschiedentlich im Viertel gesehen worden, in seiner Uniform, aber selbstverständlich ohne Waffe. Er war erst vor kurzem aufgetaucht, und niemand wußte, wo er wohnte. Man vermutete, daß er in der Nähe wohnte, aber das mußte nicht so sein. Niemand hatte mit ihm gesprochen, im Gegenteil, die meisten der Leute, die ihn beobachtet hatten, vermieden es tunlichst, in seine Nähe zu kommen. Der Durchschnittsbürger hatte längst gelernt, sich die Glücklosen und die Verschrobenen vom Leibe zu halten.

Den einzigen echten Hinweis brachte Simon Wyler mit.

»Zwei Jungen behaupten, er habe ab und zu im alten Feuerwehrhaus in der 67. Straße genächtigt.« Man hatte dieses Haus genau wie das ehemalige Dienstgebäude des neunzehnten Polizeireviers fast völlig ausgeschlachtet, und man arbeitete seit vier Jahren an der Renovierung. Das Gebäude bot kaum Schutz vor der Witterung.

»Die Jungs haben sich da einen Unterschlupf gebaut, den sie ihr Klubhaus nennen. Sie qualmen ein bißchen Gras, und manchmal sammeln sie ein, was die Bauarbeiter liegenlassen – Werkzeuge, Kupferrohr, alles, was sich verhökern läßt. Eines Nachts sahen sie ganz hinten diesen Mann liegen. Er hatte eine Sackleinwand über zwei Einkaufswagen gebreitet, und darunter schlief er. Sie weckten ihn, weil sie ihm ein bißchen die Hölle heiß machen und ihn vertreiben wollten, aber statt dessen hat er sich mit einem Eisenrohr bewaffnet und die Jungs vertrieben. Sie haben keinem Menschen was davon erzählt, aber sie sind auch nicht wieder dahin zurückgegangen.«

»Okay«, sagte Norah zu Wyler. »Sie und Neel überwachen den Ort.« Das bedeutete Überstunden, aber da ein großer Teil des Personals wegen der Festivitäten zu Ehren George Washingtons nicht verfügbar war, hatten sie keine Wahl. »Tedesco und Aldrege lösen Sie dann ab.« Sie schwieg einen Moment. Der Mann, den die Jungen beobachtet hatten, konnte ein Stadtstreicher oder der Killer sein. Wenn das letztere zutraf und er immer noch bewaffnet war, reichten dann zwei Männer, um gegebenenfalls mit ihm fertig zu werden? »Sie bekommen auf jeden Fall Verstärkung«, versprach sie.

Allein in ihrem Büro, rutschte Norah tiefer in ihren Seesel. Neun Stunden waren vergangen, seit das Gesuch um Verstärkung hereingekommen war. Nachdem, wie sich herausgestellt hatte, ein Tötungsdelikt vorlag, waren Norah und ihre Leute von der Abteilung vier für den Fall zuständig. Nachdem Norah ihre Vorgesetzten unterrichtet hatte, traten sie und ihr Team unverzüglich in Aktion und sammelten alles an Informationen, was sie bekommen konnten. Die Prüfung und Auswertung dieser Daten war Norahs Aufgabe, aber die konnte sie ebensogut zu Hause im Pyjama und bequem auf dem Sofa liegend erledigen.

Mehrere grelle Blitze erhellten die Dunkelheit draußen. Krachende Detonationen folgten. Das Feuerwerk, dachte Norah, aber dann peitschte ein heftiger Wind ganze Regengüsse an die Fensterscheiben, und sie erkannte, daß endlich das Unwetter losgebrochen war, das den ganzen Tag gedroht hatte. Die Entscheidung war ihr abgenommen worden; bei diesem Wetter würde sie bestimmt nicht auf die Straße gehen. Sie setzte ihre Lesebrille auf und machte sich an die Arbeit.

Nach einer Weile, sie hatte keine Ahnung, wieviel Zeit vergangen war, hatte sie plötzlich das Gefühl, daß jemand an der Tür war.

»Ja?«

Die Tür wurde geöffnet. »Kennst du mich noch?«

Randall Tye stand auf der Schwelle.

»Randall!« Norah biß sich auf die Unterlippe. »Ach, das habe ich total vergessen. Entschuldige. Es tut mir so leid. Ich habe das Grillfest völlig vergessen.«

»Das Grillfest hat gar nicht stattgefunden. Als ich hörte, was los ist, habe ich es abgeblasen.«

Wieso war sie überrascht? Sie wußte doch, wie rücksichtsvoll er war, wie weit sein Informationsnetz reichte.

»Ich moderiere morgen abend eine Sonderberichterstattung über die Schießerei auf dem Schulhof. Ich habe mit keinem eurer Leute gesprochen, ich habe die Fakten aus meinen eigenen Quellen. Es ist keinesfalls meine Absicht, dich oder deine Truppe auszustechen. Okay?«

»Okay, solange du nicht etwas bringst, was sich nachteilig auf das Ermittlungsverfahren auswirken kann.«

»Das würde ich doch nie tun.«

»Du kannst das gar nicht beurteilen.«

»Möchtest du die Sendung vielleicht zensieren?«

»Nicht zensieren.« Ein Zusammentreffen genau dieser Art hatte Norah immer befürchtet. Bisher hatten sie es in gegenseitigem Einverständnis peinlich vermieden, in den beruflichen Bereich des anderen einzudringen. »Nicht zensieren, ich möchte nur gern wissen, was du an die Öffentlichkeit zu bringen gedenkst.«

»Gibst du mir dann alles, was du hast? Wollen wir vergleichen, wo wir stehen?«

»Das kann ich nicht. Und das weißt du auch.«

»Du möchtest, daß ich dir vertraue. Aber dann mußt du mir auch vertrauen.«

»Ich habe überhaupt keinen Zweifel an deinen guten Absichten, es könnte sein, daß du ganz unwillentlich etwas preisgibst.«

»Jetzt beleidigst du mich in meinem Urteilsvermögen und in meinen Fähigkeiten«, gab Randall Tye zurück. »Ich hätte doch gar nicht herzukommen und dich im voraus über die Sendung zu informieren brauchen. Ich hätte einfach loslegen können, ohne Rücksicht darauf, wann und wie du von der Sendung erfährst.«

»Ja, das hättest du tun können.«

»Schön, dann laß uns doch jetzt so tun, als hätte ich nichts gesagt, und ich bring' dich nach Hause. Oder willst du unterwegs vielleicht noch einen Hamburger essen?«

Norah atmete auf. »Gegen einen Hamburger hätte ich nichts einzuwenden. Zwei wären mir auch recht. Überhaupt könnte ich mal wieder einen netten Abend gebrauchen.«

Seine lichtbraunen Augen blitzten auf. »Schon geritzt. Morgen abend nach der Sendung.«

Norah runzelte die Stirn. Wenn sie gerade einmal keine Verpflichtung hatte, dann hatte bestimmt er eine. »Ich hatte eigentlich an etwas ganz Normales gedacht – ohne Prominenz und Fernsehbosse. Nur wir zwei allein. Ein nettes Restaurant vielleicht und hinterher ein Film. Aber bis du dich da freimachen kannst, ist es bestimmt viel zu spät.«

»Ich werde mich freimachen, und es wird nicht zu spät. Wir holen uns in der Videothek einen Film und lassen uns eine Pizza kommen. Wie hört sich das an?«

Norah lachte. »Sehr verlockend.«

Randall faßte ihre Hände. »Weißt du, was wir beide brauchen? Wieder einmal ein paar Tage Ferien vom Ich. Wie damals, als wir in New Paltz waren.«

Norah hatte noch Urlaub gutgehabt. Normalerweise vergeudete sie ihre Urlaubstage damit, daß sie alle möglichen sinnlosen Dinge im Haus erledigte; diesmal jedoch hatte Randall behauptet, auch mit vier lumpigen Tagen lasse sich etwas anfangen, und hatte kurzerhand Zimmer in einem idyllischen alten Hotel oberhalb vom Mohonksee im Hudsontal gebucht. Das war nicht weit von New York entfernt, und doch war es eine unverdorbene, fast noch unberührte Landschaft.

Zum erstenmal seit Beginn ihrer Beziehung befanden sich Norah und Randall auf neutralem Boden. Anstatt zu konkurrieren, genossen sie gemeinsam die Schönheit der Landschaft. Sie kletterten, machten Wanderungen, blickten von den Berghängen auf das klare Wasser des Sees hinunter, in dem sich Bäume und Himmel spiegelten. Sie ritten aus. Sie waren beide keine großen Reiter und amüsierten sich über ihre Tolpatschigkeit. Später stöhnten sie gemeinsam über die schmerzenden Glieder. Nie zuvor hatte sich Norah die Zeit genommen, einen Sonnenuntergang zu beobachten. Hier mit Randall tat sie es, rührte sich nicht von der Stelle, bis der letzte rosige Hauch am Himmel verblaßt war. Nach dem Abendessen spielten sie Schach, obwohl sie auch darin keine Meister waren. Sie gingen früh zu Bett, um die Sonne aufgehen sehen zu können und die Vögel zu beobachten. Sie hatten nicht miteinander geschlafen. Randall hatte sie nicht bedrängt. Sie hatte sich seither gefragt, wie sie reagiert hätte.

»Na, was sagst du, mein Schatz?« fragte Randall. »Hast du Lust, da wieder hinzufahren?«

Norahs Gesicht leuchtete auf. »Ich könnte mir nichts Schöneres vorstellen.«

4

Sie machten sich schweigend zurecht – Judith Barthelmess am Toilettentisch, wo sie sich schminkte, der Abgeordnete William Barthelmess im Badezimmer der Suite im luxuriösen Hotel Plaza.

Es lief nicht gut, und sie wußten es beide, aber keiner war bereit, es vor dem anderen zuzugeben. Die Spenden blieben aus. Sie steckten mit ihrer Kampagne bis zum Hals in Schulden. Weder die Zeitungen noch die Fernsehsender, noch die Luftfahrtgesellschaften wollten ihnen weiterhin Kredit geben; sie verlangten Barzahlung im voraus, und das war das erste finstere Omen der drohenden Niederlage. Schon jetzt hangelten sie sich nur von Woche zu Woche weiter, und wenn nicht bald Spenden eingingen, Spenden in beträchtlicher Höhe, würden sie demnächst von einem Tag zum anderen leben müssen. Die Politik war in der Tat schon seit geraumer Zeit zu einem Spiel geworden, das sich nur noch die Reichen leisten konnten. Idealismus, harte Arbeit, enthusiastische ehrenamtliche Mitarbeit, das alles zählte nicht viel. Es kostete eine Menge Geld, in die politische Arena einzusteigen und sich dort bis zu den Primärwahlen zu halten; und es kostete noch einmal eine Menge mehr, wenn man es schaffte, bis zum November im Rennen zu bleiben. Wenn man kein Privatvermögen besaß, war man auf Spenden angewiesen, und man mußte um sie betteln.

Ich bin kein guter Bettler, dachte William Barthelmess, während er seinen Rasierapparat abspülte. Er betrachtete sich im Spiegel des eleganten Badezimmers mit den vergoldeten Armaturen. Wir können uns diesen Luxus im Grunde gar nicht mehr leisten, dachte er. Wir hätten bei meinen Eltern in Queens wohnen sollen. Das hätte bei der Mittelklasse und den Arbeitern Pluspunkte eingebracht, aber sie waren ja, wie Judith gesagt hatte, nicht nach New York gekommen, um diese Leute zu gewinnen. Das würde vielleicht später kommen. Im Augenblick ging es darum, Spendengelder lockerzumachen, auch wenn sie offiziell zur Teilnahme an der Zweihundertjahrfeier zu Ehren George Washingtons nach New York gekommen waren. Sie brauchten Geld, damit aus dem Abgeordneten des Repräsentantenhauses ein Senator werden konnte. Und mit diesem Ziel im Auge würden Judith und William Barthelmess während ihres Aufenthalts in New York drei hochkarätige, exklusive Veranstaltungen besuchen. Zwei davon waren Empfänge; der eine im Haus von Sophie Callendars, Witwe des legendären Pat Callendar, viermal hintereinander Gouverneur des Staates New York; der andere Empfang wurde von Mr. und Mrs. Edward Lavansky gegeben, die alten New Yorker Geldadel repräsentierten. Bei diesen beiden Veranstaltungen würde ganz direkt für die finanzielle Unterstützung der Bewerbung William Barthelmess' um einen Sitz im Senat geworben werden. Das Hauptereignis jedoch war ein Festbankett zu Ehren des Parteivorsitzenden im Staat New York, Ralph Dreeben. Obwohl Dreeben seinen Rücktritt vom Parteivorsitz bekanntgegeben hatte, ließ er keinen Zweifel daran, daß er nicht die Absicht hatte, sich in den Hintergrund drängen zu lassen. Er war entschlossen, weiterhin seine Macht spielen zu lassen, als eine Art graue Eminenz der Partei zu fungieren. Die Einladung zu diesem Bankett ihm zu Ehren hieß daher, daß man mit seiner Unterstützung rechnen konnte. Direkte Appelle an andere Anwesende, für die Kampagne zu spenden, würden später folgen.

Wenn man Geld haben will, muß man so aussehen, als brauchte man es nicht, hatte Judith gesagt, und sie hatte recht wie meistens. Sie war sein stärkster Trumpf, nach seinem Aussehen natürlich. William musterte sich im Badezimmerspiegel und tupfte sich Rasierwasser ins Gesicht.

Er war Ende Vierzig, aber bisher hatte er sich prächtig gehalten. Die Andeutung von Tränensäcken unter seinen braunen Augen, die Linien um seinen Mund konnten als Zeichen geistiger Reife und harter Arbeit im Dienst der Öffentlichkeit gesehen werden. Seine Jugendlichkeit zeigte sich im vollen braunen Haar, das nicht von einer einzigen grauen Strähne durchzogen war. Er hatte eine hohe Stirn und ein kräftig ausgebildetes Kinn. Frauen fanden ihn attraktiv; Männer fanden ihn sympathisch. Und doch schaffte er es einfach nicht, um Geld zu bitten. Judith war diejenige, die die Werbetrommel rührte und mögliche Anhänger mit Charme dazu bewegen konnte, ihre Scheckbücher zu zücken.

Das Telefon läutete. Doch obwohl gleich neben der Badewanne ein Apparat stand, machte Will keine Anstalten, den Hörer abzunehmen. Er ging nie ans Telefon; es hätte ja sein können, daß er dann gezwungen war, mit jemandem zu reden, den er meiden wollte; daß er sich äußern mußte, obwohl er nicht dazu bereit war. In seinem Büro meldete sich stets eine Sekretärin; zu Hause das Mädchen; unterwegs Judith.

Das Läuten hörte auf. Sie hatte also abgenommen. Er konnte sie sprechen hören. »Ja?« sagte sie, aber dann hörte er nicht mehr hin. Wahrscheinlich ging es um irgendein Detail des kommenden Abends. Das interessierte ihn nicht weiter.

»Hallo, Ralph.«

Judith Barthelmess zwang sich, erfreut und herzlich zu sprechen, obwohl sie niedergeschlagen und entmutigt war.

»Wie geht es dir, Judith?« fragte der Vorsitzende.

»Gut, danke«, log sie. »Ich habe einen kleinen Virus erwischt, der mir ein bißchen zu schaffen macht, aber sonst fühle ich mich wohl. Was gibt's denn?«

»Ich habe große Neuigkeiten. Nicolson zieht sich aus dem Rennen zurück.«

»Nein!« Lorne Nicolson war der amtierende Senator; seit zwölf Jahren saß er im Senat der Vereinigten Staaten und hatte praktisch als unschlagbar gegolten. In letzter Zeit hatte er sich einige Fehler und Irrtümer erlaubt, hatte vorschnell gesprochen, war sich seiner Fakten nicht sicher gewesen, aber mit seinem Ruf hätte er das alles vergessen machen können.

»Warum denn?« fragte Judith vorsichtig.

»Er sagt, weil seine Frau krank ist.«

»Das wußte ich nicht. Das tut mir leid.« Es war die Standardausflucht eines Kandidaten, der die Niederlage ahnte, der keinen

Kampfgeist mehr hatte. Doch in diese Kategorie fiel Nicolson nicht. Vielleicht war er nur klug und hatte beschlossen abzutreten, solange sein Name noch etwas galt. Vielleicht sagte er sogar die Wahrheit.

»Hat er sich geäußert, wen er unterstützen wird?« fragte Judith nach einer kleinen Pause.

»Wir sind in Verhandlungen.«

»Ah ...« Das also war es, dachte Judith. Und da wurde nicht nur um Stimmen verhandelt. Es ging hier auch um die Wahlhelfer, die PR-Fachleute, die Geldgeber des Senators. Wenn Nicolson sich für die Kandidatur Will Barthelmess' aussprechen sollte, würden sie in den Genuß dieser ganzen Organisation kommen, die Nicolson sich aufgebaut hatte. Ein phantastischer Coup wäre das. Schlug er sich auf die Seite eines anderen, so konnte das für sie eine Katastrophe sein. Und Nicolson, der sich seiner Macht bewußt war, würde sich gewiß nicht aus dem Wahlkampf zurückziehen, ohne eine Empfehlung zu geben.

»Was will er haben?« fragte Judith.

»Das wird sich zeigen.«

»Wann gibt er es bekannt?«

»Nach unserer Zusammenkunft.«

Das hieß, daß Dreeben die Situation unter Kontrolle hatte.

»Kann ich irgend etwas tun?«

»Ich gebe dir Bescheid.«

Das war von Anfang an ihre Abmachung gewesen.

Nachdem Judith aufgelegt hatte, starrte sie einen Moment lang geistesabwesend in den Spiegel über dem Toilettentisch. Alle bezeichneten sie und Will immer als ein schönes Paar, aber der wirklich Gutaussehende war Will; sie mußte hart arbeiten, um mithalten zu können. In der Politik war es gar nicht schlecht, wenn die Frau eher etwas unscheinbar war; außer natürlich, sie kandidierte selbst, das war dann eine andere Sache, bei der andere Regeln galten.

Judiths Gesicht war lang und schmal. Ihre Augen waren hell, von einer unbestimmten Farbe zwischen Blau und Grau. Ihr kastanienbraunes Haar war lang und seidig, doch sie trug es fast immer in einem strengen Knoten. Judith Barthelmess hatte sich längst damit abgefunden, daß sie nicht hübsch war. Sie wollte allerdings auch auf keinen Fall Will in den Schatten stellen, sie wollte ebensowenig nicht von ihm übersehen werden. Sie hatte ihn schon in der High-School geliebt. Er war Leiter der Diskussionsgruppe gewesen, Vorsitzender des Schülerbeirats. Judith schwärmte ihn an wie alle anderen Mädchen auch, und da sie selbst eine hervorragende Schülerin war, schaffte sie den Sprung auf dieselbe Prestigeuniversität wie er, wo sie sich beide durch glänzende Leistungen hervortaten. Sie heirateten nach Abschluß ihres Grundstudiums und nahmen dann beide das Jurastudium auf.

Sie legten die Abschlußprüfung zu gleicher Zeit ab. Will nahm eine Stellung bei der Staatsanwaltschaft an; ihm war der Eindruck, den ein solches Amt bei einer Bewerbung um einen politischen Posten machen würde, wichtiger als das Geld, das es einbrachte. Judith sorgte für das Haushaltsgeld, indem sie ins Immobiliengeschäft einstieg – mit großem Erfolg. Kinder hatten sie sich versagt. Aber jetzt, dachte Judith mit einer heißen Aufwallung der Hoffnung, jetzt war vielleicht der Zeitpunkt für Kinder gekommen. Wenn Ralph Dreeben Nicolson überreden konnte, ihnen seine Unterstützung zu geben ...

Wills erster Wahlkampf war ein Desaster gewesen. Er hatte sich damals um einen Sitz im Parlament des Staates New York beworben, ein eher bescheidenes Ziel. Voller Idealismus, wild entschlossen, die Probleme der Großstadt zu lösen, ohne darüber die ländlichen Gegenden und die Industriegebiete zu vernachlässigen, hatte er sich in den Kampf gestürzt. Er war gar nicht mehr dazu gekommen, den Wählern seine Ziele nahezubringen, dazu bekam er überhaupt keine Chance, weil er wegen akuten Geldmangels aus dem Rennen ausscheiden mußte.

Diese erste Lektion hatten weder er noch Judith je vergessen: Ohne Geld kann man nicht in den politischen Kampf ziehen.

»Will?« rief Judith und stand auf. Sie wartete, bis er aus dem Bad ins Schlafzimmer kam. »Stell dir vor, Nicolson wirft das Handtuch.«

»Nein!« rief Barthelmess. »Hat er es schon bekanntgegeben?«

»Noch nicht.«

»Hat er durchblicken lassen, wem er seine Unterstützung geben will?«

»Dreeben trifft sich mit ihm.«

»Wow!« Er grinste.

Vielleicht hätte sie nichts davon sagen sollen, solange es noch nicht sicher war, dachte sich Judith. Vielleicht hätte sie keine neuen Hoffnungen in ihm wecken sollen, aber er war in letzter Zeit so deprimiert gewesen. Er brauchte Aufmunterung, und Ralph war ein Mensch, der im allgemeinen bekam, was er sich in den Kopf setzte.

»Ja, hoffentlich klappt's.«

Sie ließ den zarten Stoff ihres Negligés auseinanderfallen, trat zu ihm und umschlang ihn mit beiden Armen. Will spürte den Druck ihres Busens an seinem nackten Oberkörper. Sie hatten lange nicht mehr miteinander geschlafen. Allzu lang. Er fühlte, wie sein Verlangen erwachte. Er schob seine Hände unter ihre Brüste und neigte den Kopf, um sie zu küssen.

Sie stöhnte leise. Aber dann riß sie sich abrupt los. »Wir müssen uns beeilen, Schatz, sonst kommen wir noch zu spät.«

Ralph Dreeben legte nach dem Telefongespräch befriedigt auf. Judith Barthelmess war eine starke Frau, so ehrgeizig wie ihr Mann und weit pragmatischer. Eine Zusage von ihr war so gut wie eine ihres Mannes. Sie würde ihr Versprechen nicht vergessen und dafür sorgen, daß Will nicht kniff.

Nur widerstrebend hatte Ralph Dreeben sich entschlossen, von seinem Amt zurückzutreten. Die Opposition unter Führung von Hal Rutenberg sägte seit der letzten Wahl, die Dreeben um Haaresbreite gewonnen – oder, wenn man so wollte, Rutenberg nur um Haaresbreite verloren – hatte, beharrlich an seinem Stuhl. Dreebens Wählerschaft befand sich vornehmlich in der spanischen Gemeinde. Er war für diese Leute, die Armen, die hilfesuchend zu ihm kamen, der große gütige Vater. Immer fand er einen Weg; niemals schickte er einen Bittsteller mit leeren Händen weg. Dafür konnte er auf die Stimmen dieser Menschen zählen. Und ihre Stimmen waren im Kampf um die politische Macht oft das Zünglein an der Waage gewesen. Aber seine Anhängerschaft schrumpfte. Neue politische Führer, die andere ethnische Interessen vertraten, sagten ihm den Kampf an, und er war realistisch genug zu wissen, daß er auf die Dauer nicht überleben konnte. Man soll aufhören, solange man die Nase noch vorn hat, war stets sein Motto gewesen. Wäre Charlotte noch am Leben gewesen, so wäre ihm der Rücktritt vielleicht leichter gefallen, aber die Frau, mit der er vierundzwanzig Jahre lang verheiratet gewesen war, war im September an Krebs gestorben. Acht Monate waren seither vergangen, doch in den einsamen Stunden des späten Abends konnte ein Schatten an der Wand bewirken, daß ihm einen Moment der Atem stockte, weil er glaubte, sie sei wieder da, ihr Tod und die Beerdigung seien nichts gewesen als ein schrecklicher Alptraum. Und auf der Straße brauchte er nur im Vorübergehen eine Fremde zu sehen, die ihn an sie erinnerte, und die kaum verheilte Wunde brach mit allem Schmerz wieder auf.

Ralph Dreeben, achtundsechzig Jahre alt, war ein korpulenter Mann mit schlohweißem Haar und rotem Gesicht, das gesund wirkte, tatsächlich jedoch von hohem Blutdruck und zuviel Alkohol sprach. Dreeben hatte keine Kinder. Frauen interessierten ihn nicht. In seiner ganzen Ehe hatte er seine Frau nicht ein einziges Mal betrogen. Jetzt, da er allein war, blieben ihm nichts als die Intrigen und Machtkämpfe der Politik. Er war es gewöhnt, hinter den Kulissen zu wirken und sich das, was er wollte, zu holen, indem er andere für sich handeln ließ.

Doch er wollte nicht ganz aus dem Rampenlicht der Öffentlichkeit verschwinden, und ihm kam der Gedanke, daß die Ermordung der Frau und des Kindes auf dem Schulhof, von der er in den Nachrichten gehört hatte, seinen Zwecken dienlich sein könnte. Früher wäre er über ein derartiges Ereignis unverzüglich informiert worden. Er hätte jeden Streifenpolizisten und jeden Kriminalbeamten beim Vornamen nennen können, und sie hätten ihn gekannt und seine Anwesenheit am Tatort willkommen geheißen. Diese Zeiten waren endgültig vorbei. Doch er hatte noch seine Quellen, gute Quellen, und er brauchte nur ein paar Anrufe zu tätigen, dann hatte er die Auskünfte, die er wünschte.

Soweit bekannt war, war dieser Doppelmord das Werk eines

einzelnen. Ein Mann in Uniform, mit einer Maschinenpistole bewaffnet, hatte beim Flohmarkt, der hauptsächlich von Frauen und Kindern frequentiert war, plötzlich das Feuer eröffnet. Es schien sich um die Tat eines seelisch gestörten Menschen zu handeln, der auf diese Weise seiner Verzweiflung Luft gemacht hatte. Allzuoft geschahen heutzutage solche Dinge, so daß es die Menschen fast nicht mehr schockierte. Aber dieser Mord an Mutter und Kind würde die Öffentlichkeit zweifellos in helle Empörung versetzen. Es würde zu einem Aufruhr der Entrüstung kommen, und er beschloß, sich an seine Spitze zu setzen.

Als erstes setzte er sich daher mit Luis Deland, dem Chef der Kriminalpolizei, in Verbindung. Nachdem er seinem Entsetzen gebührenden Ausdruck verliehen hatte, fragte er, ob es neben den beiden Toten noch andere Opfer gegeben habe.

»Gott sei Dank, nein«, antwortete Deland.

»Das ist ein wahres Wunder, finden Sie nicht?« fragte Dreeben.

Deland enthielt sich eines Kommentars.

»Die Leute, die dem Anschlag entkommen sind, müssen im Schock sein.«

»Das ist richtig«, bestätigte Deland. »Wir haben an alle, die in der Gegend waren, aber nicht unter Beschuß gekommen sind – Passanten, Leute in den Häusern mit Blick auf den Schulhof –, einen Appell gerichtet, sich zu melden, wenn sie etwas beobachtet haben. Bisher haben wir von niemandem gehört.«

Das war die Gelegenheit, auf die Dreeben gewartet hatte. »Ich habe mir gedacht – das war mein alter Bezirk, jedenfalls bevor ich nach Queens gegangen bin, und die Leute dort haben immer noch Vertrauen zu mir. Wenn ich einen unmittelbaren Appell an sie richte, würde sich vielleicht jemand melden.«

»Wie meinen Sie das – einen unmittelbaren Appell?«

»Über Funk und Fernsehen. Wir könnten eine Aufnahme machen, die zu den Nachrichten gezeigt wird und dann in Abständen immer wieder. In der Art einer öffentlichen Bekanntmachung. Was meinen Sie?«

Ralph Dreeben hatte nur eine Amtszeit im Parlament des Staates New York in Albany gesessen, aber als Parteivorsitzender hatte er viele Jahre lang Posten und Verträge vergeben und sich als

Gönner und Mäzen auf vielerlei Gebieten gezeigt. Er war hochgeschätzt und besaß noch immer eine große Anhängerschaft.

Das alles wußte Deland. Er wußte auch, daß das Angebot des Politikers keineswegs uneigennützig war. Deland saß seit Jahren in seinem Sessel als Leiter der Kriminalpolizei; er besaß einen guten Instinkt für die Einschätzung eines Falles. Mord auf offener Straße war zur Alltäglichkeit geworden; doch bis zu diesem Tag waren derartige Verbrechen nur in den Außenbezirken der Stadt vorgekommen. Jetzt war das Unvermeidliche geschehen: Ein Wahnsinniger hatte mitten im Herzen von Manhattan unschuldiges Blut vergossen.

»Ich danke Ihnen für Ihre Hilfe, Mr. Dreeben. Ich werde Inspector Felix bitten, alles Nötige zu veranlassen, und mich dann wieder bei Ihnen melden.«

5

Norahs Telefon läutete morgens um fünf Uhr achtunddreißig. Sie hatte nicht tief geschlafen und war daher augenblicklich wach. Sie erwartete, daß entweder Tedesco oder Aldrege sich melden würden, um zu berichten, daß der Verdächtige in das ausgeschlachtete Feuerwehrhaus gekommen war und sie ihn festgenommen hatten. Doch der Anrufer, dessen Stimme sie nicht kannte, stellte sich als Sergeant Walsh von der Kriminalpolizei vor und bat sie im Namen Chief Delands, unverzüglich in die Hauptdienststelle zu kommen. Norah war nicht verwundert. Die Morde auf dem Schulhof hatten die Bevölkerung erschreckt und die Polizei in Aufruhr gebracht. Chief Deland wollte Kriegsrat halten; die frühe Stunde zeugte von der Dringlichkeit der Sache und der Absicht, die Konferenz im kleinen Kreis abzuhalten. Norah war gespannt, wer noch da sein würde.

Nur Chief Deland, Inspector James Felix und Captain Emmanuel Jacoby, Leiter des Polizeireviers zwanzig und Norahs direkter Vorgesetzter, waren da, als sie kam.

Luis Deland hatte als Chef der Kriminalpolizei mehrere *Police*

Commissioner und zwei Amtswechsel im Rathaus der Stadt überlebt. Er galt mit Recht als ein erfahrener und integrer Polizeibeamter, der die Kriminalpolizei, zu der etwa dreitausend Männer und Frauen gehörten, mit großer Kompetenz leitete. Er war ein großer, sehr magerer Mann, der aussah, als äße er nicht regelmäßig, und die stets aufgequollenen Tränensäcke unter seinen Augen legten nahe, daß er allzu wenig schlief. Beides traf zu. Essen und Schlafen standen auf Delands Liste von Prioritäten weit unten. Er griff lieber zur Zigarre. Norah konnte sich nicht erinnern, ihn je ohne einen Stumpen zwischen den Lippen gesehen zu haben. Allerdings, seit seinem zweiten Herzinfarkt vor vier Monaten zündete er seine Zigarren nicht mehr an, sondern kaute nur noch darauf herum.

James Felix war Delands rechte Hand, 54 Jahre alt, unglaublich tüchtig, seit mehr als dreißig Jahre bei der Polizei. Alle rechneten damit, daß er Deland ablösen würde, wenn dieser in Pension ging. Norah war froh, daß Felix da war. Er war zuerst ein guter Freund von Joe gewesen, dann auch von ihr. Viele sahen in Felix ihren Gönner und Förderer, den Mann, der ihr beruflich den Weg geebnet, ihr zu den lohnenden Fällen verholfen und ihr Rückendeckung gegeben hatte. Es stimmte, er hatte immer ein Auge auf sie gehabt, war stets da gewesen, wenn sie einen Rat brauchte, aber nie hatte er sie vor anderen bevorzugt, nie hatte er ihr einen Fall zugeschanzt, für den sie nicht qualifiziert war.

Emmanuel Jacoby hatte zwar nie durch brillante Ermittlungsarbeit oder sonstige spektakuläre Taten das Augenmerk seiner Vorgesetzten auf sich gezogen, aber er war ein hervorragender Administrator. Den Rang eines Captain hatte er sich mit harter Arbeit, fleißigem Studium und guten Prüfungsergebnissen verdient. Jede weitere Beförderung jedoch war nur durch Ernennung möglich, und da galt es, sein organisatorisches Talent als Dienststellenleiter unter Beweis zu stellen.

»Also.« Deland kam gleich zur Sache. »Nach Ansicht des *Police Commissioner* haben wir hier zwei Möglichkeiten. Erstens: Wir haben es mit einem Wiederholungstäter zu tun, und der Täter ist derselbe Mann, der letzten Monat in Army-Uniform auf einem Schulhof in Brooklyn herumgeballert hat. Wenn das zutrifft, dann wird es auch ein nächstes Mal geben. Das müssen wir verhindern.« Er sah sich um. »Vorschläge?«

Norah meldete sich zu Wort. »Was den ersten Fall angeht, so scheint der Täter völlig wahllos herumgeschossen zu haben. Er suchte sich irgendeine Schule und schoß dann in der Mittagspause wahllos in eine Gruppe Schüler. Ich denke, wenn wir ihn schnappen, wird sich herausstellen, daß er ein ehemaliger Kriegsteilnehmer ist und sein Motiv direkt mit seinen Kriegserlebnissen zu tun hat.« Sie machte eine kurze Pause, und Deland nickte, zum Zeichen, daß sie fortfahren möge. »Im vorliegenden Fall konnte ich mir die Feuerlinie ansehen. Die Schüsse gingen entweder direkt ins Straßenpflaster oder aber weit nach oben, viel zu weit nach oben, um einen Menschen zu gefährden. Bis auf die Schüsse, die auf die Mutter und den Säugling abgegeben wurden. Diese beiden scheint der Täter ganz bewußt anvisiert zu haben.

»Aus welchem Grund?« fragte Deland.

»Das weiß ich nicht, Sir. Bei der gestrigen Umfrage stießen wir auf zwei Jugendliche, die uns erzählten, ein Obdachloser von der Beschreibung des Schützen streune seit einigen Wochen in der Gegend herum und nächtige manchmal in dem alten Feuerwehrhaus in der 67. Straße. Wir haben es letzte Nacht überwacht, aber anscheinend ist er nicht erschienen.«

»Wenn er den Jugendlichen aufgefallen ist, müssen auch andere ihn bemerkt haben«, meinte Deland. »Fahren Sie mit den Hausbefragungen fort, und überprüfen Sie dann die Aussagen noch einmal alle. Vielleicht haben Sie etwas übersehen.« Er wandte sich an Felix. »Sie brauchen mehr Leute.«

»In Ordnung.«

»Wir brauchen schnellstens Resultate. Ob es derselbe Täter ist oder ein anderer, wir können nicht zulassen, daß Frauen und Kinder auf unseren Straßen getötet werden.« Deland sprach ruhig und sachlich, aber alle im Raum spürten und teilten die Leidenschaft, die sich dahinter verbarg.

»Besorgen Sie sich eine möglichst genaue Beschreibung dieses Obdachlosen, Lieutenant«, fuhr Deland fort, »und lassen Sie danach ein Porträt anfertigen. Wir verteilen die Kopien in der ganzen Stadt. Der Abgeordnete Ralph Dreeben hat sich erboten, über Fernsehen einen Appell zur Unterstützung an die Bevölkerung zu richten. Man kann nie wissen, vielleicht bringt es etwas. Wir müssen alles versuchen. Wir müssen etwas tun, und wenn nur, um der Öffentlichkeit zu zeigen, daß wir nicht tatenlos zusehen.«

Ein leichtes Klopfen an der Tür unterbrach ihn. Sergeant Walsh trat ein. »Entschuldigen Sie, Chef. Lieutenant Mulcahaney wird dringend am Telefon verlangt. – Es ist das Labor, Lieutenant.«

Norah errötete. »Sagen Sie bitte, ich rufe zurück.«

»Nein, nein«, rief Deland. »Legen Sie das Gespräch hier herein, Sergeant.«

Walsh ging. Sie warteten. Dann begann eines der Telefone auf dem Schreibtisch Delands zu läuten. Er nickte Norah zu, und sie hob ab.

»Lieutenant Mulcahaney.«

Obwohl Deland sich geflissentlich damit beschäftigte, eine frische Zigarre auszuwählen, und Jim Felix in der Akte blätterte, die er auf dem Schoß hatte, fühlte sich Norah von ihren Vorgesetzten beobachtet. Doch sie vergaß es, als sie hörte, was das Labor ihr mitzuteilen hatte.

»Sind Sie ganz sicher? Ist er wirklich nicht in irgendeinem Lagerraum oder Schrank?« fragte sie. »Ja, natürlich, ich glaube Ihnen, daß Sie überall nachgesehen haben«, beschwichtigte sie. »Sie sind vermutlich nicht dazu gekommen, irgendeine Untersuchung vorzunehmen? Nein? ... Ja, ich weiß, Sie haben ihn erst gestern abend bekommen. Ich hatte eben gehofft ... Na ja, vielen Dank jedenfalls, daß Sie mir gleich Bescheid gegeben haben.«

Sie legte auf. »Der Kinderwagen, in dem der Säugling erschossen wurde, ist weg. Er wurde ins Labor gebracht, und jetzt ist er spurlos verschwunden.«

In dem Verschwinden des Kinderwagens sah Norah eine Bestätigung ihrer Theorie, daß es sich bei der Schießerei auf dem Schulhof nicht um einen willkürlichen Ausbruch der Gewalt gehandelt hatte. Dennoch beschloß man, die Ermittlungen auf zwei Schienen zu führen: einerseits unter der Voraussetzung, daß der Schütze geistig gestört war und wahllos in eine Menschenmenge geschossen hatte; andererseits unter der Voraussetzung, daß er genau gewußt hatte, was er tat, und daß der Anschlag den beiden Opfern gegolten hatte.

Inspector Felix würde die Fahndung nach dem Mann in Uniform leiten und eine Hausbefragung von großem Umfang in den Gebieten der beiden Schießereien organisieren. Das würde dazu dienen, die beiden Zwischenfälle einer vergleichenden Untersuchung zu unterziehen und sicherzustellen, daß bei den ersten Ermittlungen, die von den zuständigen Revieren geführt worden waren, nichts übersehen worden war.

Norah tat es nicht leid, daß ihr die Verantwortung für die Hausbefragungen abgenommen wurde. Solche großangelegten Unternehmen waren vornehmlich Organisationssache, während Norah gern selber zupackte. Sie arbeitete am liebsten mit einem kleinen Team zusammen; da konnte sie ihre Intuition ins Spiel bringen und zu den Zeugen persönlichen Kontakt aufnehmen. Sie stellte im Geist schon den Stab ihrer Mitarbeiter zusammen und konnte es kaum erwarten, mit der Arbeit anzufangen.

Doch zuerst mußte sie wissen, warum sich Juan Herrera mitten in seinem Zorn über die Vernehmung seiner Frau plötzlich für den Kinderwagen interessiert hatte. Sie mußte wissen, was aus dem Kinderwagen geworden war. Und sie mußte wissen – und daß ihr das überhaupt aufgefallen war, hatte sie Ferdi Arenas zu verdanken –, warum Dolores Lopez ihr Kind in einem Zwillingswagen spazierengefahren hatte.

6

Norah gab Neel und Ochs den Auftrag, den Kinderwagen zu suchen. Wyler sollte als Verbindungsmann zu Felix dienen. Mittags waren sie und Ferdi auf dem Weg zu den Herreras. Abgesehen davon, daß sie gut zusammenarbeiteten, hatte sie Ferdi ausgewählt, weil er spanisch sprach. Das konnte immer nützlich sein, wenn man es mit Zeugen aus der spanisch sprechenden Welt zu tun hatte.

Die Herreras wohnten nicht weit von der Schule, auf deren Hof die Schießerei stattgefunden hatte. Auf das Unwetter des vergangenen Abends war ein herrlicher Tag gefolgt, warm wie im Sommer, obwohl gerade erst der Mai begonnen hatte, doch der Schulhof und die Spielplätze waren leer. Nirgends war eine Menschenseele zu sehen.

Das Haus, in dem die Herreras wohnten, stammte aus den dreißiger Jahren und war üppig geschmückt mit Giebeldächern und Säulen in neoklassischem Stil. Norah und Ferdi fuhren mit dem kleinen Aufzug in die oberste, die elfte Etage hinauf und läuten bei Wohnung C. Herrera selbst machte ihnen auf. Er sagte nichts. Er trat auch nicht zur Seite, um sie einzulassen.

»Dürfen wir hereinkommen?« fragte Norah.

»Wozu?«

»Um mit Ihnen zu sprechen.«

»Wir haben bereits miteinander gesprochen.«

»Ich verstehe Ihre Feindseligkeit nicht, Mr. Herrera. Unter den gegebenen Umständen hätte ich Kooperation erwartet.«

Er starrte ihr mit der gleichen Arroganz ins Gesicht, die er bei ihrem ersten Zusammentreffen an den Tag gelegt hatte. »Okay, Lieutenant, ich bin bereit, mit Ihnen zu kooperieren, aber nicht jetzt. Das ist ein ungünstiger Moment. Meine Frau ist immer noch sehr durcheinander. Wenn es ihr wieder bessergeht --«

»*Quién es? Quién está a la puerta?*«

Carmen Herrera erschien hinter ihrem Mann. Sie sah krank aus.

»Lieutenant Mulcahaney, Mrs. Herrera. Und das ist Sergeant Arenas. Paßt es Ihnen, wenn wir einen Moment hereinkommen?«

Juan Herrera zuckte gereizt die Achseln, doch auf das Nicken seiner Frau trat er zur Seite.

Durch einen schmalen Flur gelangten sie in einen langen, luftigen Raum, der frisch gestrichen war, ganz in Weiß. Die Böden waren aus Eichendielen, glänzend poliert, ohne Teppiche. Die Möbel waren modern, wuchtig, aus hellem Holz. An einer Wand standen eine Musikanlage und ein sehr großer Fernsehapparat. Durch eine offene Tür konnte Norah in eine Küche sehen, klein und schmal, aber mit modernsten Geräten ausgestattet. Norah vermerkte die Firmenzeichen – die besten Marken auf dem

Markt. Sie war sicher, daß die anderen Wohnungen in diesem Haus nicht so luxuriös ausgestattet waren. Aber am meisten interessierten sie die Gepäckstücke, die in der Nähe der Schlafzimmertür standen, ein Kofferset von Vuitton. Wiederum das Beste vom Besten, dachte sie.

»Verreisen Sie?«

Carmen antwortete. »Ich fliege nach Hause. Um meine Schwester und ihr Kind zu begraben. Ich möchte sie an einem Ort begraben, an dem sie nicht allein sein werden – bei der Familie in meiner Heimat.«

»Und wann reisen Sie?«

Carmens Augen wurden feucht. »Sobald – sobald Dolores und das Kind freigegeben werden. Ich fliege in derselben Maschine mit ihnen.«

»Und Sie begleiten Ihre Frau, Mr. Herrera?«

»Nein. Leider kann ich im Augenblick nicht weg. Ich muß mich um meine Geschäfte kümmern.«

»In der Tankstelle?«

»Richtig.«

»Und da könnte niemand Sie vertreten? Vielleicht könnten Sie für ein, zwei Tage schließen?«

»Carmen hat eine große Familie in Mayaguez. Sie wird nicht allein sein.«

Außer auf dem Flug, dachte Norah. Da wird sie mit ihrer Schwester und dem Kind, das sie wie ihr eigenes geliebt hat, allein sein. »Wann kommen Sie zurück, Mrs. Herrera?«

»Das weiß ich noch nicht.«

»Sie wird eine Weile bleiben.« Herrera merkte offenbar sofort, daß er viel zu entschieden gesprochen hatte, daß seine Bemerkung mehr wie ein Befehl als wie die Antwort auf eine Frage geklungen hatte. Hastig legte er seiner Frau einen Arm um die Schultern. »Sie soll sich erst einmal gründlich erholen. Waren Sie schon einmal in Mayaguez, Lieutenant?«

»Nein, nur in San Juan.«

»Mayaguez ist so, wie San Juan früher einmal war. Es ist das wahre Puerto Rico. Dort kann Carmen sich richtig erholen. Und dann kommt sie frisch und gesund wieder zurück.«

Carmen schüttelte seinen Arm ab. »Ich weiß noch gar nicht, ob ich zurückkomme.«

»Aber ja, *querida*. Selbstverständlich kommst du zurück.«

»Sei da mal nicht so sicher«, entgegnete sie und ging zum Schlafzimmer.

»Carmen!« rief er ihr nach. »Carmen, komm wieder her«, rief er von neuem, aber sie schloß die Tür fest hinter sich. »Sie meint es nicht so«, sagte er zu Norah und Ferdi. »Sie ist immer noch sehr durcheinander.«

Es läutete. Herrera ließ zwei Männer herein, der eine ein Schwarzer, der andere ein Weißer, beide in Overalls mit dem Logo der St. Vincent de Paul Society, einer wohltätigen Organisation.

»Wo sind die Sachen, die Sie spenden wollen?« fragte der Schwarze.

»Kommen Sie.«

Herrera führte sie durch einen Flur zu einer geschlossenen Tür. Als er sie öffnete und die beiden Männer in das Zimmer dahinter traten, sahen Norah und Ferdi flüchtig freundliche gelbe Tapeten, die mit Disney-Figuren bedruckt waren – Mickymaus, Schneewittchen, die sieben Zwerge, Cinderella, Donald Duck. Auf dem Wickeltisch waren Kartons, Stapel von Babykleidung und Spielsachen.

»Was sollen wir mitnehmen?« fragte der Schwarze.

»Alles.«

»Die Möbel auch? Von Möbeln hat uns keiner was gesagt. Ich weiß nicht, ob wir das alles in den LKW rein kriegen.«

»Sie nehmen das ganze Zeug sofort mit«, unterbrach Herrera. »Jetzt gleich«, fügte er mit einem Blick zur Schlafzimmertür hinzu. Er griff in seine Hosentasche, zog ein Bündel Scheine heraus und hielt dem Schwarzen zwei davon hin. »Bringen Sie die Sachen weg. Am besten gleich.«

Der Schwarze blickte auf das Geld. »Na schön, Sie sind der Boss.« Er winkte seinen Kollegen in das Kinderzimmer.

»Und der Kinderwagen?« fragte Norah Herrera.

»Sie haben doch gesagt, er sei im Labor und werde danach in die Aufbewahrung gegeben.«

»Er ist leider verschwunden«, gestand sie. »Jemand hat ihn mitgenommen. Haben Sie eine Ahnung, wer das gewesen sein könnte?«

»Jemand, der einen Kinderwagen braucht.«

»Aber wir bekommen ihn zurück. Keine Sorge.«

»Regen Sie sich deshalb bloß nicht auf. Mir ist das egal.«

»Sie wollen ihn nicht wiederhaben? Aber gestern wollten Sie ihn doch noch.«

»Ich wollte wissen, wo er war«, korrigierte er. »Ich wollte sicher sein, daß nicht irgendein wohlmeinender Idiot mit dem Ding vor unserer Wohnungstür aufkreuzt. Sie haben selbst gesehen, in was für einer Verfassung meine Frau ist. Was glauben Sie wohl, wie sie da reagiert hätte?«

Norah beschloß, die Sache fürs erste dabei bewenden zu lassen.

»Nur eine Frage noch, dann lassen wir Sie in Frieden. Wo waren Sie am Samstag zur Zeit der Schießerei?«

»Ich? In meiner Tankstelle. Das können meine Angestellten bezeugen. Und die Kunden, die ich bedient habe, ebenfalls. Ich kann meine Quittungen von der Werkstatt durchsehen und Ihnen eine Liste geben, wenn Sie wollen.«

»Er ist arrogant«, stellte Ferdi fest, als er und Norah auf die Straße hinaustraten. »Nicht nur, daß er lügt, er fordert einen auch noch heraus, es ihm nachzuweisen.«

Ein rauher Wind wehte aus Nordosten und kündigte das Ende des milden Sommerwetters an.

»Die Atmosphäre zwischen den beiden ist sehr gespannt«, bemerkte Norah.

»Er hemmt sie«, meinte Ferdi.

»Ja und nein. Meiner Ansicht nach läuft da ein Kampf ab, ich frage mich nur, worüber. Gestern im Leichenschauhaus war Carmen durchaus entgegenkommend. Sie erzählte mir Dolores' ganze Geschichte. Von der Schwangerschaft; vom Zorn der Familie; und wie sie nach Hause gefahren ist, um bei der Geburt bei ihrer Schwester sein zu können und sie und das Kind dann zu sich zu nehmen. Ich hatte den Eindruck, Carmen hätte gern eine Dauerlösung daraus gemacht. Vielleicht wollte sie das Kind sogar adoptieren.« Sie hielt inne. Das konnte eine subjektive Reaktion sein, sagte sie sich. »Aber heute hat sie kein Wort über ihre Schwester oder das Kind verloren – außer im Zusammenhang mit der Beerdigung.«

»Ich kann mir nicht vorstellen, daß Herrera einer Adoption zugestimmt hätte. Er scheint doch überhaupt nicht zu trauern. Ich habe eher den Eindruck, daß ihm Carmens Schmerz auf die Nerven geht«, meinte Ferdi.

Am frühen Sonntagmorgen, als die Sonne noch strahlte und den Zweihundertjahrfeierlichkeiten ihren besonderen Segen geben zu wollen schien, durchsuchte die Polizei das ganze Gebiet um die Federal Hall, von wo der Jubiläumszug starten sollte, nach Bomben. Allmählich bildete sich die Parade, die Würdenträger nahmen ihre Plätze auf den extra errichteten Tribünen ein.

Will Barthelmess hatte nicht zu der Feier gehen wollen. Die letzten Entwicklungen im Wahlkampf hatten all seine Hoffnungen zerstört. Lorne Nicolson hatte ihm nicht nur seine Unterstützung versagt, sondern hatte öffentlich verkündet, daß er Barthelmess' Gegner, Roy Sieghle, unterstützen werde.

»Wenn du nicht gehst, verleihst du damit Nicolsons Entscheidung viel größere Bedeutung, als ihr tatsächlich zukommt. Und die Leute werden sagen, du seist ein schlechter Verlierer.«

»Verlierer ist Verlierer, ob gut oder schlecht, das macht doch keinen Unterschied mehr«, gab Barthelmess zurück, der im Schlafzimmer ihrer teuren Suite seinen Koffer packte.

»Was hast du denn nun wirklich verloren?« meinte Judith. »Die Unterstützung eines Mannes, der nicht fähig war, den Kampf selbst aufzunehmen? Was hätte er uns schon geben können – ein paar ehrenamtliche Helfer? Wir haben doch selbst genug Leute. Seinen Wahlkampfstab? Seine PR-Leute? Da haben wir doch jetzt schon bessere Mitarbeiter.«

»Geld. Die Leute, die ihn finanzieren, was weiß man da schon.«

»Weißt du was, überlaß die Finanzen Ralph und mir, ja? Herrgott noch mal, du hast doch nicht verloren. Jedenfalls noch nicht. Jetzt ist der Moment, wo du zeigen mußt, daß du ein Fighter bist.

Du mußt dich auf jeder einzelnen der heutigen Veranstaltungen sehen lassen, Will. Roy Sieghle wird das bestimmt tun. Und du willst ihm doch nicht kampflos das Feld überlassen?«

Luis Deland, Leiter der Kriminalpolizei, war bei den Feierlichkeiten in der Federal Hall; Inspector Jim Felix nicht, obwohl seine Teilnahme vorgesehen gewesen war. In aller Stille hatte sich Felix darangemacht, zwei Truppen zu organisieren, die eine in Queens, unter der Leitung von Sergeant Paul Rittenhouse, der Felix' Abteilung angehörte, die andere in Manhattan, unter der Leitung von Simon Wyler, den Norah Mulcahaney für diese Aufgabe vorgeschlagen hatte. Noch einmal wollte man die Zeugen der beiden Schießereien vernehmen und sich möglichst genaue Beschreibungen der Täter geben lassen, nach denen dann der Polizeizeichner ein Porträt anfertigen sollte. Mit diesem Porträt bewaffnet würden die Beamten der beiden Trupps noch einmal losziehen in der Hoffnung, jemanden zu finden, der den Täter kannte.

Auf Felix' Geheiß arbeiteten die Leute bis in die Nacht hinein, doch den beiden Einsatzleitern, Rittenhouse und Wyler, war bald klar, daß die Beschreibungen, die von den Zeugen der beiden Schießereien geliefert wurden, nicht übereinstimmten. Innerhalb jeder Gruppe waren die Diskrepanzen in den Beschreibungen nicht gravierend, zwischen den Gruppen jedoch bestanden erhebliche Unterschiede. Man beschloß, einen zweiten Zeichner zuzuziehen und zwei Porträts anfertigen zu lassen.

Am Sonntag nachmittag um fünf waren die beiden Skizzen fertig. Die erste zeigte einen Mann mit vollem Gesicht und dunkler Haut, der eine Rasur brauchte. Die kleinen Augen, vom Schirm einer weichen Mütze beschattet, lagen sehr dicht nebeneinander. Der zweite Mann war mager und bärtig wie Fidel Castro und trug eine Brille mit dunklen Gläsern. Simon Wyler klopfte bei Norah an und legte ihr die beiden Bilder auf den Schreibtisch.

Sie studierte sie genau. Das erste, das Porträt des mutmaßlichen Mörders der Schulkinder, zeigte nur einen korpulenten Mann, der gemäß den begleitenden Beschreibungen nach nicht größer war als einen Meter fünfundsechzig, und er wog wohl gut

80 Kilo. Der Leibesumfang konnte auf Polsterung unter der Kleidung zurückzuführen sein; die vollen Wangen auf Watteklumpen in den Backentaschen. Die zweite Zeichnung zeigte einen Mann mit Bart und dunkler Brille, eine offensichtliche Maskierung. Den Zeugenaussagen zufolge war dieser Mann mindestens einen Meter achtzig groß, vielleicht größer. Selbst wenn der kleine sich Unterlagen in die Schuhe geschoben hätte, hätte er diese Größe niemals erreichen können.

Nach den Zeichnungen zu urteilen, konnten die Männer ebensogut Ende Zwanzig wie Anfang Vierzig sein.

Wyler tippte mit dem Finger auf das zweite Porträt. »Die Jugendlichen, die den Obdachlosen im Feuerwehrhaus beobachtet haben, sagen, das sei der Mann.«

»Dann müssen wir den suchen«, entschied Norah.

Da Norah im Augenblick persönlich nichts tun konnte, beschloß sie, nach Hause zu fahren. Sie war müde und niedergeschlagen. Sie wußte nicht, ob sie Erholung brauchte oder eine Lebensänderung. Wie so häufig in letzter Zeit, wenn sie sich in einem seelischen Tief befand, dachte sie an Randall Tye.

Zu Hause schlüpfte sie in eine bequeme alte Flanellhose und ein rotes T-Shirt, machte sich ein Fertiggericht aus der Tiefkühltruhe und setzte sich damit vor den Fernsehapparat, um sich die Nachrichtensendung von Liberty Network anzusehen. Als sie einschaltete, kam gerade Randall ins Bild.

Er moderierte die Nachrichten des Tages mit seiner gewohnten Mischung aus Ernsthaftigkeit und Charme. Nach den aktuellen Bildern folgte wie immer sein Kommentar.

»Wieder einmal müssen wir heute abend der traurigen Tatsache ins Gesicht sehen, daß Gesetz und Ordnung in unserem Land zunehmend bedroht sind. Während die meisten von uns gestern das stolze Erbe eines freien Volkes feierten, eröffnete auf einem Schulhof im Herzen Manhattans ein Mann, der mit einer Maschinenpistole bewaffnet war, das Feuer auf eine Gruppe unserer Mitbürger. Eine sechzehnjährige junge Frau und ihr kleiner, fünf Monate alter Sohn wurden getötet. Gott sei Dank gab es keine weiteren Opfer. Aber eben weil es sonst keine Opfer gab, vertritt die Polizei die Ansicht, daß hier nicht wahllos gemordet wurde.

Sie ist der Meinung, daß der Mörder seine Opfer ganz bewußt ausgewählt hat. Ein Motiv allerdings hat man bisher nicht gefunden. Ist es nicht wahrscheinlicher, daß diese grauenhafte Tat nur ein weiteres Scharmützel im Rahmen der Drogenkriege war, die unsere Straßen in Schlachtfelder verwandelt haben? Bisher haben sich solche Schießereien nur auf Schauplätzen an den äußeren Rändern unserer Stadt abgespielt. Wir haben die Geschehnisse rationalisiert, indem wir uns sagen, es sei eben unvernünftig, abends im Park zu joggen oder an einem heißen Sommerabend am Wasser spazierenzugehen oder abends noch im East Village, in Harlem oder Brooklyn durch die Straßen zu gehen. Wir waren bereit, diese Territorien aufzugeben. Und nun sollen wir also auch auf der Upper East Side auf der Hut sein? Wo ist da die Grenze zu ziehen – drei Häuserblocks vor der Park Avenue? Ist es zu spät, die Grenze zu ziehen? Müssen wir uns bewaffnen und unsere Türen verbarrikadieren? Müssen wir die Stadt verlassen und uns einen anderen Wohnsitz suchen? Und wenn ja, wohin wollen wir uns wenden?

Vielleicht hat der Schütze eine persönliche Vendetta gegen die junge Mutter und ihr Kind geführt, aber die Arroganz dieses Überfalls auf offener Straße vor zahllosen Zeugen zeigt totale Verachtung aller Gesetze unserer Gesellschaft. Diese Verachtung wird durch Drogen noch verstärkt. Drogen führen zu einem Zusammenbruch der Moral.«

Die Kamera fuhr auf Randall Tye zu. Seine hellbraunen Augen schienen jeden einzelnen Zuschauer zu fixieren. Trauer und Bekümmerung spiegelten sich darin. »Ich sage, wenn der Mörder unter der Einwirkung von Drogen gehandelt hat, dann sind die Leute, die ihm die Drogen geliefert haben, so schuldig, als hätten sie selbst geschossen.«

Norah schaltete den Apparat aus. Sinnlos, jetzt zu versuchen, Randall anzurufen. Sie wußte, wie es unmittelbar nach der Sendung im Studio zuging – ein plötzliches Abfallen der Spannung, allgemeines Durcheinander, bei dem alle zugleich redeten, eine Flut von Anrufen. Heute abend, dachte Norah, würde es besonders hektisch sein. Wenn Randall zwei Bier getrunken und etwas gegessen hatte, würde er langsam abschalten. Dann würde er sich an ihre Verabredung erinnern und sie anrufen. Es sei denn, es wurde sehr, sehr spät – dann würde er sie erst morgen anrufen.

Doch sie irrte sich. Randall Tye rief schon innerhalb der nächsten Viertelstunde an. Er war noch in Hochspannung, das hörte sie an seiner Stimme.

»Na? Hast du die Sendung gesehen?« fragte er ohne Umschweife.

»Ja.« Norah zögerte. »Sie war sehr wirkungsvoll.«

»Aber?«

»Nicht alles, was in New York geschieht, kann auf Drogen zurückgeführt werden. Es gibt noch andere Belastungen, die zu Explosionen führen.«

»Aber nicht in diesem Fall.«

»Weißt du etwas, was wir nicht wissen? Hast du Informationen, die wir nicht haben?«

»Nur was logische Überlegung diktiert.«

»Keine spezifischen Hinweise?«

»Lieber Gott, Norah, wenn ich konkrete Beweise irgendeiner Art hätte, würde ich dir das doch sagen. Das weißt du.«

»Okay.«

»Aber das ist sowieso nicht der Grund meines Anrufs.« Er machte eine kurze Pause. »Ich habe große Neuigkeiten. Du weißt doch, daß ich in Verhandlungen über die Verlängerung meines Vertrags gestanden habe? Ich habe eben von meinem Agenten gehört – der Sender hat alle unsere Bedingungen angenommen. Ab jetzt bin ich der bestverdienende Nachrichtenmoderator des Landes. Der Abschluß soll übermorgen mit einem großen Essen gefeiert werden. Ich möchte dich gern dabeihaben.«

»Gratuliere! Das ist wunderbar. Das freut mich wirklich für dich, Randall.« Du hast es verdient, war das nächste, was sie hätte sagen sollen, aber aus irgendeinem Grund brachte sie es nicht fertig. In seiner letzten Sendung hatte er sich in Opposition zur Polizei gestellt und damit in Opposition zu ihr. Vielleicht glaubte er, der Öffentlichkeit einen Dienst erwiesen zu haben, aber die Sendung war in dem Sinn von Eigennutz diktiert gewesen, als sie die Bosse des Senders dazu bewogen hatte, auf seine Forderungen einzugehen. Hätte sie darauf jedoch hingewiesen, so hätte er geantwortet, er habe der Story nur eine tendenziöse Färbung gegeben und er sei gewiß nicht der einzige Reporter, der so etwas tue; das gehöre zum Handwerk. Und wenn sie ihm dann vorgehalten hätte, daß das ein manipuliertes Vorgehen sei, so hätte er ihr zugestimmt, aber nichts Unrechtes daran gesehen.

»Das Essen findet also am Dienstag statt. Ich hole dich um halb acht ab. Okay?«

Nichts von heute abend. Er hatte die Verabredung offenbar vergessen. »Ich weiß noch nicht, ob ich dann gerade kann, Randall.«

»Du mußt doch nicht rund um die Uhr verfügbar sein, Norah.«
»Nein, aber wenn sich plötzlich etwas tun sollte – «
»Das passiert schon nicht.«
»Ach, sagen dir das deine Quellen?«
»Das habe ich im Gefühl. Das wird mein großer Abend, Norah. Ich möchte dich gern an meiner Seite haben.«

Und auch kein Wort von dem Ausflug in die Berge.

7

Sobald sie aufgelegt hatte, läutete das Telefon wieder. Es war Jim Felix. Sie spürte seine Erregung. »Wir haben mehrere Zeugen, die unser Porträt Nummer zwei identifiziert haben«, berichtete er, sich auf die Polizeizeichnung des Flohmarkt-Schützen beziehend. »Wir haben eine Adresse. Er ist nicht zu Hause, aber der Hausmeister hat uns bestätigt, daß er hier wohnt. Wir haben zwei Männer unten und zwei auf dem Dach. Wir umstellen den ganzen Häuserblock.«

Norah spürte, wie sie selbst in Erregung geriet.

»Willst du rüberkommen?« fragte er.

»Worauf du dich verlassen kannst.«

Norah fuhr in den Brooklyn Battery Tunnel ein, als die Sonne gerade unterging, und kam drüben in Brooklyn im abendlichen Zwielicht wieder heraus. Die Montague Street war nicht weit. Sie kannte diese Gegend von Brooklyn Heights. Die Montague Street war eine ruhige Wohnstraße mit gemütlichen alten Backsteinhäusern, die erst vor kurzem renoviert worden waren, frisch gepflanzten Bäumen und Blumenkästen voller spätblühender Tulpen vor den Fenstern. Ganz in der Nähe war die Brooklyn Heights Promenade, eine lange, erhöhte Uferstraße mit Blick auf den Hafen und die Spitze Manhattans mit seiner großartigen Skyline. Um diese Zeit waren Himmel und Wasser von durchsichtigem Blau.

Norah fand die Adresse, die Jim Felix ihr angegeben hatte, ohne Mühe, ein großes Apartmenthaus unweit der Promenade, in dem die Wohnungen sicher nicht billig waren. Sie hielt den silbergrauen Volvo an und ging über die Straße zum Pfarrhaus der kleinen Kirche, in dem Jim Felix sich eingerichtet hatte, um von hier aus seine Leute zu dirigieren, die das Apartmenthaus umstellt hatten.

»Wir haben die Freundin des Verdächtigen gefunden«, teilte er ihr mit, als sie kam. »Hier, schau dir das erst einmal an.«

Sie kannte das Gesicht, kein Wunder, sie hatte es ja immer wieder studiert, seit Simon Wyler ihr die Kopien der zwei Polizeizeichnungen gebracht hatte. Jetzt las sie das Material, das man über den Mann zusammengetragen hatte.

Edward Corbin. Alter: achtundzwanzig. Unverheiratet. Finanziell unabhängig. Geschichte seiner Schizophrenie: sechs Jahre lang in Behandlung, Verbindung von medikamentöser Behandlung und Psychotherapie. Eltern verstorben. Hinterließen ihrem einzigen Sohn Edward ein Vermögen in mündelsicheren Papieren, deren Erträge ihm ein sorgenfreies Leben gestatten. Zur Sicherheit für den Fall einer Börsenkatastrophe hatten sie noch in eine kleine guteingeführte Drogeriekette investiert. Aus diesem Unternehmen bezog Corbin alljährlich ein zusätzliches Einkommen.

Die Wohnung in der Montague Street war vor sechs Monaten gekauft worden. Der Verwaltungsrat des Gebäudes hatte seine Bewerbung vor allem aufgrund seiner sicheren finanziellen Verhältnisse angenommen. Man hatte gewisse Bedenken wegen seiner Krankheitsgeschichte gehabt, doch diese wurden durch Gutachten zerstreut, die Corbin sämtlich völlige Genesung attestierten. Außerdem befand sich der Immobilienmarkt derzeit in einer Krise. Käufer wie Corbin gab es nicht wie Sand am Meer. In dem Bericht stand zwar nichts davon, aber Norah wußte, daß geistiges Wohlbefinden in diesen Fällen fast ausnahmslos von der regelmäßigen und getreulichen Einnahme der verschriebenen Medikamente abhing.

Sie blickte auf, um Jim Felix wissen zu lassen, daß sie mit der Lektüre fertig war. Der ging daraufhin zur Tür und warf einen Blick in das schäbige kleine Wartezimmer. »Miss Racik? Würden Sie bitte hereinkommen? Ich bin Inspector Felix, und das ist Lieutenant Mulcahaney. Tut mir leid, daß Sie warten mußten.« Er deutete auf einen Sessel. »Darf ich Ihnen etwas anbieten? Eine Tasse Kaffee vielleicht?«

»Danke, nein.« Sie setzte sich nervös auf die Kante eines niedrigen Sessels, der völlig durchgesessen war.

Gertrude Racik war nicht sonderlich attraktiv, doch sie war eine auffallende Frau mit ihren fast wimpernlosen, leuchtendblauen Augen und dem flammendroten Haar, das zu einem prachtvollen, dicken Pferdeschwanz zurückgebunden war. Sie war älter, als sie auf den ersten Blick zu sein schien, sagte sich Norah, gut Mitte Dreißig.

»Ich wüßte nicht, was ich Ihnen erzählen könnte«, begann sie abwehrend, noch ehe sie ihr überhaupt eine Frage gestellt hatten. »Edward und ich sind nur ein paarmal miteinander ausgegangen. Er hat sich mir nicht anvertraut. Er ist gar nicht zu einer echten Beziehung fähig.«

»Sie haben im selben Haus gewohnt wie er, Miss Racik?«

»Früher, ja. Als ich noch bei meinen Eltern gewohnt habe. Jetzt habe ich meine eigene Wohnung in TriBeCa.«

»Ich hab' gehört, die Mieten sollen da draußen sehr hoch sein. Sie müssen eine gute Stellung haben«, meinte Felix.

Sie lächelte. »So gut auch wieder nicht. Ich lebe in einer Wohngemeinschaft mit zwei anderen Frauen.«

Felix erwiderte das Lächeln. »Und wie haben Sie Edward Corbin kennengelernt?«

»Das war an einem Wochenende, das ich bei meinen Eltern

verbrachte, weil Sheila, eine meiner Mitbewohnerinnen, unsere Wohnung für sich allein haben wollte. Als ich am Samstag morgen in den Waschraum hinunterging, war Edward schon da und wartete darauf, daß eine Maschine frei wurde. Na ja, und da sind wir ins Reden gekommen.«

»Und eines führte zum anderen?«

»Es sah so aus, als könnte es sich in der Richtung entwickeln. In den folgenden Wochen haben wir uns öfter gesehen, mal waren wir im Kino, mal sind wir auf der Promenade spazierengegangen, und dann – na, plötzlich war's aus. Ich habe ihn zum Abendessen bei meinen Eltern eingeladen, und das war der große Fehler. Erst hat er zugesagt, aber dann hat er in letzter Minute gekniffen. Und danach hat er sich nicht mehr gemeldet. Ich habe ihn ein paarmal angerufen, aber er sagte jedesmal, er hätte zu tun. Ich frag' mich bloß, was. Er arbeitet ja nicht. Er hat keine Hobbys. Er sagte, er würde sich wieder melden, wenn er Zeit hätte, aber das tat er nie. Ich habe ihn gefragt, was denn los wäre, aber er behauptete, es sei nichts, und legte auf. Ich habe ihm das nicht abgenommen. Ich dachte, ich könnte ihm irgendwie helfen, deshalb bin ich am folgenden Samstag zu meinen Eltern gefahren und bin runter in den Waschraum und habe auf ihn gewartet. Als er kam, wußte er sofort, warum ich da war, und wurde wütend. Aber richtig wütend. Er wurde krebsrot und brüllte mich an. Er sagte, er habe es mir schonend beibringen wollen, aber da ich offensichtlich zu dumm sei, um einen Wink zu verstehen, würde er es mir jetzt direkt ins Gesicht sagen: Er wollte mich nicht mehr sehen. Einen Moment lang habe ich wirklich geglaubt, er würde mich schlagen.« Ihr traten die Tränen in die Augen. »Tut mir leid, aber das ist alles.«

»Was hielten Ihre Eltern von Ihrer Freundschaft mit Corbin?« fragte Norah.

Gertrude Racik sah sie verwundert an. »Wieso? Ich bin fünfunddreißig Jahre alt.« Sie schwieg einen Moment. »Also gut, ich bin neununddreißig und habe nie einen richtigen Freund gehabt. Edward sieht ganz sympathisch aus, er ist unverheiratet, und finanziell geht es ihm gut.« Die Blicke der beiden Frauen trafen sich im Einverständnis. »Er war ruhig und höflich zu meinen Eltern, wenn er mich abholte. Er hat mich immer zeitig nach Hause gebracht.« Gertrude Racik seufzte. »Natürlich waren sie enttäuscht, als es aus war. Aber dann fing Edward an, sich seltsam zu benehmen. Er lief auf einmal dauernd in einer Uniform der Army herum, und dazu trug er diese schweren Schnürstiefel. Er streifte hier im Viertel herum. Alle Leute im Haus haben darüber geredet, aber keiner wußte, was man da tun konnte.«

»Trug er einen Bart?« fragte Norah.

»Nein, mit einem Bart habe ich ihn nie gesehen«, antwortete Gertrude Racik. »Und belästigt hat er eigentlich auch niemanden. Im Gegenteil. Eine Zeitlang haben sich hier im Block ein paar junge Leute herumgetrieben, von denen einige mit Drogen gehandelt haben. Es war eine kleine Bande, ungefähr acht Leute. Eines Tages ging Edward direkt auf sie zu. Keiner weiß, was er zu ihnen gesagt hat, aber sie sind seitdem nicht wieder hier gesehen worden.«

»Hatte Edward eine Schußwaffe bei sich, als er diese jungen Leute ansprach?«

»Ich selbst war nicht dabei, aber meine Eltern sagen, ja. Er benahm sich immer merkwürdiger – ging fast nur noch abends aus und verschwand für ein, zwei Tage, und wenn er dann wiederauftauchte, hatte er stets die Uniform an und die Maschinenpistole unter dem Arm. Alle hier fingen an, nervös zu werden. Man hatte das Gefühl, mit einer Zeitbombe zu leben. Doch keiner wußte, was man unternehmen könnte.«

»Warum ist niemand zur Polizei gegangen?«

Gertrude Racik schwieg eine kleine Weile. »Sie hatten Angst.«

Felix und Norah tauschten einen Blick. Im selben Moment begann das Funkgerät auf dem Schreibtisch zu knistern. »Er kommt. Er überquert gerade die Montague Street und hält auf das Haus zu.« Die Stimme des Überwachers war leise und gespannt.«

»Bewaffnet?« fragte Felix.

»Sieht aus wie ein AK-47.«

»Okay. Niemand rührt sich von der Stelle. Lassen Sie ihn ins Haus und in seine Wohnung hinaufgehen«, bekräftigte Felix den Befehl, den er vorher schon gegeben hatte. Dann wandte er sich wieder an Gertrude Racik. »Miss Racik, würden Sie bitte hier warten? Es wird nicht lange dauern.«

Sie nickte mit bleichem Gesicht. »Was werden Sie mit ihm tun?«

»Nichts, Miss Racik. Wir wollen ihn lediglich vernehmen.«

Gertrude Raciks leuchtendblaue Augen richteten sich auf Norah. »Sie werden ihm doch nichts antun?«

Als der Verdächtige im Haus war und in einen der beiden Aufzüge getreten war, gesellten sich zwei Beamte von draußen zu denen, die bereits im Foyer versteckt waren. Die beiden fuhren mit dem Aufzug in die Etage hinauf, in der die Wohnung des Verdächtigen war. Felix und Norah kamen von der Kirche herüber und fuhren ebenfalls hinauf.

Simon Wyler klingelte bei Corbin, wartete, klingelte noch einmal.

»Wer ist da?« Die Stimme kam aus dem Hintergrund.

Simon sah Jim Felix an. Der nickte.

»Polizei, Mr. Corbin. Wir möchten Sie sprechen.«

»Was wollen Sie?« Die Stimme war jetzt näher, der Sprecher schien sich direkt hinter der Tür zu befinden.

»Wir möchten Ihnen nur einige Fragen stellen, Mr. Corbin. Bitte öffnen Sie.«

Einen Augenblick blieb es still. Dann schepperte eine Sicherheitskette, ein Schlüssel drehte sich im Schloß, die Tür wurde aufgezogen. Mitten in der Öffnung stand Edward Corbin und hob, angesichts der versammelten Streitmacht von fünf Polizeibeamten, unaufgefordert die Hände.

Sie musterten ihn. Er war gut einen Meter achtzig groß. Er war schlank, das braune Haar war gepflegt. Aber er war glatt rasiert, und er trug auch keine Brille. Äußerlichkeiten, dachte Norah. Was sie stutzig machte, war der Ausdruck seines Gesichts. Die Zeichnung zeigte ein verschlagenes Gesicht; dieser Mann jedoch sah verwirrt aus. Sie wußte aus Erfahrung, daß die Gefühle, die der Zeuge gegen einen Verdächtigen hegte, sich in seiner Personenbeschreibung niederschlagen und so in der Polizeizeichnung zutage traten. Dennoch...

Corbin wich zurück. Die Polizeibeamten traten in seine Wohnung. Wyler tastete ihn ab, während sein Partner ihm Deckung gab.

»Sauber«, sagte Wyler.

Dennoch hielt Boyle weiterhin seine Dienstpistole auf den Verdächtigen gerichtet.

»Wo ist die Waffe?« fragte Wyler.

»Welche Waffe?« Einen Moment lang war Corbin beinahe überzeugend.

»Tun Sie nicht so, Corbin. Wir wissen, daß Sie eine AK-47 haben.«

»Ach so, die. Ja, klar.« Sein Gesichtsausdruck klärte sich. »Ich hole sie.«

»Halt!« rief Wyler. »Keine Bewegung. Sagen Sie uns, wo die Waffe ist.«

»In der untersten Kommodenschublade.« Er wies mit dem Kopf zu seinem Schlafzimmer.

Sie warteten, stumm und starr, den Blick auf Corbin geheftet, während Wyler hinüberging. Einen Augenblick später schon kam er wieder aus dem Zimmer, die Maschinenpistole in der Hand.

»Es ist eine Spielzeugpistole«, sagte er und reichte sie Jim Felix.

Norah sah sich die Waffe an. Alle sahen sie sich an.

»Haben Sie mit dem Ding die Leute hier terrorisiert?« fragte Felix.

»Ich terrorisiere niemanden«, entgegnete Corbin.

»Sind Sie sicher, daß das alles ist?« wandte sich Felix an Wyler.

»Im Schlafzimmer ist sonst nichts, Sir.«

»Haben Sie etwas dagegen, wenn wir uns hier einmal umsehen, Mr. Corbin?« fragte Felix. Sie hatten einen Durchsuchungsbefehl, aber unter den Umständen konnte Höflichkeit nicht schaden.

Corbin zuckte nur die Achseln und zündete sich eine Zigarette an.

Sie sahen sich mit aller Gründlichkeit um, aber sie fanden nichts. Edward Corbin rauchte eine Zigarette nach der anderen, bis sie fertig waren. »Zufrieden?« fragte er Felix dann.

»Insoweit, als ich Ihnen glaube, daß Sie keine Waffe in der

Wohnung haben, Mr. Corbin. Aber es würde mich interessieren, warum Sie in diesem Aufzug herumlaufen und dabei eine ausgesprochen gut gemachte Kopie einer tödlichen Waffe mit sich herumtragen.«

»Dieser ›Aufzug‹ ist die Uniform der US-Nationalgarde.«

»Woher haben Sie die?«

»Sie wurde mir vor langer Zeit angepaßt, als ich noch dazugehörte. Ich trage sie, wenn ich zur Exerzierhalle gehe und wenn ich von dort wieder nach Hause gehe – und ich trage sie aus dem gleichen Grund, aus dem Polizisten ihre Uniform tragen –, um den anständigen Leuten ein Gefühl von Sicherheit zu geben und dem Gesindel ein bißchen auf die Zehen zu treten. Hören Sie sich doch mal um. Dann werden Sie schon feststellen, daß ich mehr erreiche als Sie.«

»Wo waren Sie am Samstag, dem achtzehnten März, mittags um zwölf Uhr?« fragte Norah.

Die Beamten wußten alle, war das für ein Datum war, und auch Corbin wußte es.

»Das ist doch der Tag, an dem die Kinder auf dem Schulhof erschossen worden sind? Ich war beim Manöver mit meiner Einheit. In Camp Smith. Wir sind am Freitag abend losgefahren und Sonntag nachmittag um zwei Uhr zurückgekommen.«

Es war ziemlich sinnlos, die nächste Frage zu stellen, aber Norah tat es trotzdem. »Wo waren Sie gestern mittag?«

»Auch im Camp. Von Freitag abend bis Sonntag mittag. Wir haben einmal im Monat Manöver.«

8

Fiasko.

Das Wochenende, an das Judith Barthelmess so große Hoffnungen geknüpft hatte, war eine einzige Katastrophe gewesen. Sie hatte ihre ganze Überredungskunst aufbieten müssen, um Will zu bewegen, all die Termine wahrzunehmen, die man geplant hatte, um den Anschein zu erwecken, er reite auf einer

Welle wachsenden Erfolgs. Er hatte sich Mühe gegeben; das konnte sie nicht leugnen. Er hatte gut gespielt, aber aus irgendeinem Grund hatte seine Vorstellung niemanden überzeugt. Sieghle, sein Wiedersacher, hatte getan, als hätte er die Nominierung schon in der Tasche. Alle waren um ihn herumscharwenzelt. Und Will war trotz seiner Bemühungen außen vor geblieben.

Vor der Abreise nach Washington rief Judith Ralph Dreeben an. »Können wir noch auf dich zählen?« fragte sie gepreßt.

»Aber Judith, Mädchen, was ist das für eine Frage? Es würde mir nicht einfallen, einfach abzuspringen«, erklärte er salbungsvoll.

Natürlich nicht, dachte sie. Er konnte ja gar nicht. Sie waren unwiderruflich aneinander gebunden. Sie wünschte, sie könnte darauf vertrauen, daß er seine Unterstützung aus freien Stücken gab, sie hatte allerdings gewußt, worauf sie sich einließ, als sie ihre Vereinbarung getroffen hatten. Jetzt mußten sie sich beide daran halten, ob es ihnen gefiel oder nicht.

»Und was tun wir jetzt?« fragte sie.

»Du tust das, was du schon die ganze Zeit mit solchem Erfolg tust, du verkaufst deine Immobilien.«

»Das bedrückt mich alles so. Ich werde immer nervöser. Außerdem glaube ich, daß Will Verdacht geschöpft hat.«

»Das kann ich mir nicht vorstellen. Es sei denn, du hast etwas durchblicken lassen.«

»Nein, nein! Aber wenn er je dahinterkommen sollte ...«

»Das darf eben nicht passieren«, schloß Ralph Dreeben mit Entschiedenheit und legte auf.

Fiasko.

Das Telefon läutete, als Norah in ihr Büro kam. Sie hob ab. Es war Randall.

Er wußte es natürlich schon. Die ganze Medienwelt wußte es. Man hatte keinen Grund gesehen, die Operation geheimzuhalten, und sich über die normale Polizeifrequenz verständigt. Kein Wunder, daß sich die Nachricht vom Fehlschlag der Polizei wie ein Lauffeuer verbreitet hatte. Presse und Fernsehen würden das zweifellos nach allen Regeln der Kunst ausschlachten. Die PR-Abteilung der Polizei strampelte sich schon ab, um den Schaden möglichst gering zu halten. Viel nützen würde das jedoch nicht. Norah wußte aus eigener Erfahrung, daß es beinahe unmöglich war, einen Vollblutreporter abzulenken, wenn er einer heißen Story auf der Spur war.

»Tut mir leid, Norah«, sagte Randall Tye. »Solche Dinge passieren eben. Man kann da keinem die Schuld geben.«

»Danke, Randall.«

»Ich glaube trotzdem, daß ihr die Sache falsch anpackt.«

»Bitte! Wir hatten uns doch geeinigt –«

»Ich weiß, ich weiß. Aber man erwartet einen Kommentar von mir, und ich –«

»Du hast mich bereits gewarnt. Du hast mir immer wieder erklärt, daß es für dich eine Drogengeschichte ist. Gut. Das ist deine Auffassung. Es ist deine Aufgabe zu sagen, was du denkst, mach das also ruhig. Es stört mich nicht. Du brauchst dir nicht erst meinen Segen zu holen. Die anderen Nachrichtenleute tun das auch nicht.« Ihre Worte taten ihr sofort leid. Sie sah förmlich, wie Randall zusammenzuckte. Ihre Schärfe war ungerechtfertigt gewesen, aber jetzt konnte sie nichts mehr zurücknehmen.

»Warum bist du in dieser Sache so empfindlich?« fragte Tye.

»Ich bin nicht empfindlich«, widersprach sie aufbrausend. »Oder ja, vielleicht hast du recht. Ich weiß nicht, warum.«

»Ich bemühe mich, fair zu sein, Norah.«

»Das weiß ich ja.«

Es folgte eine Pause, in der beide nach Worten suchten, um das auszudrücken, was ihnen so schwer auf der Seele lag, aber sie fanden die Worte nicht.

Randall Tye gab als erster auf. »Also, ich sehe dich dann Dienstag abend, ja?«

Norah holte tief Atem. »Ich glaube nicht. Mir ist im Moment wirklich nicht nach Feiern zumute.«

»Es ist eine Feier mir zu Ehren, Norah. Es ist ein großer Tag für mich. Wenn man dich morgen zum Captain befördert, würde ich das auch mit dir zusammen feiern. Ich möchte dich am Dienstag gern an meiner Seite haben. Es ist ein wichtiger Tag für mich, Norah.«

Sie spürte, wie ihr heiß wurde. »Mir ist er auch wichtig«, erwiderte sie leise und mit aller Aufrichtigkeit.

Randall hatte sie beschuldigt, empfindlich zu sein, und sie mußte zugeben, daß er damit nicht unrecht hatte. Bisher hatte sie sich bei ihren Ermittlungen auf das Privatleben von Dolores Lopez und ihrem Kind und Carmen und Juan Herrera beschränkt. Doch dieser Weg drohte nicht weiterzuführen. Carmen würde schon bald nach Puerto Rico abreisen, Herrera, der ständig überwacht wurde, hatte sich bisher durch nichts verdächtig gemacht. Es wurde Zeit, sich ein wenig umzuhören.

Die meisten Leute, die in Manhattan wohnen, würden ihren nächsten Nachbarn nicht erkennen, wenn sie ihm auf der Straße begegneten. Je vornehmer das Haus, desto isolierter die Mieter oder Wohnungseigentümer. Norah glaubte, bei dem Haus, in dem die Herreras wohnten, würde es anders sein, weil die Mieter derselben ethnischen Gruppe angehörten und weil viele von ihnen schon in dem Haus wohnten, seit es gebaut worden war. Sie vermutete, daß die Leute in diesem Haus bestens übereinander Bescheid wußten; es würde nur schwierig sein, sie zum Reden zu bringen, schon gar mit der Polizei.

Sie ging noch einmal die Berichte ihrer Leute durch, die die Bewohner des Hauses unmittelbar nach der Schießerei vernommen hatten, und beschloß, ihr Glück bei einer Mrs. Imelda Martín zu versuchen, die mit den Herreras auf einer Etage wohnte.

Das erste, was Norah auffiel, als Mrs. Martín sie einließ, war der schäbige Zustand der Wohnung, besonders im Vergleich zu der Wohnung der Herreras. Bei den Herreras war alles frisch gestrichen und tapeziert gewesen, mit den modernsten Geräten ausgestattet. Mrs. Martíns Badezimmerdecke war so von Sprüngen durchzogen, daß man fürchten mußte, sie würde jeden Moment herunterkommen, an den Wänden fehlten Kacheln; der Wassertank der Toilette hing hoch oben unter der Decke und hatte noch eine Zugkette. Auch die Küche war hoffnungslos altmodisch. Eine Errungenschaft moderner Technik jedoch hatte

Mrs. Martín in ihrem Schlafzimmer stehen – eine neue, moderne Singer-Nähmaschine.

Proben ihrer Arbeit waren überall zu sehen, gerüschte Vorhänge an den Fenstern, Schonbezüge über den Sofas und den Sesseln. Auf einer Kommode an der Wand lag ein Stapel ordentlich gefalteter Steppdecken, und eine solche Decke, die sie gerade in Arbeit hatte, lag über ihrer Maschine.

»Haben Sie die alle selbst gemacht?« fragte Norah. »Die sind wirklich schön«, sagte sie bewundernd, als Mrs. Martín nickte.

»Ich verkaufe sie auf dem Flohmarkt.«

»Ach?« Davon hatte in dem Bericht nichts gestanden. »Waren Sie bei der Schießerei dabei?«

»Nein. An dem Tag bin ich zu Hause geblieben. Ich hab' mich nicht wohl gefühlt.« Sie war sicher schon siebzig und stützte sich beim Gehen auf einen Stock. Ihr graues Haar war so dünn, daß die rosige Kopfhaut durchschimmerte. Ihre Augen tränten, oder sie weinte leicht. Oder beides. Sie wurden jetzt jedenfalls feucht, als sie an die Ereignisse jenes Morgens zurückdachte.

»Dolores Lopez hatte mir angeboten, mich an meinem Stand zu vertreten und die Decken für mich zu verkaufen. Aber das hab' ich abgelehnt. Sie hat immer so freundlich getan, wissen Sie, aber in Wirklichkeit war sie gar nicht nett. Sie hat auch immer so getan, als hätte sie das Baby gern, aber in Wirklichkeit hat sie sich überhaupt nichts aus dem Kind gemacht. Aber auch gar nichts.«

»Warum sagen Sie das?«

»Weil es wahr ist.«

»Woher wissen Sie das?« bohrte Norah sachte weiter.

»Das Kind ist ihr auf die Nerven gegangen. Es war ihr eine Last. Sie konnte nicht einfach losziehen und sich amüsieren, wenn sie Lust dazu hatte. Ich meine, sie war ja noch so ein junges Ding.«

»Ihre Schwester hat gesagt, sie habe sich überhaupt nicht für Männer interessiert und auch nicht versucht, Freunde zu finden. Sie behauptet, Dolores hätte sich ganz dem Kind gewidmet.«

Die alte Frau zuckte die Achseln.

»Weshalb sollte sie lügen?« fragte Norah.

»Kann ja sein, daß sie das glaubt. Oder glauben möchte. Ich

weiß, daß es nicht so war. Ich hab' selbst gesehen, wie Dolores das Kind geschlagen hat, wenn es weinte. Einmal hat sie ihm sogar das Kopfkissen aufs Gesicht gedrückt, damit es zu weinen aufhörte. Sie hat auf dem Spielplatz auf einer Bank gesessen und hatte den Kleinen im Kinderwagen. Ich war ganz in der Nähe, auf einer anderen Bank, und hab' genäht. ›Was tun Sie da?‹ hab' ich gerufen, und da hat sie das Kissen sofort weggezogen. Ich bin hingegangen. Der Kleine war krebsrot im Gesicht, aber sonst war er in Ordnung.«

»Haben Sie Mrs. Herrera von der Sache erzählt?«

»Nein.« Die Tränen drohten überzufließen. »Das hab' ich nicht über mich gebracht. *Dios mio!* Jetzt wollte ich, ich hätt's getan.«

Einfach wäre es sicher nicht gewesen, dachte Norah, und wahrscheinlich hätte man ihr nicht geglaubt. »Wie hat Mr. Herrera sich denn dazu gestellt, daß er plötzlich seine Schwägerin und ihr Kind im Haus hatte?«

»Ich hab' keine Ahnung.«

Norah glaubte schon, sie hätte sonst nichts weiter zu berichten, aber da sagte Mrs. Martín plötzlich: »Er kommt immer erst sehr spät von seiner Tankstelle nach Hause. Da hatte seine Frau wenigstens Gesellschaft.« Sie warf Norah einen Seitenblick zu.

Norah war sich nicht sicher, wie sie diesen Blick verstehen sollte. Sie ließ die Frage für den Moment auf sich beruhen. »Haben Sie noch bei anderer Gelegenheit beobachtet, daß Dolores Lopez mit ihrem Kind die Geduld verlor?«

»Nein.«

»Jeder Mutter geht bei der Kindererziehung einmal der Gaul durch, aber das heißt noch lange nicht, daß sie ihr Kind nicht liebt.«

»Wie Sie meinen, Lady.« Imelda Martín setzte sich an ihre Maschine und senkte den Kopf über ihre Arbeit.

Die nächste Zeugin, die Norah sich aufgrund der Berichte ihrer Leute zum Gespräch ausgesucht hatte, war eine Mrs. Hope Winslow, die in der York Street in einem Apartmentkomplex direkt gegenüber von Herreras Tankstelle wohnte. Sie betrieb dort einen privaten Kindergarten. Norah hörte das Kindergeschrei schon, als sie in Haus C im ersten Stock aus dem Aufzug trat. Sie mußte zweimal läuten, und mit Nachdruck, ehe jemand rief: »Ich komme!« Dann dauerte es noch einmal eine Weile, ehe Mrs. Winslow erschien, auf dem Arm ein etwa dreijähriges Mädchen mit blonden Zöpfen und am Rockzipfel einen Jungen gleichen Alters, der versuchte, dem kleinen Mädchen seinen Lutscher zu entreißen. Mrs. Winslow war dunkelhäutig. Sie hatte ein schönes, offenes Gesicht, dunkle Augen, weiches, welliges Haar und volle Lippen. Sie schaffte es, heitere Gelassenheit auszustrahlen, während sie zu verhindern suchte, daß die beiden Kleinen einander in die Haare gerieten.

»Mrs. Winslow? Ich bin Lieutenant Mulcahaney.« Norah zeigte ihren Dienstausweis. »Darf ich einen Augenblick hereinkommen?«

»Bitte.«

Vom Vorsaal aus gelangte man in einen großen sonnigen Raum. Der Boden war gefliest; es gab keine Vorhänge. Die wenigen Möbelstücke waren auf Kindergröße zugeschnitten. An den Wänden prangten Kinderzeichnungen und schmutzige Fingerabdrücke. Hope Winslow schob den kleinen Jungen behutsam weg und ließ das Mädchen auf den Boden hinunter, dann sah sie Norah lachend an. »Bei diesen Kindern braucht man die Weisheit Salomons.«

»Das glaube ich.« Norah zählte acht Jungen und Mädchen im Alter zwischen drei und sechs. »Ich bin beeindruckt. Sind Sie nicht manchmal nahe daran, den Verstand zu verlieren?«

»Ich liebe diese Arbeit.«

»Können wir uns hier irgendwo unterhalten?«

»Kommen Sie.«

Hope Winslow führte Norah in eine große Wohnküche. »Wir müssen allerdings die Tür offenlassen. Man braucht diese Gören nur einen Moment aus den Augen zu lassen und schon ist die Katastrophe fertig. Manchmal frage ich mich, wie sie das nur schaffen.«

Norah dachte an Mark, den Vierjährigen, den sie und Joe adoptiert hatten und dann wieder hergeben mußten.

»Darf ich Ihnen etwas anbieten, Lieutenant? Eine Tasse Kaffee? Oder Tee?«

»Kaffee, wenn es Ihnen keine Mühe macht.«

»Überhaupt keine, außer Sie haben etwas gegen Pulverkaffee. Es ist ehrlich gesagt ein Genuß, sich zur Abwechslung mal mit einer erwachsenen Person unterhalten zu können.« Hope Winslow stellte Tassen und Untertassen auf den Tisch in der Mitte der Küche, gab Pulverkaffee in die Tassen, füllte einen Topf mit Wasser und zündete das Gas an. »Ich habe ein paar Schnecken da . . .?«

»Ich weiß nicht.«

»Na kommen Sie. Man lebt nur einmal. Mohn oder Quark?«

»Quark, bitte.«

»Nehm' ich auch. Und zum Teufel mit dem Cholesterin.«

Nachdem sie den kleinen Imbiß zu sich genommen hatten, ohne viel zu sprechen, lehnte sich Hope Winslow auf ihrem Stuhl zurück und seufzte befriedigt. »Der einzige Nachteil bei dieser Arbeit ist, daß ich vor den Kindern nicht rauchen kann. Aber vielleicht ist das ja auch gar kein Nachteil. Also, Lieutenant, was kann ich für Sie tun?«

»Wie ich sehe, haben Sie direkten Blick auf die York-Tankstelle.«

»Augenblick mal, Lieutenant. Darauf hat mich bereits einer Ihrer Leute angesprochen. Ein Sergeant Arenas. Er wollte wissen, ob mir da drüben irgendwas Verdächtiges aufgefallen sei. Ich frage Sie – was ich übrigens auch ihn gefragt habe –: Wann habe ich Zeit, zum Fenster hinauszuschauen?«

»Na ja, die Kinder gehen doch abends nach Hause, oder nicht?« Norah lächelte.

Hope Winslow erwiderte das Lächeln. »Drei von ihnen nicht. Es sind meine Kinder. Und wenn die anderen gehen, erinnern sie mich sehr nachdrücklich daran, wieviel Zuwendung ich ihnen schuldig bin.«

»Beneidenswert«, sagte Norah.

»Ja, ich weiß. Ich würde Ihnen wirklich gern helfen, Lieutenant, aber ich habe nichts zu erzählen.«

»Vielleicht nicht. Aber es könnte auch sein, daß Sie etwas bemerkt und als selbstverständlich hingenommen haben, das für uns von Interesse sein könnte. Schauen wir doch mal, ob wir auf so etwas kommen. Okay?«

»Ja, gut.«

»Also – wann stehen Sie morgens auf?«

»Ich? Immer um halb sechs, ob's stürmt oder schneit«, antwortete sie prompt.

»Dann sehen Sie doch, während Sie das Frühstück machen, sicher, ob drüben die Tankstelle offen ist?«

»O ja. Die macht immer um sieben auf. Der Junge, der da arbeitet, Perry, hat mir schon ab und zu mal geholfen, wenn ich Kisten zu schleppen oder sperrige Kartons wegzubringen hatte. Daher weiß ich, daß er um sieben kommt und dann aufmacht. Der Eigentümer kommt immer erst gegen acht oder halb neun.«

»Na sehen Sie, Sie wissen doch viel mehr, als Ihnen selbst bewußt war.«

»Ja, stimmt. Komisch, nicht? Okay. Perry macht um drei Uhr Schluß. Dann kommt ein älterer Mann namens Ace. Der bleibt bis um acht, wenn der Laden schließt. Um die Zeit sind wir meistens mit dem Abendessen fertig, und ich räume die Spülmaschine ein.«

»Schließt Herrera die Tankstelle und die Werkstatt selbst, oder überläßt er das Ace?«

»Nein, nein, das macht er selbst.«

»Da hat er einen ganz schön langen Tag. Mal sehen, was Sie sonst noch beobachtet haben. Was für Autos verarztet Herrera in seiner Werkstatt – Mittelklasse oder Luxuskarossen? Einheimische Modelle oder Ausländer? Manchmal suchen sich auch die Nichtstuer im Viertel so eine Werkstatt als täglichen Treffpunkt aus. Trifft das hier zu?«

»Nein, zum Glück nicht. Genau davor hatte ich Angst, als wir hierhergezogen sind – daß da unten bei der Werkstatt dauernd irgendwelche Kerle rumhängen. Aber Herrera sorgt dafür, daß das gar nicht erst einreißt.«

»Es gibt also keinen Kunden oder Besucher, der regelmäßig kommt?«

»Soviel ich weiß, nein. Abgesehen von seiner Frau und dem Kind natürlich. Ich fand es richtig rührend, daß sie ihn immer besuchte.«

»Kennen Sie Mrs. Herrera?«

»Nein.«

»Woher wissen Sie dann, daß die Frau Mrs. Herrera war?«

»Das hab' ich einfach angenommen – ich meine, welche andere Frau mit Kind...«

»Haben Sie Perry nie nach der Frau gefragt?«

»So neugierig war ich auch wieder nicht, Lieutenant. Jetzt –«

»Ja?«

»Jetzt frage ich mich allerdings... Sie ist so regelmäßig gekommen. Außer bei wirklich schlechtem Wetter, wenn es in Strömen geregnet oder geschneit hat, hat sie keinen Tag ausgelassen. Und es waren ein paar bitterkalte Tage dabei. Ich hab' damals noch gedacht, daß man ein Kind bei solchem Wetter eigentlich besser zu Hause lassen sollte.«

»Wir häufig waren diese Besuche?«

»Sie kam jeden zweiten Tag. Aber sie kann natürlich auch zu anderen Zeiten hier gewesen sein. Ich habe ja nicht ständig auf der Lauer gelegen.«

Die Spüle war direkt unter dem Fenster. Wenn man davorstand, konnte man die Einfahrt zur Tankstelle und den kastenförmigen Bau genau sehen, in dem die Werkstatt untergebracht war. Norah konnte auch die Glasfront des Büros sehen, aber infolge der Spiegelung war unmöglich zu erkennen, wer oder was sich im Inneren befand. Hinten, dachte sie, gab es zweifellos zusätzliche Räume – Toiletten, ein Lager, vielleicht auch ein Privatzimmer.

»Wie lange dauerten die Besuche im Durchschnitt?«

Hope Winslow schüttelte den Kopf.

»Können Sie mir die Frau beschreiben?«

»Von hier aus kann man keine Einzelheiten erkennen, Lieutenant. Im Winter hatte sie immer einen knallroten Anorak mit Kapuze an. In letzter Zeit trug sie ein blaues Cape und einen weißen Sombrero. Ich hatte den Eindruck, daß sie noch sehr jung ist. Vielleicht lag es an ihren Bewegungen, ich weiß nicht. Daran, wie sie mit dem Kinderwagen umging. Sie war nicht sehr fürsorglich mit dem Baby.«

Sie hatten aus ihrer Affäre, wenn es denn eine gewesen war, kein Geheimnis gemacht, dachte Norah. Sie hatten sie vielmehr an die große Glocke gehängt. Aber wieso?

Als Norah ging, kehrte sie nicht gleich zu ihrem Wagen zurück. Sie streifte noch eine Weile ziellos durch die Straßen. Es gab hier in der Gegend mehrere große Bauvorhaben, das größte an der Ecke Third Avenue und 68. Straße, wo wieder einmal ein Luxusbau voll teurer Eigentumswohnungen hochgezogen werden sollte. Die Grube für das Fundament war schon ausgehoben, Trümmer und Bauschutt waren längst abgefahren. Bei kleineren Vorhaben blieben die Container manchmal wochen- und monatelang am Bauplatz stehen.

Es wurde langsam spät. Sie mußte sich noch für Randalls großes Fest zurechtmachen. Ehe sie nach Hause fuhr, rief sie von einer Telefonzelle aus in der Dienststelle an und gab Auftrag, ein Team zusammenzustellen und alle Bauplätze in der Gegend des Labors gründlich in Augenschein zu nehmen.

9

In der Zeit, die Norah für sich als ihre Prominentenperiode bezeichnete, hatte sie sich eine Garderobe zugelegt, die allen Anlässen gerecht wurde. Sie würde, dachte sie, mindestens fünf Jahre lang nichts Neues mehr kaufen müssen. Zu Randalls Fest zog sie das beigefarbene Satinkleid an, lang, schmal, vorn hochgeschlossen, im Rücken tief ausgeschnitten. Einfach und raffiniert. Genau das Richtige.

Die Sache stieg im Waldorf Astoria unter Teilnahme von fünfhundert geladenen Gästen, Freunde und Kollegen Randalls, alles, was in den Medien Rang und Namen hatte. Norah sah Randall an, der neben ihr saß, elegant und gutaussehend im Smoking, blickte dann hinaus in die Menge, die sich eingefunden hatte, um ihn zu ehren. Sie war stolz.

Nun kamen die Reden, kurz und geistreich, von Spezialisten geschrieben und von Spezialisten vorgetragen. Danach folgte ein Film. *Die Randall Tye Story*. Ein Blick auf die Karriere des berühmten Nachrichtenmoderators. Zuletzt würde der Mann, der an diesem Abend gefeiert wurde, selbst das Wort ergreifen.

Die Lichter verdunkelten sich; Musik brandete auf, als die Leinwand heruntergelassen wurde. Dann erschien Randall in Großaufnahme auf dem Schirm.

Applaus.

Norah drehte sich herum, als ihr jemand auf die Schulter tippte. Ein Kellner neigte sich zu ihr und sagte etwas, aber sie konnte ihn wegen des Applauses nicht verstehen. Er wiederholte seine Worte dicht an ihrem Ohr.

»Ein Anruf für Sie, Lieutenant. Dringend. Bitte folgen Sie mir.«

Norah folgte dem Kellner hinaus. Alle Augen waren auf die Leinwand gerichtet. Niemand merkte etwas. Der Kellner führte sie in ein Büro. Sie nahm den Hörer des Telefons, das auf dem Schreibtisch stand. »Mulcahaney.«

»Danny Neel hier, Lieutenant. Wir haben den Kinderwagen gefunden.«

»Wo?«

»Genau da, wo Sie ihn vermutet haben, Lieutenant. In einem Container gleich um die Ecke vom Labor. Er ist ziemlich verkohlt. Anscheinend haben die versucht, ihn zu verbrennen, aber es hat irgendwie nicht geklappt. Der Container war wahrscheinlich gerade in der Nähe, da haben sie den Wagen eben dort reingeschmissen und gehofft, er würde unter dem Bauschutt verschwinden und irgendwann abgefahren werden.«

Er wartete auf ihre Reaktion, doch Norah sagte nichts.

»Sollen wir ihn wieder ins Labor bringen, Lieutenant?«

»Aber ja, natürlich. Ich möchte, daß er gründlich untersucht wird. Sagen Sie den Leuten, sie sollen prüfen, ob das Blut in der Matratze nur von dem Kind stammt oder vielleicht auch noch von einer anderen Person. Die Sache hat absoluten Vorrang. Und sagen Sie den Herrschaften, sie sollen diesmal gut auf den Wagen aufpassen, damit er ihnen nicht wieder abhanden kommt.«

»In Ordnung, Lieutenant.«

»Haben Sie eine Ahnung, wie der Wagen überhaupt weggekommen ist?«

Danny Neel schluckte hörbar. Norah sah förmlich, wie sein Adamsapfel auf und nieder hüpfte.

»Jemand hat ihn geholt und dafür quittiert.«

»Wer?« fragte Norah voll dunkler Ahnungen.

»Ich bin sicher, der zeigte einen gefälschten Ausweis.«

»Wer war es? Heraus damit, Danny.«

Neel seufzte. »Ferdi. Sergeant Arenas. Ich dachte mir, wir könnten das aufklären, ohne daß Sie es erfahren müssen.«

Wieder erinnerte sich Norah des Ausdrucks auf Ferdis Gesicht, als sie an den Tatort gekommen waren. Er hatte gesagt, einen entsetzlichen Moment lang habe er geglaubt, die Frau, die da auf dem Pflaster lag, sei seine Frau Concepción und das Kind im Wagen sei sein kleiner Sohn. Das war der Grund für sein Verhalten. Einen anderen konnte es nicht geben. Diesmal drängte sich Danny Neel nicht in ihre Gedanken; er wußte sehr wohl, daß sie noch am Apparat war.

»Bringen Sie den Wagen ins Labor. Ich sehe Sie dort. Ich brauche Ihnen nicht zu sagen, daß ich absolutes Stillschweigen wünsche – auch Sergeant Arenas gegenüber. Besonders ihm gegenüber.«

Norah blieb noch einen Moment in dem Büro, nachdem sie aufgelegt hatte. Wenn sie jetzt in den Ballsaal zurückkehrte, um Randall zu erklären, daß sie gehen mußte, würde ihn das nur aus dem Konzept bringen. Und er mußte schließlich noch eine Rede halten. Nein, sie würde ihm eine schriftliche Nachricht hinterlassen. Unter den Umständen hatte sie keine andere Wahl, als zu gehen. Randall würde das verstehen.

Danny Neel erwartete sie an der Tür zum Labor.

»Ich möchte gleich mal Sergeant Arenas' Unterschrift im Quittungsbuch sehen«, sagte sie.

»Ich hab' sie mir schon angesehen, Lieutenant. Sie sieht wirklich aus wie seine.«

»Das hat überhaupt nichts zu sagen«, versetzte Norah scharf. »Wir geben das einem Fachmann. Dann möchte ich mit dem Angestellten sprechen, der Dienst hatte, als der Wagen geholt wurde. Ich möchte eine Beschreibung des Beamten, und ich möchte genau wissen, was gesprochen wurde. Und jetzt sagen Sie mir nicht, daß Sie sich darum auch schon gekümmert haben, Danny. Sagen Sie bloß nicht, die Personenbeschreibung passe auf Sergeant Arenas. Bitte!«

Also hielt Neel den Mund.

»Ich nehme an, Sie wissen, wann der Wagen geholt wurde, und haben unauffällig festgestellt, wo Sergeant Arenas sich zur fraglichen Zeit aufhielt?«

»Ja, Lieutenant. Er war zu Hause. Mit seiner Frau.«

Sie wußten beide, daß dies nicht als stichhaltiges Alibi betrachtet werden konnte, aber sie sagten nichts.

»Vor allem müssen wir jetzt einmal wissen, *warum* der Wagen geholt wurde. Sind die da drinnen schon an der Arbeit?

Danny nickte.

»Gut. Ich bleibe, bis sie die Ergebnisse haben.«

»Ist es Ihnen recht, wenn ich auch bleibe, Lieutenant? Ob ich jetzt zu Hause hin und her renne oder hier, bleibt sich gleich.«

»Das stimmt.«

Sie setzte sich auf eine Bank, lehnte den Kopf an die Wand und schloß die Augen. Gedanken und Möglichkeiten wirbelten durcheinander wie Kleidungsstücke in einem Wäschetrockner. Sie mußte eingenickt sein, denn unversehens spürte sie Danny Neels Hand auf ihrer Schulter, spürte, wie sie sachte geschüttelt wurde. Sie öffnete die Augen. Neben Danny stand ein Mann im weißen Labormantel.

»Sie sind fertig?«

»Noch lange nicht. Aber wir haben einen ersten Bericht, und den wollte ich Ihnen nicht vorenthalten.«

»Schießen Sie los.«

»In der Matratze, unter ihr und in den Falten der Polsterung haben wir Kokainspuren gefunden. Es läßt sich nicht feststellen, welche Menge ursprünglich in dem Wagen gelegen hat, aber es kann sich um eine beträchtliche Menge gehandelt haben, die in Beutel eingenäht war. Einer dieser Beutel scheint den Leuten beim Herausholen in der Eile geplatzt zu sein. Was jetzt noch im Wagen liegt, ist das, was dabei verschüttet wurde.

Und damit, dachte Norah, war erklärt, warum sie für nur ein Kind einen Zwillingswagen gebraucht hatten und warum der Wagen schleunigst hatte wiederbeschafft werden müssen. Es erklärte nicht, warum man versucht hatte, Ferdi zum Sündenbock zu machen.

»Wie sieht es mit Haaren, Fingerabdrücken, Blutflecken und so weiter aus?«

»Alles zu seiner Zeit, Lieutenant. Keine Sorge. Aber es wird ein Weilchen dauern. Ich würde vorschlagen, Sie warten besser nicht.«

Norah musterte ihn. »Ihr Name?«

»Peter Rich, Lieutenant. Rufen Sie mich nicht an. Ich rufe Sie an, okay?« Er machte kehrt und ging davon.

»Also, Lieutenant, kann ich Sie vielleicht im Wagen mitnehmen?« fragte Danny Neel.

Die Zeiger der Wanduhr standen auf ein Uhr fünfunddreißig. Sie war kurz vor neun aus dem Waldorf weggegangen. Bis zu diesem Moment hatte sie Randall und das Bankett völlig vergessen gehabt. Jetzt war es natürlich viel zu spät, noch einmal hinzufahren.

»Danke«, sagte sie zu Neel. »Es wäre sehr nett, wenn Sie mich nach Hause fahren würden.«

Insgeheim erwartete Norah, Randall in seinem Wagen vor ihrem Haus sitzen zu sehen. Das war schon vorgekommen. Aber diesmal erwartete er sie nicht. Sie dankte Danny und ging nach oben, wieder in der geheimen Erwartung, daß Randall oben auf der Matte stehen würde. Auch dort war er nicht. Sie ging in ihre Wohnung, machte Licht und schaute als erstes zu ihrem Anrufbeantworter. Keine Nachrichten.

Ja, er war verärgert. Dabei bestand gar kein Grund dafür. Er würde ihr Weggehen verstehen, wenn sie ihm die Sache mit Ferdi erklärte. Vielleicht sollte sie ihn gleich anrufen?

Er meldete sich nicht. Sein Anrufbeantworter schaltete sich nicht ein. Das war nun wirklich kindisch, dachte Norah. Nachdem sie es mindestens zehnmal hatte läuten lassen, legte sie auf und wollte ins Bad gehen. Aber wenn sie jetzt zu Bett ging, würde sie nicht schlafen können; sie würde endlos grübeln. Warum nicht hinüberfahren, die Sache gleich klären? Wenn sie jetzt zu Bett ging, ohne mit ihm gesprochen zu haben, benahm sie sich so kindisch wie er.

Der Nachtportier in Randalls Haus war neu. Sie nannte ihm ihren Namen, und er versuchte, sie zum Warten zu bewegen, während er telefonierte, doch sie ging weiter zu den Aufzügen. Als sie oben im Penthaus ankam und läutete, war Randall wahrscheinlich gerade am Telefon, dennoch schien ihr, als dauerte es übermäßig lange, ehe er endlich öffnete. Er war im Schlafanzug, sah verschwollen und verkatert aus. Sie hatte ihn nie so gesehen.

»Was kann ich für Sie tun, Lieutenant?«

»Also wirklich, Randall! Das ist doch kindisch. Es tut mir leid, daß ich weg mußte, aber es war doch nicht meine Schuld.«

»Ich weiß, es ist nie deine Schuld. Lassen wir das.«

»Randall. Ich bin gekommen, um mich zu entschuldigen.«

»In Ordnung. Entschuldigung angenommen.« Er trat zurück, als wollte er ihr vor der Nase die Tür zuschlagen.

»Ich gebe zu, daß ich unrecht hatte.«

»Wie ist das möglich? Du hast doch nie unrecht?«

Norah wurde rot. Sie schluckte den Schmerz hinunter. »Willst du mich hier draußen im Treppenflur stehenlassen, oder läßt du mich vielleicht rein, damit ich dir erzählen kann, was geschehen ist?« Sie konnte nicht umhin, mit einer gewissen Schärfe hinzuzufügen: »Es sei denn, du weißt es schon.«

Randall wurde etwas lebendiger. Er warf einen Blick über seine Schultern und zuckte die Achseln. »Dann komm rein.«

Norah ging zu ihrem gewohnten Platz in der Sofaecke, aber er machte keine Anstalten, sich neben sie zu setzen. Er blieb in der Mitte des Zimmers stehen.

»Also gut, ich sag's noch mal, Randall: Es tut mir von Herzen leid, daß ich heute abend gehen mußte. Schuld daran ist eine wichtige neue Entwicklung in unserem Fall. Ich mußte auf die Dienststelle, und ich mußte bleiben. Länger, als ich vorausgesehen hatte.« Sie zögerte. Sollte sie Ferdis mögliche Verwicklung in die Sache erwähnen? Nein, ganz gleich, wie Randall die Tatsachen interpretieren würde, die Spekulationen würden Ferdi nichts helfen.

»Warum?«

»Es geht tatsächlich um Drogen, genau wie du dachtest.«

Randalls Augen blitzten auf. »Wieso bist du davon jetzt so überzeugt?«

Wieder zögerte Norah. Sie mochte diesen Mann, und sie vertraute ihm, aber sie wußte, daß er genau wie sie den Belastungen und Anforderungen seiner Stellung unterworfen war.

»Wir haben den Kinderwagen gefunden. Er enthielt Spuren von Kokain.«

Tye pfiff lautlos durch die Zähne. »Wer hat den Wagen gefunden? Und wo?«

»Detective Neel. In einem Bauschuttcontainer nicht weit vom Labor.« Mittlerweile wußte davon jeder Reporter und jeder Streifenpolizist, dachte sie, und bald würde auch der Rest bekannt sein. »Für die Abholung des Wagens hat Ferdi Arenas quittiert.«

»Na, Ferdi war das bestimmt nicht. Und das sage ich nicht nur zu deiner Erleichterung.«

»Danke, Randall.«

»Da wurde irgend jemand instruiert, Ferdis Namen zu benutzen, weil man weiß, daß ihr beide eng zusammenarbeitet.«

»Das ist kein Geheimnis.«

»Man wollte dabei zwei Fliegen mit einer Klappe schlagen: Das Beweisstück verschwinden lassen und dich durcheinanderbringen. Das hat dich doch durcheinandergebracht, nicht wahr?«

»O ja. Und ich werde es nicht vergessen.«

Sie würde dafür sorgen, daß Ferdis Namen reingewaschen wurde, noch ehe sich der zuständige Ausschuß um die Angelegenheit kümmerte. Es würde nicht schwierig sein – ein Handschriftenexperte, der die Unterschrift im Quittungsbuch als Fälschung entlarvte, müßte ausreichen.

»Ich glaube nicht, daß sie sich die Hoffnung gemacht haben, damit wirklich Sand ins Getriebe zu bringen. Sie machen ein Spielchen mit dir, um dir zu zeigen, daß sie immer eine Nasenlänge voraus sind«, fuhr Tye fort.

»Wer ist ›sie‹?«

»Die Drogenbosse.« Er machte eine kleine dramatische Pause. »Eines steht fest – da war ein Haufen Zeug in dem Wagen versteckt, sonst hätten sie sich nicht die Mühe gemacht, ihn zurückzuholen.«

Norah nickte.

»Dolores hat also das Kind zur Deckung gebraucht, um in aller Ruhe dealen zu können. Hat Herrera sie beliefert? Haben sie beide für dieselbe Organisation gearbeitet? Kann natürlich sein, daß man sie beim Absahnen erwischt hat, aber ich halte es für wahrscheinlicher, daß Herrera sie dazu benutzte, ein neues Revier für sich abzustecken.«

»Ich kann mir nicht vorstellen, daß eine Mutter ihr Kind auf diese Weise mißbrauchen würde.«

»Ein Kind, das sie nicht haben wollte, vergiß das nicht. Ein Kind, das ihr offensichtlich im Weg war. Norah, du weißt doch so gut wie ich, daß ein junges Ding nicht durch die Schwangerschaft automatisch zur guten Mutter wird.«

Dagegen gab es nichts zu sagen.

»Überleg doch mal«, fuhr Tye fort. »Da feuert ein Mann mit einer AK-47 in die Menge und verfehlt alle außer Dolores und ihr Kind. Sie müssen das Ziel seines Angriffs gewesen sein, und was für einen Grund außer Drogen gibt es sonst für so einen Mord in aller Öffentlichkeit?«

Norah seufzte.

»Es liegt doch auf der Hand, daß es ein Auftragsmord war.«

»Du machst viel zu große Schritte«, protestierte Norah. »Du hast beispielsweise nicht gefragt, ob Carmen Bescheid wußte. Ob sie den Verdacht hatte, ihre Schwester und ihr Mann hätten ein Verhältnis miteinander. Oder ob sie glaubte, die beiden handelten mit Drogen. Ob sie vielleicht mit von der Partie war.«

»Ich schaffe schon das Fundament, keine Sorge.«

»Aber nicht mit wilden Spekulationen.«

»Mach du's auf deine Art und ich mach's auf meine, und ich wette, ich bin als erster am Ziel.«

Seine Augen blitzten; Norahs ebenfalls.

»Über den Ausgang einer Mordsache schließe ich keine Wetten ab.«

»Nimm's doch nicht gleich so ernst, Schatz. Nennen wir's einen freundschaftlichen Wettkampf. Was meinst du?«

»Es ist kein Spiel. Ich mache da nicht mit.«

Er schien gerade eine Antwort zu überlegen, als hinter der geschlossenen Schlafzimmertür ein lautes Klirren wie von splitterndem Glas zu hören war. Tye zuckte zusammen, Norah erstarrte. Nach einem Moment der Stille sagte sie: »Willst du nicht nachsehen, ob ihr auch nichts passiert ist?«

»Ach, verdammt, Norah, der heutige Abend war wichtig für mich. Das habe ich dir doch gesagt. Du hättest mich nicht einfach so sitzenlassen sollen.«

»Ich habe dich nicht sitzenlassen.«

»Du hast dir nicht einmal die Mühe gemacht, mich anzurufen, um mir die Zusammenhänge zu erklären.«

»Ich habe dir eine Nachricht hinterlassen. Hast du sie nicht bekommen?«

»Und das fandest du ausreichend? Ein paar hingeworfene Worte? Ich dachte, daß ich dir mehr bedeute.«

»Du bedeutest mir sehr viel, Randall. Das mußt du doch wissen. Aber ich hatte keine Zeit. Es tut mir leid.«

»Wird das in Zukunft immer so sein? Daß du plötzlich einfach verschwindest?«

Die Schlafzimmertür wurde geöffnet. Eine hübsche Brünette in Satin und Spitze stand auf der Schwelle. Sie hielt ihre blutende Hand an den Busen gedrückt. »Ich habe mich in den Finger geschnitten, Randy.«

»Besorg ihr ein Pflaster, Randy«, sagte Norah, machte kehrt und ging.

»Was hast du denn erwartet?« rief er ihr wütend nach. »Was zum Teufel hast du von mir erwartet? Du bist die Schneekönigin, und ich bin kein Heiliger.«

10

Randall Tye erwachte mit dröhnendem Schädel. Als er es schaffte, sich aufzusetzen und seine Beine aus dem Bett zu schwingen, überschwemmte ihn eine Welle der Übelkeit. Er stürzte ins Badezimmer und entledigte sich dort des Essens vom vergangenen Abend. Mit zitternden Knien wankte er zum Bett zurück. Es schwankte und schlingerte wie ein Rettungsboot auf stürmischer See. So miserabel hatte er sich seit seiner ersten Fernsehsendung nicht mehr gefühlt.

Damals hatte er in der Befürchtung, übernervös zu sein und die Sendung zu schmeißen, zwei Valium genommen. Die Tabletten hatten ihn in der Tat beruhigt, so sehr, daß er wie betäubt war. Irgendwie war es ihm mit einer gewaltigen Willensanstrengung gelungen, die Sendung durchzustehen und, wenn auch stokkend, seinen Bericht zu geben. Hinterher war er überzeugt gewesen, seine Karriere sei beendet, noch ehe sie begonnen hatte, und er hatte seinen Kummer im Alkohol ertränkt. Valium und Alkohol zusammen hatte ihn fast zweiundzwanzig Stunden außer Gefecht gesetzt. Er war schließlich auf dem Fußboden seiner Wohnung wieder zu Bewußtsein gekommen. Es war reines Glück, daß niemand beim Sender erfahren hatte, was passiert war, sonst wäre er mit Blick auf seine Vorgeschichte erledigt gewesen. Sein Debüt war vielleicht nicht unbedingt ruhmreich gewesen, es war jedoch auch nicht das Desaster geworden, das er befürchtet hatte. Er war noch einmal davongekommen und schwor sich, in Zukunft die Finger von Drogen jeglicher Art zu lassen und den Alkoholkonsum drastisch einzuschränken. Und er hatte es geschafft – bis zum vergangenen Abend.

Wieso hatte er da plötzlich die Kontrolle verloren?

Sicher nicht, weil Norah gegangen war, um einem Ruf Folge zu leisten, der einen ihrer Leute betraf. Wäre er an ihrer Stelle gewesen, er hätte genauso gehandelt. War die Aufregung des Abends schuld gewesen? Die Ehre, die ihm zuteil geworden war, war ihm die zu Kopf gestiegen? Aber nein, er war es gewöhnt, umschwärmt und bewundert zu werden. Konnte es sein, daß Norah Mulcahaney ihm mehr bedeutete, als er sich bewußt war? Wieder einmal hatte sie ihm gezeigt, daß er in ihrem Leben erst an zweiter Stelle rangierte; er hatte ihr zeigen wollen, daß ihm das nichts ausmachte, und hatte ihr statt dessen nur gezeigt, wieviel es ihm ausmachte.

Stöhnend schloß er die Augen. Er nickte wieder ein, und als er das zweite Mal erwachte, fühlte er sich etwas besser. Er konnte aufstehen und schaffte es sogar, in die Küche zu gehen und sich eine Kanne Kaffee zu kochen. Er wünschte, Georgie wäre brav im Schlafzimmer geblieben, solange Norah da gewesen war; aber Georgie war natürlich absichtlich herausgekommen; sie hatte genau gewußt, was sie tat. Noch einmal lief die Szene vor seinem inneren Auge ab. Dann erinnerte er sich ihres kleinlichen Streits wegen des Falls und der albernen Wette, die er ihr hatte aufdrängen wollen. Er hatte sich wirklich wie ein Idiot benommen; er sollte Norah anrufen und sich bei ihr entschuldigen. Er war weiterhin überzeugt, daß die Schießerei auf dem Schulhof Teil des Drogenkriegs war, aber das war schließlich kein Grund, mit Norah in Konkurrenz zu treten. Er griff nach dem Wandtelefon in der Küche.

Er wählte nicht. Angenommen, er stellte seine eigenen Ermittlungen an? Angenommen, er klärte den Fall auf? Das wäre eine Demütigung für Norah, und das wollte er nun wirklich nicht. Vielleicht konnte er ihr helfen, indem er ihr konkrete Beweise lieferte, anstatt nur Theorien anzubieten. Wenn er zur Aufklärung des Falls beitrug, würde Norah ihm dann nicht dankbar sein? Würde sie dann nicht vielleicht doch anerkennen, daß sie zusammenarbeiten und als Team etwas erreichen konnten? Würde ihr das nicht zeigen, daß ihre Beziehung für beide Teile von Vorteil sein konnte?

Randall Tye fühlte sich mit einem Schlag viel besser. Er schluckte mit dem Rest des Kaffees zwei Aspirin, zog sich an und ging in sein neues Büro, das alte Zimmer in neuem Gewand, mit einem Luxus ausgestattet, der seiner Stellung angemessen war. Rasch ging er durch den Redaktionsraum, wo ihn seine Mitarbeiter begrüßten. Georgina Llewelyn bemühte sich, ganz wie immer zu sein, dennoch spürte er eine besondere Qualität, als sie »Hallo«, sagte, kurz den Blick hob, um ihn sogleich wieder zu senken. Und er wußte auch, daß sie beobachtet wurden.

Das Abenteuer der vergangenen Nacht hatte ganz unschuldig begonnen, als sie beide unter der Markise des Waldorf gestanden und gewartet hatten – er auf seinen Chauffeur, sie auf ein Taxi. Tyes Wagen kam zuerst, und er hatte sich – ganz untypisch für ihn, der sonst immer auf Distanz zum Fußvolk hielt – angeboten, sie mitzunehmen. Es konnte gut sein, daß jemand sie gemeinsam wegfahren gesehen und darüber geklatscht hatte. Oder die junge Frau selbst hatte geschwatzt.

»Kommen Sie einen Moment in mein Büro, Georgie.« Randall lächelte und hielt ihr die Tür auf, um sie vorausgehen zu lassen. »Sind Sie gut nach Hause gekommen? Tut mir leid, daß ich Sie nicht selbst bringen konnte, aber ich hatte ein bißchen zuviel – von allem.«

»Ja, natürlich.« Sie sah ihn unverwandt an.

Tye merkte, daß sie nicht versuchte, aus der Situation Kapital zu schlagen, sondern völlig unsicher war, wo sie stand.

»Ich hatte kein Recht, Sie in eine Sache hineinzuziehen, die nur mich und Mrs. Mulcahaney betraf. Ich muß mich dafür entschuldigen, daß ich Sie in diese peinliche Lage gebracht habe.«

Sie sah an diesem Morgen in ihrer Alltagskleidung sehr anders aus. Sie war nicht geschminkt. Das lange dunkle Haar hing ihr glatt auf die Schultern und betonte das vollkommene Oval ihres Gesichts, das keiner künstlichen Verschönerung bedurfte.

»Ich hatte schon den Verdacht, Sie hätten es absichtlich getan.«

Tye war verblüfft. »Absichtlich?«

»Ja. Ich dachte, Sie hätten gewußt, daß sie kommen würde.«

»Sie glauben, ich habe Sie mit zu mir genommen, damit Norah uns zusammen ertappt?«

Er ließ sich die Vorstellung durch den Kopf gehen. So exotisch war sie gar nicht. Ja, vielleicht hatte er unbewußt genau das getan. Und Georginas Motiv? Erwartete sie, an die Luft gesetzt zu werden, und war dies ihre Verteidigung?

»Nein, Georgie«, sagte er. »Sie sind eine schöne Frau. Ich hatte ein paar Gläser zuviel getrunken, und ich wollte Sie verführen. In Anbetracht dessen, wieviel Norah Mulcahaney mir bedeutet, ist es gut, daß es nicht dazu gekommen ist. Andererseits –« er verneigte sich galant – »ist es aber auch sehr schade.«

Leichte Röte stieg ihr ins Gesicht. »Das finde ich auch.« Sie zuckte die Achseln. »Das wär's dann also? Das ist das Ende?«

»Es hat nie angefangen«, erwiderte er freundlich.

»Stimmt.« Sie nickte und ging hinaus.

Einen Moment lang empfand er echtes Bedauern. Aber nur einen Moment lang. Dann setzte er sich in seinen alten Sessel vor seinem alten Schreibtisch in der neuen Pracht seines Zimmers. Die Akte über die Schießerei auf dem Schulhof lag vor ihm. Er schlug sie auf und war für die nächste Stunde für nichts anderes zu haben.

Norah war verwirrt, beschämt und verletzt, als sie von Randall Tye wegging. Aber was, fragte sie sich, hatte sie denn erwartet? Sie hatte ihm klipp und klar gesagt, daß sie eine sexuelle Beziehung außerhalb der Ehe nicht wollte. Als er daraufhin prompt mit einem Heiratsantrag reagierte, hatte sie abgewinkt. Sie hatte kein Recht, von ihm zu verlangen, daß er wie ein Mönch lebte.

Körperlich und seelisch erschöpft, wünschte sich Norah im Moment nur noch einen langen, tiefen Schlaf, der sie alle Probleme vergessen lassen würde. Aber der Schlaf kam nicht. Immer wieder spielte sie die Szene mit Randall durch. Sie versuchte, sich auf ihre Diskussion über den Fall zu konzentrieren, statt dessen sah sie dauernd die hübsche Brünette vor sich, die aus seinem Schlafzimmer gekommen war. Hatte Randall sich der Frau bedient, um sie eifersüchtig zu machen? Nein, dazu war er viel zu anständig und aufrichtig. Ach, verdammt! dachte Norah. Aber ich *bin* eifersüchtig! Ich kann's nicht ändern, ich bin's einfach. Was ist nur los mit mir? Ich liebe diesen Mann, aber ich kann mich nicht auf ihn einlassen? Warum widerstehe ich? Jedesmal, wenn wir zusammen sind, geraten wir uns in die Haare, und es ist fast immer meine Schuld. Was will ich eigentlich beweisen – mir oder ihm?

Ärgerlich boxte Norah ihr Kopfkissen und wälzte sich auf die andere Seite. Und dann mußte sie eingeschlafen sein, denn als das Telefon läutete und sie im Bett hochfuhr, lag das Zimmer im rosigen Schein der frühen Morgensonne. Sie sah auf ihren Wecker – halb acht. Sie mußte vergessen haben, ihn zu stellen. Dann fiel ihr ein, daß dies ihr freier Tag war – jedenfalls angeblich.

Das Telefon läutete immer noch.

»Mulcahaney.«

»Hier ist das Büro von Dr. Worgan, Lieutenant. Wir haben schon gestern abend versucht, Sie zu erreichen. Dr. Worgan ist im Moment verreist...«

Sie wußte, daß Phil an einer Tagung teilnahm. In Boston? Oder Rochester?

»Er wollte Sie wisssen lassen, daß dem Autopsiebefund zufolge Dolores Lopez niemals ein Kind geboren hat.«

Norah war einen Moment sprachlos.

»Lieutenant? Sind Sie noch da, Lieutenant?«

»Ja, ja. Danke für die Information. Ach, eine Frage noch. Sind die Leichen schon freigegeben worden?«

»Ja, gleich nach der Obduktion.«

»Und ist Mrs. Herrera vom Befund informiert worden?«

»Tut mir leid, Lieutenant, das weiß ich nicht. Ich weiß nur, daß Mrs. Herrera die Herausgabe der beiden Leichen verlangt und auch erreicht hat.«

Ja, Carmen Herrera hatte Druck gemacht, und während Worgans Abwesenheit hatte einer seiner Mitarbeiter den Fehler gemacht, dem Druck nachzugeben. Zuvor hatte Norah das Drängen Carmen Herreras ganz natürlich gefunden. Jetzt kam es ihr eher verdächtig vor. Sie mußte auf jeden Fall mit der Frau sprechen.

Die Herreras wohnten ganz in der Nähe. Norah stand auf, kleidete sich an, machte sich rasch eine Tasse Kaffee und ging dann zu Fuß hinüber.

Carmen Herrera war jedoch schon abgereist.

»Das ging aber schnell«, bemerkte Norah.

Herrera zuckte nur die Achseln.

Norah hatte einen ganzen Sack voll Fragen, die sie Herrera gern gestellt hätte, aber sie behielt sie für sich. Ihr Schweigen würde ihm vielleicht mehr zusetzen als eine neuerliche Vernehmung. Auf jeden Fall würde sie ihn überwachen lassen.

Randall Tye hatte Beziehungen zur Dienststelle des amtlichen Leichenbeschauers und erfuhr das Ergebnis der Obduktion nicht lange nach Norah. Er wußte noch nicht recht, wie sich diese Information verwerten ließ.

»Wessen Kind war der Kleine?« Das ließ sich zwar als Schlagzeile gut an, aber wie machte man weiter?

Schließlich beschloß er, dem Haus, in dem die Herreras lebten, in Begleitung eines Kamerateams einen Besuch abzustatten. Nachdem er sich die notwendigen Genehmigungen zum Filmen beschafft hatte, zog er mit seinen Leuten los. Er wußte aus Erfahrung, daß er mit diesem Schritt die Leute aus dem Viertel aufscheuchen und den Mann, dem sein Besuch galt, zu einer Reaktion provozieren würde, und genau das war seine Absicht.

Zunächst rührte sich Juan Herrera auf sein Läuten nicht.

»Ich schicke die Kameraleute weg«, verhandelte Tye durch die Tür. »Wir sprechen unter vier Augen. Wir können aber auch warten. Früher oder später müssen Sie ja doch herauskommen. Und dann werden wir hier sein. Darauf können Sie sich verlassen.«

»Sie können warten, bis Sie schwarz werden«, rief Herrera zurück.

Das hatte Tye nicht erwartet. Einen Moment lang war er ratlos. Er konnte es sich in Wirklichkeit gar nicht leisten, lange hier vor der Tür herumzustehen. Die Schulhofschießerei war eine heiße Sache, aber nicht die einzige, über die er berichtete.

»Wie wäre es, wenn ich Ihnen sage, daß die Autopsie ergeben hat, daß Dolores nie ein Kind geboren hat?«

Schweigen. Aber nicht lange. Ein Schlüssel wurde gedreht, die Tür wurde einen Spalt aufgezogen.

»Keine Kameras«, warnte Herrera.

»Keine Kameras.« Tye winkte die Crew zurück und trat in die Wohnung.

Die Arme leicht angewinkelt, die Hände zu Fäusten geballt, auf den Fußballen wippend, empfing Herrera den Fernsehmann: Ein Fighter, der seinen Gegner mißt. Er war klein, aber er war kräftig, und Randall lag nicht das geringste an einer körperlichen Konfrontation. Er ging um Herrera herum und trat in das sonnige Wohnzimmer.

»Wissen Sie das mit dem Kind mit Sicherheit?« fragte Herrera.

»Ja.« Er wartete einen Moment, dann fügte er hinzu: »Es würde mir nicht einfallen, Sie anzulügen. Das wäre doch sinnlos.«

»Schlimmer als sinnlos.«

Tye nahm die Worte so, wie sie gemeint waren – als Warnung, er verstand jedoch nicht, weshalb Herrera so betroffen war. »Hatten Sie ein Verhältnis mit Dolores?«

»Was?« Herrera lachte. »Sie sind wohl verrückt geworden?«
»Hat Ihre Frau gewußt, was da vorging?«
»Herrgott noch mal, Mann, da ist nichts vorgegangen.«
»Mr. Herrera, man hat beobachtet, daß Dolores Lopez Sie drei- oder viermal die Woche in ihrer Werkstatt besucht hat. Immer kam sie mit dem Kinderwagen. Sie können mir nicht weismachen, daß Sie beide sich nur übers Wetter unterhalten haben.«
»Ich hätte Sie nicht reinlassen sollen. Das war ein Fehler.«
»In dem Kinderwagen hat man Spuren einer Droge gefunden. Es scheint, daß Ihre Schwägerin eine Dealerin war und Spaziergänge mit dem Kind als Vorwand benutzt hat, um ihre Runden zu machen. So, und jetzt nennen Sie mir einen Grund, warum sie regelmäßig zu Ihnen kam.«
»Ich brauche Ihnen für gar nichts einen Grund zu nennen. Ich habe mit Drogen nichts zu tun. Überhaupt nichts. Ich deale nicht. Ich nehme keine Drogen. Das wär's.«
»Wie steht's mit Ihrer Frau? Hat sie gewußt, was Sie und Dolores getrieben haben?«
»Wie oft muß ich es Ihnen noch sagen? Wir haben überhaupt nichts getrieben. Wenn Dolores mit Drogen zu tun gehabt hat, dann hat Carmen davon nichts gewußt, und ich schon gleich gar nicht, verdammt noch mal!« Seine dunkle Haut war blutunterlaufen. Tye fragte sich, ob er mit dem Herzen zu tun hatte oder ob es ihn solche Anstrengung kostete, sich zu beherrschen.
»Wann kommt Ihre Frau zurück?« fragte er, wartete einen Moment und fügte dann hinzu: »Kommt sie überhaupt zurück?«
Herrera holte mehrmals tief Atem. »Natürlich kommt sie zurück. Nächste Woche. Sie kommt nächste Woche zurück.«

Danny Neel berichtete Norah von Randall Tyes Überraschungsauftritt in der 69. Straße. »Er hat einen ganzen Haufen Interviews mit Nachbarn aufgenommen, aber Herrera hat die Kameraleute nicht in seine Wohnung gelassen.«
Norah lachte nicht. »Herrera hat mit Tye gesprochen? Unter vier Augen?«
Neel nickte.
»Wir müssen uns die Sendung anhören, um herauszubekom-

men, was er weiß. Vorausgesetzt, er will damit überhaupt an die Öffentlichkeit gehen – was nicht sicher ist. Gut. Und was haben Sie inzwischen für mich?«

Neel schüttelte ein Gefühl des Unbehagens ab. »Es heißt, daß Mrs. Herrera nächste Woche zurückkommt.«

»So bald schon? Wer sagt das?«

»Das hat Herrera den Nachbarn erzählt.« Neel warf einen Blick in sein Notizbuch. »Aber Mrs. Martín, die Näherin, die auf der gleichen Etage wohnt wie die Herreras, behauptet, Mrs. Herrera hätte ihr gesagt, sie käme nie mehr zurück.«

»Ach?« murmelte Norah, die sich erinnerte, daß Carmen Herrera auch ihr gegenüber angedeutet hatte, sie käme am liebsten nie zurück. »Aber vielleicht meinte sie nur, daß sie nicht in diese Wohnung zurückkommt.«

»Genau, Lieutenant«, bestätigte Neel, der jetzt langsam warm wurde. »Das glaube ich auch. Es heißt nämlich, daß Herrera die Wohnung aufgibt und aufs Land zieht. Er soll irgendwo auf Long Island ein Haus gekauft haben.«

Das Geld scheint ja zu fließen, dachte Norah. »Wenn das wahr ist, müssen wir herausbekommen, wo das Haus ist.«

»Soll ich feststellen, ob's finanziert ist?«

»Sie sind mir schon weit voraus, Danny.«

»Das nie, Lieutenant«, wehrte er grinsend ab.

Nachdem er gegangen war, nahm Norah sich einen Moment Zeit, um zu sortieren, was sie wußte, und die Argumente zu ordnen, die sie vorbringen wollte, dann rief sie Jim Felix an. »Wie die Autopsie gezeigt hat, hat Dolores Lopez nie ein Kind geboren«, berichtete sie ihm.

Er ließ sich das durch den Kopf gehen. »Was schließt du daraus?«

»Das Kind war Carmens Kind.«

»Und der Vater?«

»Das ist die Frage. Carmen ist mit den Toten nach Puerto geflogen. Ich habe das Gefühl, wir sollten uns beeilen, wenn wir mit ihr sprechen wollen.«

»Glaubst du denn, daß sie in Gefahr ist?«

»Die Signale, die ich bekomme, sind unklar. Sie kommt bald

wieder nach Hause; sie kommt nie wieder nach Hause. Die Herreras ziehen aufs Land; niemand weiß mit Sicherheit, wann oder wohin.«

»Das ist aber doch kein Grund, Schlimmes zu vermuten«, meinte Felix. »Sie hat selbst gesagt, sie wolle längere Zeit in Puerto Rico bleiben. Und es ist verständlich, daß sie nicht in diese Wohnung zurückkehren will.«

»Ich würde gern runterfliegen und mit ihr reden«, sagte Norah. »Es ist ja keine Entfernung. Ich könnte das an einem Tag erledigen.«

Felix überlegte. »Du weißt, ich habe allen Respekt vor deiner Intuition, Norah. Aber das, was du mir bislang gesagt hast, rechtfertigt eine solche Reise nicht. Warten wir noch etwas ab.«

Und Norah, die sonst ihre Anliegen stets mit aller Energie und Hartnäckigkeit vertrat, zögerte. Machte sie sich wirklich Sorgen um Carmen Herrera, oder versuchte sie nur, Randalls nächsten Schritt vorauszusehen und ihm zuvorzukommen? Der Zweifel an ihren eigenen Motiven machte sie ungewöhnlich fügsam. »Wie du meinst«, sagte sie.

11

Randall Tye brauchte von niemandem eine Genehmigung für eine kleine Dienstreise, auch wenn er die Mitteilung seines Vorhabens an den Direktor des Senders diplomatischerweise in ein Gesuch kleidete. Es wurde selbstverständlich sofort genehmigt. Am nächsten Morgen schon saß er in einer Maschine nach San Juan. Dort wartete ein Hubschrauber auf ihn, der ihn direkt zu seinem Hotel in Mayaguez brachte. Man hatte ihm im Hilton eine Suite reserviert und ihm einen Mietwagen bereitstellen lassen.

Es war drei Uhr nachmittags, als Randall Tye seinen Wagen auf dem großen Platz abstellte, der das Zentrum der Stadt bildete, die soeben aus der mittäglichen Siesta erwachte. An den kleinen *tiendas* wurden geräuschvoll die eisernen Vorhänge hochgezogen; die Tische und Stühle, die vor Restaurants und

Cafés auf der Straße standen, füllten sich rasch. Die Banken und Geschäfte in den Seitenstraßen der Plaza sperrten ihre Türen auf.

Das Wartezimmer von Dr. Carlos Morales war schon voll. Die Sprechstundenhilfe merkte, daß Randall Tye eine wichtige Persönlichkeit war. Obwohl sie ihn nicht erkannte, hatte er kaum Mühe, sie davon zu überzeugen, daß sein Anliegen dringend war und er nicht warten konnte. Auch der Arzt hatte Tyes Sendung nie gesehen, doch er akzeptierte seine Referenzen und hörte sich den Bericht von der Ermordung Dolores Lopez' und des kleinen Charlito aufmerksam an.

»Soviel ich weiß, waren Sie der begleitende Arzt, als das Kind geboren wurde«, sagte Tye.

»Das ist richtig.«

»Hier in Mayaguez im Krankenhaus?«

»Nein. Ich habe die junge Frau im Haus ihrer Eltern entbunden. Sie war nicht verheiratet.«

»Doktor, bei der Obduktion, die in New York vorgenommen wurde, hat sich gezeigt, daß Dolores Lopez nie ein Kind geboren hat.«

»Da muß ein Irrtum vorliegen«, sagte Dr. Morales.

»Ja, das glaube ich auch«, stimmte Tye freundlich zu. »Hier ist eine Fotografie von Dolores Lopez. Und dieses Bild zeigt ihre Schwester Carmen. Welche der beiden Frauen haben Sie betreut?«

Eine halbe Stunde lang fuhr Randall Tye schon auf dem einspurigen, von Schlaglöchern durchsetzten Feldweg zwischen mannshohen Zuckerrohrstauden hindurch, die so dicht standen, daß er kaum ein Stück Himmelsblau über sich sehen konnte. Fast fürchtete er schon, irgendwo eine falsche Wendung genommen zu haben, da öffnete sich der Blick über einem Feld verbrannter Rohrstümpfe, und er sah die Hazienda der Familie Lopez im rosigen Schein der späten Nachmittagssonne vor sich liegen.

Das Haus war ein Betonbau, einstöckig, mit mehreren Torbögen im Erdgeschoß. Es war rundum von gepflegten Rasenflächen umgeben, und hinter einer Gruppe Königspalmen konnte er das glitzernde Wasser der Bucht von La Parguera sehen.

Tye, der Juan Herrera seine routinierten Rechercheure auf den Hals gehetzt hatte, wußte, daß der Mann keine eigene Familie in Puerto Rico hatte, sondern nur den Angehörigen seiner Frau, Carmen Lopez de Herrera, verbunden war. Er wußte ferner, daß Carmens Eltern arme Leute gewesen waren, Landarbeiter, die in der Saison auf den Feldern halfen. Jetzt gehörte ihnen ein beträchtlicher Teil der Felder, auf denen sie früher geschuftet hatten. Aus eigener Kraft konnten sie sich soviel Grundbesitz und dieses Haus nicht erworben haben. Das Geld dafür mußte aus den USA gekommen sein. Und so, wie das Anwesen sich zeigte, mußte es in erheblichen Mengen gekommen sein.

Randall Tye folgte der von rotem und weißem Hibiskus gesäumten Einfahrt und hielt vor der flachen Treppe an, die zur wunderschön überwachsenen Veranda hinaufführte. Die Hitze schlug ihm atemberaubend entgegen, als er aus dem klimatisierten Wagen stieg. Als er die glänzend polierte Haustür aus dunklem Mahagoni erreichte, war er in Schweiß gebadet. Eine Glocke gab es nicht, nur einen Türklopfer aus Messing. Er ließ ihn auf die Tür herabfallen, und die wurde so prompt geöffnet, als hätte jemand dahintergestanden und auf sein Klopfen gewartet. Nun ja, dachte Tye, es gibt nur die eine Straße zum Anwesen, und die wird offenbar überwacht.

Ein junger Mann versperrte ihm den Zutritt. Er war Mitte Zwanzig, ziemlich groß für einen Puertoricaner, mit breiten Schultern und finsterem Gesicht. »Ja?« fragte er herausfordernd.

Die Ausbuchtung unter seinem schlechtsitzenden Jackett ließ vermuten, daß er ein Schulterholster trug. Vielleicht war die Wirkung beabsichtigt.

»Ich hätte gern Señora Lopez de Herrera gesprochen.«

»Sie ist nicht hier«, antwortete der junge Mann und wich zurück, um Tye die Tür vor der Nase zuzuschlagen.

Tye schob einen Fuß vor und stemmte sich gegen die Tür. »Wann wird sie zurückerwartet?«

Der Leibwächter, denn etwas anderes konnte er kaum sein, sah auf den schmalen, elegant beschuhten Fuß hinunter, als hätte er gute Lust, ihn unter seinem zu zermalmen.

»Sie ist nach New York zurückgereist.«

Zuerst war Tye verblüfft, dann ärgerlich, daß sein Informant ihn davon nicht unterrichtet und er die Reise umsonst gemacht hatte. Aber er war kein Mensch, der sich mit nutzlosem Bedauern aufhielt. Er zog seine Visitenkarte heraus und hielt sie dem Leibwächter hin. »Bitte geben Sie das Señora Garcia de Lopez.« Das war Carmens Mutter. »Ich würde sie gern einen Moment sprechen.«

Der junge Mann nahm die Karte, blieb jedoch an der Tür stehen, als wüßte er nicht, was er damit anfangen sollte.

»Ich warte«, sagte Tye und nutzte die vorübergehende Unsicherheit des anderen, um über die Schwelle ins Haus zu treten.

Die Reaktion war automatisch. Der Leibwächter stieß ihn zurück. »Sie warten draußen.«

Doch ehe der Bursche die Tür zuschlagen konnte, rief aus dem Inneren des Hauses eine Frau: *Está bien. Déjalo entrar.*

Es war eine Erleichterung, in die Kühle des Hauses zu treten; doch Tye brauchte einen Moment, um sich an das Halbdunkel zu gewöhnen und die Frau zu erkennen, die sich ihm näherte.

»Mrs. Herrera?«

»Kommen Sie bitte.«

Sie führte ihn in ein kleines Wohnzimmer, bedeutete ihm, Platz zu nehmen, und trat zu einem Servierwagen, auf dem ein Glaskrug mit einer rubinroten Flüssigkeit und mehrere Gläser standen.

»Sangria?«

»Gern, danke.«

Tye musterte sie, während sie einschenkte. Sie hatte ein schlichtes schwarzes Kleid mit rundem Halsausschnitt und langen Ärmeln an, das bis zu den Knöcheln herabfiel. Es machte sie blaß, doch es stand ihr. Das schwarze Haar war straff zurückgebürstet und im Nacken zu einem Knoten gedreht. Dadurch kamen ihre Augen besonders zur Geltung.

Er nahm das Glas, das sie ihm reichte, und trank beinahe die Hälfte des Getränks in einem Zug aus. »Ich hatte keine Ahnung, daß es hier so heiß ist.«

Sie reagierte nicht auf seinen Versuch, Konversation zu machen. Statt dessen setzte sie sich ihm gegenüber und kam ohne Umschweife zur Sache. »Was wollen Sie?«

Er wich ihrem Blick nicht aus. Bis zu diesem Moment hatte er selbst die Antwort auf diese Frage nicht gewußt. »Ich möchte Ihnen ein Geschäft vorschlagen.«

»Was für ein Geschäft?«

Absichtlich trank Tye erst den Rest seiner Sangria und stellte das leere Glas auf den Couchtisch. »Wovor haben Sie Angst, Carmen?«

»Ich habe keine Angst.«

»Warum verstecken Sie sich dann?«

»Ich verstecke mich nicht. Ich bin im Haus meiner Eltern. Das kann man doch wohl nicht verstecken nennen.«

»Wenn man zu Ihnen kommt, öffnet ein bewaffneter Leibwächter die Tür und behauptet, Sie seien nach New York zurückgeflogen.«

»Sie sind nicht der erste Reporter, der hier auftaucht.«

»Aber Sie brauchen doch keinen bewaffneten Leibwächter, um sich vor Reportern zu schützen!«

»Meine Mutter ist da anderer Meinung. Sie hat eine Tochter und ihr einziges Enkelkind verloren. Ich bin das einzige, was ihr geblieben ist. Können Sie ihre Angst nicht verstehen?«

»Sie fürchtet, daß man versuchen wird, auch Sie zu töten?«

»Sie hat Angst, ja.«

»Aber Sie nicht?«

Carmen Lopez de Herrera schüttelte den Kopf.

»Wer ist der Vater des Kindes?«

»Das weiß ich nicht. Dolores hat es nicht gesagt.«

»Mrs. Herrera, lassen wir doch die Spielchen. Die Autopsie hat gezeigt, daß Dolores nie ein Kind geboren hat. Der Kleine war Ihr Kind. Und selbstverständlich hätten Sie ihn nicht für das Kind Ihrer Schwester ausgegeben, wenn Ihr Mann der Vater gewesen wäre. Wer also war der Vater?«

Sie zuckte zurück. Ihre Augen verengten sich zu funkelnden Schlitzen. »Ich weiß nicht, was Sie da reden.«

»Warum haben Sie nicht einfach vorgegeben, es sei das Kind Ihres Mannes? Oh – das ging wohl nicht? War Ihr Mann zum

Zeitpunkt der Zeugung gar nicht bei Ihnen?« Er beobachtete sie aufmerksam, während er die verschiedenen Möglichkeiten erwog. »Das Baby war das Kind eines anderen Mannes. Sie hätten die Schwangerschaft abbrechen können, das wäre das einfachste gewesen, aber Sie entschieden sich dafür, das Kind nicht nur zur Welt zu bringen, sondern es auch bei sich zu behalten.

Was haben Sie Ihrer kleinen Schwester dafür versprochen, damit sie dieses Kind als ihr eigenes ausgibt?«

»Nichts. Sie war meine Schwester und war bereit, mir zu helfen.«

»Sie war Ihre kleine, nicht so hübsche Schwester, die es gewöhnt war, Ihre abgelegten Sachen zu tragen, stimmt's? Aber sie merkte bald, daß sie diesmal die Oberhand hatte. Sie holten sie in die USA und nahmen sie und das Kind zu sich. Vielleicht wollten Sie es später adoptieren. Fürs erste waren Sie froh, daß Ihr Problem gelöst war. Tatsächlich aber fing das Problem da erst an.«

Tye machte eine Pause. Carmen Herrera sagte nichts.

»Dolores brauchte nicht lange, um zu merken, wieviel Geld man mit Drogen machen kann, und sie wollte auch etwas von dem Segen haben. Mit Juans Hilfe begann sie zu dealen und bediente sich dabei Ihres Kindes. Jedesmal, wenn Dolores das Kind ausfuhr, hatte sie Drogen im Kinderwagen, verkaufte und lieferte die Einnahmen dann bei Ihrem Mann ab. Und Sie konnten nichts dagegen unternehmen.

Juan ist schon lange im Drogengeschäft. Er hat es vom kleinen Dealer an der Straßenecke zum Verteiler auf höherer Ebene gebracht. Sie haben das die ganze Zeit gewußt. Es war unvermeidlich, daß Sie es erfuhren. Sie führen in New York ein Leben mit allem Komfort. Ihre Eltern konnten sich dieses Anwesen hier kaufen...« Tye breitete die Arme aus. »Woher ist das Geld für das alles gekommen, wenn nicht von Ihrem Mann? Und woher hat er das Geld? Bestimmt nicht aus seiner Tankstelle.«

»Das Zuckerrohr –«

»Zuckerrohr bringt schon lange nichts mehr. Und jetzt scheint Ihr Mann sogar noch ein Treppchen höher zu steigen. Er kauft ein Haus auf Long Island.«

Nur ein kaum wahrnehmbares Zucken störte die Stille ihres ausdruckslosen Gesichts. Er sah daran, daß sie überrascht war.

»Das wußten Sie nicht?«

Sie musterte ihn mit scharfem Blick. »Sie haben mir sehr viele Fragen gestellt. Weshalb sollte ich sie beantworten?«

»Um Ihr Kind zu rächen.«

Wieder schwieg sie. Dann sagte sie: »Der Erwerb dieses Hauses, von dem Sie mir erzählt haben, ist eins von vielen. Und wir werden bestimmt nicht in diesem Haus wohnen. Mein Mann hat stets Häuser gekauft, und nie sind wir in eines davon eingezogen.« Damit stand sie auf und ging zum Glockenzug. Der Leibwächter kam prompt.

»Mr. Tye möchte gehen«, sagte sie zu ihm.

Als Randall Tye am folgenden Morgen am JFK-Flughafen ankam, erwartete ihn die Limousine. Sobald er zu Hause war, gerade vierundzwanzig Stunden nach seinem Abflug, griff er zum Telefon, um den Leiter seines Recherchenteams anzurufen.

»Higgins hier.«

»Habt ihr das Haus gefunden?« fragte Tye. Er brauchte weder seinen Namen zu nennen noch zu spezifizieren, welches Haus er meinte.

»Randall, hallo! Wie geht's?« antwortete Higgins vergnügt. »Wie ist es denn so da unten? Heiß genug?«

»Ich bin nicht mehr ›da unten‹. Ich bin wieder hier.«

»Was? Das war ja eine Blitzreise«, meinte Jeff Higgins und sagte dann: »Ja, wir haben es gefunden. Es ist in East Hampton. Ein regelrechtes Herrenhaus.«

»Wer ist der Makler?«

»Das wissen wir noch nicht. Sie wollten ja Herrera selbst nicht fragen, also haben wir versucht, den Verkäufer zu erreichen, aber der ist nicht zu sprechen. Das Haus wurde von mehreren Maklern zugleich angeboten, und die müssen wir erst mal feststellen.«

»In Ordnung, Jeff. Ich habe übrigens gehört, daß Herrera schon diverse andere Immobiliengeschäfte getätigt hat.«

»Interessant«, murmelte Higgins.

»Ja, nicht wahr? Wir sollten festzustellen versuchen, ob er immer mit demselben Makler zusammenarbeitet oder ob er wechselt.«

»Okay.«

»Wir können nicht davon ausgehen, daß er sich auf die Gegend um die Hamptons beschränkt hat, aber es ist ein Ausgangspunkt. Ich möchte deshalb eine Liste aller Makler, die in dieser Gegend anbieten. Machen Sie sich gleich an die Arbeit. Ich komme jetzt rüber.«

Randall legte auf, ließ aber die Hand auf dem Hörer liegen. Er sollte Norah anrufen, ihr mitteilen, was er in Erfahrung gebracht hatte. Aber er zögerte. Norah wußte sicher, daß Herrera im Begriff war, ein Haus zu kaufen. Sie verfügten bisher beide über die gleichen Informationen. Die Frage war doch, was jeder von ihnen damit anfing. Ja, er würde seine Spur weiterverfolgen, den Namen des Immobilienmaklers feststellen, mit dem Mann sprechen und das Ergebnis seiner Recherchen dann Norah vorlegen. Er hob die Hand vom Hörer. Kaum hatte er das getan, begann das Telefon zu läuten.

»Wie war es in Mayaguez?« fragte Norah.

Er spürte, wie ihm die Röte ins Gesicht schoß. Er hatte die Reise nicht vor ihr geheimgehalten, aber er hatte sie auch nicht angerufen, um sie davon zu informieren. »Heiß«, antwortete er.

»Und was hat Carmen erzählt? Hat sie zugegeben, daß es sich bei dem Kind um ihr eigenes handelt?«

»Mehr oder weniger.«

Norah seufzte. »Randall, bitte, lassen wir doch diesen albernen Wettkampf. Wenn du neue Informationen hast, mußt du mir das sagen.«

Randall Tye schwankte. Er wollte mit ihr teilen, was er wußte. Er wußte, er konnte sich darauf verlassen, daß sie die Informationen nicht an seine Konkurrenz weitergeben würde. Andererseits würde sie vielleicht ihren Vorgesetzten berichten müssen, und dann war die Katze natürlich aus dem Sack und das Geheimnis kein Geheimnis mehr.

»Norah, es kann sein, daß ich einer großen Sache auf der Spur bin. Ich weiß es noch nicht mit Sicherheit. Ich muß da nachhaken.

Aber ich setze mir einen Termin für meine Nachforschungen. Ich gebe mir genau zwei Tage. In zwei Tagen um –« er sah auf seine Uhr –, »um zwölf Uhr fünfzehn komme ich zu dir ins Büro. Dann habe ich den Fall entweder geklärt oder ich übergebe alles dir und ziehe mich aus der Sache zurück.«

»Das letzte gefällt mir«, sagte sie, »aber ich sage trotzdem nein. Kommt nicht in Frage. Das ist Kinderkram, Randall. Das reine Theater. Hast du vor, den Namen des Killers in deiner Sendung zu verkünden?«

»Ich hoffe, du machst Spaß. Ein bißchen Integrität ist mir schließlich trotz allem geblieben.«

»Schön, dann komme ich jetzt bei dir vorbei.«

Tye hätte sie gern gesehen. Er hätte gern mit ihr zusammengearbeitet, ohne mit ihr konkurrieren zu müssen. »Nein. Nein, du erreichst mich hier nicht mehr. In zwei Tagen, Norah.«

Tye wußte, daß Norah es dabei nicht bewenden lassen würde. Sie war wahrscheinlich schon auf dem Weg zu ihm, und er wollte weg sein, ehe sie kam. Er rief Jeff Higgins an. »Haben Sie die Liste mit den Maklern?«

»Sie wartet auf Sie.«

»Kommen Sie damit zu Frank's.« Das war eines ihrer Stammlokale in der Sixth Avenue, nur wenige Schritte von den Studios entfernt. »In zwanzig Minuten. Und halten Sie den Mund.«

Tye hatte den Fahrer, der ihn am Flughafen abgeholt hatte, mit seinem Wagen schon wieder entlassen. Das Angebot des Portiers, ihm ein Taxi zu holen, lehnte er ab.

»Es ist gerade das richtige Wetter, um ein Stück zu Fuß zu gehen«, sagte er und machte sich mit den für ihn typischen langen Schritten auf den Weg. Doch sobald er außer Sicht war, winkte er dem nächsten vorüberkommenden Taxi.

Higgins erwartete ihn in der Nische, in der sie immer saßen. Ohne Umschweife reichte er ihm ein Blatt Papier, auf dem die Namen von fünf Immobilienfirmen aufgeschrieben waren.

Tye überflog die Liste. »Haben Sie die schon geprüft?«

Jeff Higgins war ein sehr schlanker, angespannter Mann Mitte Vierzig, hellhaarig und kurzsichtig. Er hatte Randall kennengelernt, als sie beide bei *The Green Mountain Press* gearbeitet hatten, einer kleinen Wochenzeitung in Vermont. Danach hatten sich ihre Wege getrennt, Tye hatte zum Fernsehen übergewechselt und eine steile Karriere gemacht, während Jeffrey Higgins der Zeitung treu geblieben war. Er war stellvertretender Chefredakteur eines mittleren Blatts gewesen, als Tye ihn angerufen und ihm eine Stellung als Leiter seines Recherchenteams beim Sender angeboten hatte. Higgins hatte sofort zugegriffen.

»Die ersten beiden«, antwortete er. »Sie erhielten beide eine Anfrage wegen des Hauses, aber ehe sie es zeigen konnten, wurde das Objekt vom Markt genommen.«

»Und die anderen drei?«

»Auf die habe ich Koslow und Jones angesetzt.«

Tye runzelte die Stirn. »Das hier« – er deutete auf den letzten Namen, *Executive Transfers* – »ist doch eine Firma, die in Washington sitzt, richtig?«

»Ja, das stimmt.«

»Haben die hier in New York eine Filiale?«

»Nein, aber sie haben eine Spezialnummer.«

Das hieß, daß die Firma aus allen Teilen der USA zum Lokaltarif angerufen werden konnte. Tye machte ein nachdenkliches Gesicht. »Ich kann verstehen, daß der Hauseigentümer über diese Firma anbietet, aber ich sehe eigentlich keinen Grund, weshalb Herrera bei diesem Makler kaufen sollte, wenn in New York mehrere dasselbe Objekt anbieten. Das ist doch interessant.«

»Sehr«, stimmte Higgins zu. »Soll ich runterfliegen und mal sehen, was da läuft?«

»Nein, das tu ich selbst.«

Higgins erinnerte ihn daran, daß seine Sendung *People in the News* von Samstag auf Freitag verlegt worden war.

»Stoddard kann für mich einspringen.«

Daß Tye bereit war, sich von diesem ehrgeizigen jungen Mann vertreten zu lassen, der ganz offenkundig darauf aus war, ihn zu verdrängen, zeigte, wie wichtig ihm der Fall Herrera war.

»Halten Sie das für klug?«

Tye lachte. »Geben wir ihm ein Stück Strick, um sich zu hängen. Wenn er das nicht tut, werde ich eben nächstes Mal ganz groß auftrumpfen müssen. Und das werde ich auch.« Er stand auf. »Wenn Lieutenant Mulcahaney nach mir fragen sollte, dann sagen Sie ihr – sagen Sie ihr bitte, ich sei auf Haussuche.« Er lächelte. So würde er sich bei der Maklerfirma *Executive Transfers* präsentieren – als Mann, der kurz vor der Heirat stand und ein Haus kaufen wollte, um seine Zukünftige zu überraschen.

Ob Norah sich wohl freuen würde, wenn er tatsächlich ein Haus kaufte? Würde sie es als Beweis für die Ernsthaftigkeit seiner Absichten betrachten?

Kurz nachdem Randall Tye aufgelegt hatte, rief Norah ihn zurück, aber er meldete sich nicht. So schnell kann er doch nicht verschwunden sein, dachte sie; aber bis sie bei ihm war, würde er bestimmt weg sein. Sie fuhr trotzdem zu seiner Wohnung. Der Portier wußte nicht, wohin er gegangen war, konnte ihr nur sagen, daß er zu Fuß weggegangen war. Wahrscheinlich ins Studio, meinte er; *People in the News* wurde ja jetzt immer freitags ausgestrahlt.

Das wußte sie. Wenn sie ins Studio fuhr, würde man ihr dort sagen, daß er probte. Sie fuhr also zur Dienststelle zurück, wo zwei neue Fälle auf sie warteten.

Sie arbeitete an ihrem Schreibtisch bis zur Sendezeit von *People in the News*. Dann schaltete sie einen kleinen Schwarzweißfernseher in ihrem Büro ein und sah verblüfft, daß Randall gar nicht moderierte. Ohne das Ende der Sendung abzuwarten, rief sie beim Sender an, erfuhr aber dort lediglich, Randall Tye seit wegen eines Spezialauftrags unterwegs. Als sie der Telefonistin sagte, wer sie war, verband diese sie mit Randall Tyes Sekretärin, die ihr jedoch die gleiche Auskunft gab.

»Kommen Sie schon, Emily«, sagte Norah in bittendem Ton. »Das ist eine Polizeisache. Ich muß wissen, wo er ist.«

»Lieutenant, ich schwör's Ihnen, ich weiß es nicht.«

»Aber Sie müssen doch wissen, wo er im Notfall zu erreichen ist.«

»Nein, ehrlich nicht. Er hat gesagt, er meldet sich.«

Norah war ärgerlich. »Na schön, wenn er sich meldet, dann geben Sie mir Bescheid.« Ihre blauen Augen blitzten.

Achtundvierzig Stunden, hatte Randall gesagt. Innerhalb von zwei Tagen wollte er den Fall klären oder die ganze Angelegenheit der Polizei übergeben. Am Sonntag nachmittag hätte er sich spätestens melden müssen, aber Norah hörte nichts von ihm. In der Nachrichtensendung am Sonntag abend wurde er wieder von Jack Stoddard vertreten. Norah beschloß, bis zum Montag zu warten, ehe sie etwas unternahm. Aber wohl war ihr nicht dabei.

Am Montag morgen fuhr sie direkt zu den Studios. Alles wirkte ganz normal. Der einzige Unterschied zu sonst war, daß Randalls stets weit offene Tür geschlossen war. Emily Flower saß wie immer an ihrem Schreibtisch gleich davor.

»Er ist in einer Spezialsache unterwegs, Lieutenant«, wiederholte sie. »Es ist nicht seine Gewohnheit, sich regelmäßig zu melden.« Ihre Stimme klang klar und bestimmt, doch die hellbraunen Augen, die auf Norah gerichtet waren, verrieten Beunruhigung.

»Er hätte gestern zurücksein müssen«, sagte Norah.

»Davon weiß ich nichts, Lieutenant. Zu mir hat er nichts gesagt.«

»Aber jemand muß doch Bescheid wissen.« Norah ließ nicht locker. »Der Leiter der Nachrichtenabteilung muß informiert sein. Wo ist sein Büro?«

»Mr. Pace ist im dreiunddreißigsten Stock.« Die Sekretärin senkte die Stimme. »Versuchen Sie's bei Jeff Higgins, Recherchenabteilung. Die beiden arbeiten sehr eng zusammen. Er ist ganz hinten im letzten Zimmer.«

Norah machte sich auf den Weg. Die letzte Tür im Korridor war offen. Sie führte in ein kleines Vorzimmer. Eine hübsche junge Frau mit Kopfhörern tippte konzentriert. Norah mußte sich direkt vor sie hinstellen, um bemerkt zu werden. Die junge Frau hörte zu tippen auf und nahm die Kopfhörer ab.

Norah zeigte ihren Dienstausweis. »Ich möchte zu Mr. Higgins.«

»Geradeaus, zweite Tür.«

Sie wartete, bis Norah die Tür erreicht hatte, nickte dann ermutigend und setzte ihre Kopfhörer wieder auf. Norah klopfte und öffnete die Tür.

»Mr. Higgins?« fragte sie den Mann in Hemdsärmeln, der an einem Schreibtisch hinter Aktenbergen saß. »Ich bin Lieutenant Mulcahaney, Mordkommission.« Wieder zeigte sie ihren Ausweis.

»Ich weiß. Ich habe vor Ihrem ersten Auftritt in der Sendung die Recherchen gemacht. Was kann ich für Sie tun?«

»Sie können mir sagen, was Randall treibt.«

»Ich wollte, das könnte ich. Sie sind wahrscheinlich besser informiert als alle anderen.«

»Dann wäre ich jetzt nicht hier, Mr. Higgins. Ich habe keine Lust mehr, so zu tun, als sei alles in bester Ordnung. Randall hätte gestern zurück sein müssen. Kein Mensch scheint zu wissen, was er vorhatte und warum er nicht zurückgekehrt ist. Macht Ihnen das keine Sorgen?«

»Ich kenne Randall schon sehr lange, Lieutenant. Er war immer ein Einzelgänger. Er ist schon in einigen brenzligen Situationen gewesen, aber er weiß genau, wie er auf sich aufpassen muß.«

»Diesmal sieht die Sache aber etwas anders aus. Er unterdrückt Informationen. Und langsam bekomme ich den Verdacht, Sie tun das auch.«

»Warum geben Sie ihm nicht noch einen Tag? Ich vermute, wir haben nichts von ihm gehört, weil er auf einer heißen Spur ist und die Sache zum Abschluß bringen möchte, ehe er sich zurückmeldet.«

»Was für eine heiße Spur soll das sein? Ich werde Ihnen und dem Sender die Hölle unangenehm heiß machen, wenn Sie mir nicht endlich Auskunft geben.«

Higgins zuckte die Achseln. »Randall hat mir schon prophezeit, daß Sie aufkreuzen würden. Ich sollte Ihnen dann sagen, er sei auf Haussuche.«

»Auf Haussuche?«

»Ja, es sollte eine Überraschung für Sie sein.«

»Machen Sie sich über mich lustig, Mr. Higgins?«

»Um Himmels willen, nein. Entschuldigen Sie, Lieutenant.

Ich glaube – jetzt, in der Rückschau –, das war eine Art Hinweis, den er Ihnen hinterlassen wollte – nur für den Fall.«

Norah zog sich einen Stuhl heran und setzte sich. »Vielleicht erklären Sie mir endlich, worum es eigentlich geht.«

Sie hörte ihm aufmerksam zu, sah sich die Liste mit den Namen der Makler an, die Higgins ihr reichte. »Haben Sie in den letzten vierundzwanzig Stunden überhaupt einen Versuch gemacht festzustellen, ob Randall sich tatsächlich mit einem dieser Leute in Verbindung gesetzt hat?«

»Er sagte, er wollte zuerst nach Washington.«

»Ja, gut, das leuchtet mir ein. Aber das ist keine Antwort auf meine Frage.«

»Tut mir leid, aber ich habe den Eindruck, Sie machen hier aus einer Mücke einen Elefanten. Ich kann nicht glauben, daß er in Gefahr ist.«

»Was Sie glauben, interessiert mich nicht, Mr. Higgins. Ich möchte Antworten auf meine Fragen.«

Higgins' helle Augen blitzten zornig. Einen Moment lang sah es so aus, als würde er sich weigern, das Gespräch fortzusetzen. Dann dämmte er seinen Zorn ein. »Gut. Ich habe heute morgen mit *Executive Transfers* telefoniert. Man sagte mir, Randall sei dagewesen und habe mit einer Miss Judith Ancell gesprochen. Das war am Freitag spätnachmittags.«

»Und weiter?«

»Ich habe auch bei den anderen Maklern angerufen, aber bei denen hat Randall sich nie gemeldet.«

»Das letzte, was Sie also von ihm wissen, ist, daß er mit dieser Miss Ancell gesprochen hat.«

Higgins nickte. »Das ist übrigens ihr Mädchenname. Sie dürfte Ihnen als Judith Barthelmess besser bekannt sein. Frau des Abgeordneten, der für den Senat kandidiert.«

Norah sah ihn überrascht an.

»Das hätte ich Ihnen wohl früher sagen sollen?«

»Ganz recht. Was verschweigen Sie sonst noch?«

»Randall hatte gehört, daß Herrera Immobiliengeschäfte macht.«

»Über Mrs. Barthelmess?«

»Um das rauszubekommen, ist er nach Washington geflogen.«

»Gut, gut. Er hat die Maklerfirma in Washington aufgesucht und mit Mrs. Barthelmess gesprochen. Seitdem hat man nichts mehr von ihm gehört. Einen Unfall schließe ich aus; Randall ist ein im ganzen Land bekannter Mann. Wenn er einen Unfall gehabt hätte oder in ein Krankenhaus eingeliefert worden wäre, hätte man ihn erkannt und den Sender benachrichtigt.«

»Genau.« Higgins war sichtlich erleichtert. »Es ist ihm also nichts passiert. Er ist einer heißen Story auf der Spur und – nehmen Sie es mir nicht übel, Lieutenant – möchte nicht, daß Sie ihm in die Quere kommen.«

Norah sprach sich mit Jim Felix und Manny Jacoby ab und flog nach Washington. Mit einem Taxi fuhr sie direkt nach Georgetown, das Nobelviertel, in dem die Barthelmess' wohnten. Judith Barthelmess hatte ihr Maklerbüro in dem Haus, das sie mit ihrem Mann zusammen bewohnte. Dort hatte Randall sie aufgesucht.

Auf Umwegen hatte Norah herausgefunden, daß Barthelmess auf Reisen und seine Frau allein zu Hause war. Das paßte ihr. Sie meldete sich nicht an, um Mrs. Barthelmess keine Gelegenheit zu geben, dem Gespräch auszuweichen.

Georgetown war eine Prestigeadresse. Wer hier wohnte, mußte nicht nur Rang und Namen haben, sondern auch Geld. Diese historischen, aber engen, kleinen Häuser wurden zu exorbitanten Preisen gehandelt. Das Haus der Barthelmess' stand in einer stillen, von Bäumen beschatteten Straße, die noch mit den altmodischen Kopfsteinen gepflastert war. Norah bezahlte das Taxi und stieg die Treppe hinauf zu der in eine tiefe Nische eingelassenen Haustür mit dem Klopfer aus blitzendem Messing.

»Ja, Madam?«

Das Mädchen, das ihr öffnete, trug ein schlichtes graues Kleid mit langen Ärmeln und einem adretten weißen Kragen.

»Ich hätte gern Mrs. Barthelmess gesprochen.«

»Wen darf ich melden?«

»Sagen Sie ihr bitte, Lieutenant Mulcahaney von der Polizei New York wünscht, sie zu sprechen.« Norah reichte dem Mädchen eine ihrer Karten.

Das Mädchen war nicht beeindruckt. Sie hatte schon ganz andere Gäste eingelassen, darunter den Vizepräsidenten der Vereinigten Staaten. »Ich sehe nach, ob Mrs. Barthelmess zu Hause ist«, sagte sie und ging davon.

Judith Barthelmess kam beinahe unverzüglich zu Norah heraus und begrüßte sie mit einem Lächeln, das sowohl herzlich als auch neugierig war.

»Sind Sie eben erst angekommen, Lieutenant?«

»Ja. Ich bin direkt vom Flughafen aus hergefahren.«

»Oh. Kann ich Ihnen dann vielleicht etwas anbieten? Kaffee? Tee? Eine Kleinigkeit zu essen?«

»Danke, sehr freundlich, aber ich bitte nur um einige Minuten Ihrer Zeit.«

»Selbstverständlich. Bitte kommen Sie.«

Norah kannte Will und Judith Barthelmess von Zeitungsfotos und aus dem Fernsehen. Barthelmess wirkte wie ein gutaussehender Naturbursche, der Norah immer den Eindruck machte, als fühlte er sich mit einer Axt in der Hand wohler als in den heiligen Hallen des Parlaments. Seine Frau hatte im Gegensatz zu ihm immer farblos gewirkt. Doch sie strahlte einen großen persönlichen Charme aus, wie Norah jetzt, bei dieser Begegnung, feststellte.

»Soviel ich weiß«, begann Norah, nachdem sie sich in dem elegant eingerichteten kleinen Wohnzimmer gesetzt hatte, »hat Sie am vergangenen Freitag Randall Tye, der Nachrichtenmoderator, aufgesucht.«

»Ja. Er wollte ein Haus kaufen.«

»Ach was? Hier draußen in Georgetown?«

»Nein, nein, nicht hier.«

Norah runzelte die Stirn. »Das verstehe ich nicht. Wenn er nicht ein Haus in dieser Gegend gesucht hat, warum ist er dann zu Ihnen gekommen?«

»Das Haus, für das er sich interessiert, wurde zufällig von uns angeboten.«

»Das verstehe ich immer noch nicht.«

»Wir beschränken uns mit unseren Geschäften nicht auf diese Gegend. Wir bieten überall im Land Häuser und Grundstücke an. Unsere Kontakte reichen bis nach Übersee.«

»Ach, so ist das. Und wo steht das Haus, für das Mr. Tye sich interessiert?« fragte Norah, obwohl sie die Antwort längst wußte. Ferdi hatte das Haus nicht nur ausfindig gemacht, er war auch nach Hampton hinausgefahren, hatte es sich angesehen und ein wenig mit den Nachbarn geschwatzt.

»In den Hamptons«, antwortete Judith Barthelmess. »Aber er hat die Reise hierher leider umsonst gemacht. Das Haus war schon verkauft.«

»Um so merkwürdiger, daß er extra hierhergeflogen ist.«

Judith Barthelmess zuckte die Achseln.

»Vielleicht ging es ihm mehr darum, Sie kennenzulernen«, meinte Norah. »Sie sind ja doch eine bedeutende Persönlichkeit.«

»Der bedeutende ist mein Mann.« Judith Barthelmess lächelte gewinnend. »Nein, mir sagte Mr. Tye, er wolle heiraten, und das Haus soll eine Hochzeitsüberraschung werden. Für Sie.«

Norah errötete. »Er hat meinen Namen genannt?«

»Ja. Jetzt habe ich wohl die Überraschung verpatzt? Das tut mir leid.«

»Wer hat das Haus gekauft?«

»Darüber möchte ich lieber keine Auskunft geben.«

»Warum nicht? Die Eigentumsübertragung geht doch sowieso den behördlichen Weg, und der ist nicht geheim. Da kann ich mir die Information jederzeit beschaffen.«

»Das ist richtig, Lieutenant, und es wäre mir lieber, Sie täten das auch.«

»Und wenn ich Ihnen nun sage, daß ich den Namen des Käufers bereits weiß?«

»Warum haben Sie dann erst gefragt?«

»Es handelt sich um Juan Herrera. Seine Schwägerin und ein fünf Monate alter Säugling wurden kürzlich bei einer Schießerei auf einem New Yorker Schulhof getötet. Sie haben vielleicht davon gehört.«

»Solche Dinge passieren doch dauernd.«

»Herrera wird verdächtigt, mit Drogen zu handeln.«

»Herrera ist ein häufig vorkommender Name.«

Norah zog einen braunen Umschlag aus ihrer Handtasche. Er enthielt eine Fotografie, die sie Judith Barthelmess zeigte.

»Ja, das ist Mr. Herrera«, bestätigte diese. »Also, um ehrlich zu sein, Lieutenant, wenn ein Kunde sich zum Kauf eines Drei-Millionen-Objekts verpflichtet und nicht um die Finanzierung feilscht, stellen wir im allgemeinen keine weiteren Nachforschungen über ihn an. Wir machen ständig Geschäfte mit ausländischen Kunden – Asiaten, Araber, Südamerikaner. Sie haben alle Geld, das sie in den USA investieren wollen. In Hotels, Warenhäuser, Wohnhäuser, Luftfahrtgesellschaften, was auch immer. Ich hatte keinen Anlaß zu argwöhnen, daß Mr. Herrera etwas anderes sein könnte als eben einer dieser ausländischen Geschäftsleute.«

»Nein, natürlich nicht«, stimmte Norah ihr zu. »Kommen wir noch einmal auf Randall Tye zurück. Wie reagierte er, als Sie ihm sagten, daß das Haus, für das er sich interessierte, bereits verkauft sei?«

»Er wollte ein Gegenangebot machen. Ich sagte ihm, das Haus sei nicht mehr zu haben, der Vertrag sei bereits unterzeichnet, aber davon ließ er sich gar nicht erschüttern. Er meinte, er sei bereit, jeden Preis, den der Käufer gezahlt hatte, zu überbieten.«

»Und sind Sie auf diesen Vorschlag eingegangen?« fragte Norah. »Für Sie wäre es doch zweifellos von Vorteil gewesen, das Geschäft zu machen. Sie hätten ja noch einmal Provision verdient, oder nicht?«

»Doch, gewiß. Ich habe mich auch bereit erklärt, das Angebot weiterzuleiten.«

»Und? Was passierte?«

»Nichts, Lieutenant. Das Gespräch mit Mr. Tye hat am späten Freitag nachmittag stattgefunden. Heute haben wir Montag. Ich bin noch nicht dazugekommen, mich mit dem neuesten Stand vertraut zu machen.«

»Das kann ich verstehen. Sie haben mit dem Wahlkampf Ihres Mannes sicher eine Menge zu tun, zumal jetzt die Primärwahlen ins Haus stehen.«

»Ja.«

»Dann ist es also vorerst dabei geblieben?«

Judith Barthelmess nickte.

Warum, fragte sich Norah voll Unbehagen, war Randall hierhergekommen? Was hatte er gesucht? Hatte er es gefunden? Bisher hatte sie nicht die richtigen Fragen gestellt.

»Mr. Tye ist seit Freitag nachmittag, als er von hier wegging, nicht mehr gesehen worden. Er hat keine seiner regelmäßigen Fernsehsendungen geleitet. Wußten Sie das?«

»Nein.«

»Hat er zu Ihnen irgend etwas davon gesagt, was er als nächstes vorhatte? Wohin er wollte?«

»Nein, tut mir leid.«

»Bitte denken Sie genau nach, Mrs. Barthelmess. Randall Tye ist ein verantwortungsbewußter Mann. Es ist nicht seine Art, einfach zu verschwinden, ohne eine Menschenseele wissen zu lassen, was er plant. Er hat niemals eine Sendung versäumt. Ich mache mir Sorgen um ihn.«

Bis zu diesem Moment hatte Norah vor allem mit Verärgerung reagiert. Mit diesen Worten gestand sie sich ihre Besorgnis ein. Es war kein Spiel mehr. Randall war etwas zugestoßen.

Als Norah gegangen war, rief Judith Barthelmess in New York an. »Ich dachte, du wolltest das erledigen«, fuhr sie Ralph Dreeben gereizt an, als dieser sich meldete.

»Wer spricht denn da? Judith, bist du das?« fragte Dreeben milde, seinen Ärger kaschierend. »Was wollte ich deiner Meinung nach erledigen?«

»Du weißt schon. Randall Tye.«

»Ich habe dir gesagt, du sollst dir kein Kopfzerbrechen machen.«

»Ja, aber eben hatte ich Besuch von der New Yorker Polizei. Lieutenant Norah Mulcahaney. Sie ist Tyes Freundin, und sie ist nicht auf den Kopf gefallen.«

»Und?«

»Wenn Tye ihr erzählt...«

»Was denn? Was soll er ihr erzählen? Erstens weiß er nichts, und zweitens gibt es nichts zu erzählen. Wie oft muß ich dir noch erklären, daß du nichts zu befürchten hast. Du betreibst ein völlig legales Geschäft. Du verkaufst Immobilien und nimmst dafür eine Provision. Du bist nicht verpflichtet, über den Käufer oder den Verkäufer Auskünfte einzuholen.«

»Trotzdem gefällt mir das alles nicht«, murrte sie.

»Du kannst jederzeit aufhören«, versetzte Dreeben. Dann schlug er einen beschwichtigenden Ton an. »Bis jetzt ist alles wie geschmiert gelaufen, Judith. Du glaubst doch nicht, daß ich mir von einem neugierigen Reporter alles vermasseln lasse? Oder von einer Polizistin, die nicht auf den Kopf gefallen ist. Also wirklich, Judith, du solltest mich besser kennen.«

Sie seufzte. »Wenn nur Will nichts erfährt. Wenn er jemals dahinterkommen sollte . . .«

»Er wird nichts erfahren. Das verspreche ich dir. Okay?« Dreeben wartete auf eine Antwort. »Okay, Judith?«

Norah wartete nicht, bis sie zurück in New York war, um die Fahndung nach Randall Tye einzuleiten. Von einer Telefonzelle aus rief sie Ferdi Arenas an und gab die nötigen Anweisungen. Um sechs Uhr abends war sie wieder auf der Dienststelle. Auf dem Weg in ihr Büro winkte sie Wyler und Ochs, ihr zu folgen.

»Ich möchte genaueste Informationen über die Firma *Executive Transfers*«, sagte sie zu Wyler. »Wer an dem Unternehmen beteiligt ist, wer es leitet, wer dort arbeitet.« Sie wandte sich Ochs zu. »Besorgen Sie mir eine Liste aller Filialen, des Personals in den verschiedenen Filialen und eine Liste der Kunden mit besonderer Rücksicht auf Washington, New York und die Vororte. Besonders interessieren mich Wiederholungsgeschäfte.«

»Was genau suchen wir?« fragte Ochs.

Norah schwieg einen Moment. »Ich bin mir nicht sicher. Ich habe beinahe Angst davor, Vermutungen anzustellen.«

Wyler und Ochs waren gute Leute, wenn es darum ging, Geschäftsunterlagen zu analysieren. Aber, dachte Norah, ein zusätzliches Paar Augen kann nicht schaden. Schon gar nicht, wenn sie einem Buchhaltungsfachmann gehören. Sobald Wyler und Ochs losgezogen waren, rief sie ihren alten Freund Gus Schmidt an.

13

Im Beisein eines wachsamen Hausverwalters durchsuchte Fernando Arenas Randall Tyes Wohnung. Leider kam jeden Tag eine Zugehfrau, so daß alle Räume pieksauber aufgeräumt waren. Ferdi konnte nicht feststellen, ob irgend etwas aus der Wohnung fehlte. Der Hausverwalter erklärte Sergeant Arenas, daß Mr. Tye wie alle anderen Mieter sein Gepäck im Gepäckraum im Keller des Hauses aufbewahrt und anzurufen pflegte, wenn er es brauchte. Er hatte das schon seit einiger Zeit nicht mehr getan.

Ferdi rief auf der Dienststelle an und berichtete.

Randall war also einzig nach Washington geflogen, um mit Judith Barthelmess zu sprechen, und hatte vorgehabt, noch am selben Abend nach New York zurückzukehren. War er auch tatsächlich zurückgekehrt? Auf den Kurzflügen gab es keine Reservierungslisten, doch Randall war ein prominenter Mann, es war gut möglich, daß er beim Einchecken oder in der Maschine jemandem vom Personal aufgefallen war.

Ein Telefonat mit dem Limousinen-Service ergab, daß Randall Tye keinen Wagen zum Flughafen bestellt hatte. Norah konnte sich nicht vorstellen, daß Randall die öffentlichen Verkehrsmittel benutzt hatte. Er mußte seinen eigenen Wagen genommen haben, ein Mercedes, der meistens in der Garage seines Hauses stand, da er nicht gern selbst fuhr.

Norah rief selbst den Garagenwächter an und hörte, daß Randalls Wagen nicht da war. Der Kontrollkarte zufolge hatte Mr. Tye den Wagen am Freitag mittag geholt und am Abend desselben Tages um einundzwanzig Uhr vierzehn wieder zurückgebracht. Um elf Uhr am folgenden Morgen hatte er den Wagen erneut aus der Garage geholt. Seitdem war er nicht mehr da.

Mit Hilfe des Flughafensicherheitspersonals wurden die Parkplätze der drei New Yorker Flughäfen überprüft. Erst kurz vor dreiundzwanzig Uhr lag das Ergebnis vor. Randall Tyes Mercedes stand auf keinem der Parkplätze der Flughäfen.

Norah war voller Sorge, aber auch voller Ungeduld. Sie leitete eine zweite Fahndung ein, diesmal nach dem Wagen. Dann fuhr sie todmüde und tiefer beunruhigt, als sie sich selbst eingestand, nach Hause.

Um zehn nach zwei weckte sie das Telefon.

Es war Ferdi Arenas. »Wir haben ihn gefunden, Norah.«

Sie stürzte in einen Abgrund. Sie wußte, was kommen würde.

»In seinem Wagen«, fuhr Ferdi fort. »Auf dem Grand Central Parkway. Am Straßenrand gegenüber dem alten Aquacade.«

Obwohl sie wußte, daß es keine Hoffnung gab, ließ sie eine Aufwallung von Hoffnung zu. »Ein Unfall?«

»Nein. Er scheint aus freien Stücken an den Rand gefahren zu sein. Ein paar Teenager haben den Wagen entdeckt. Sie wollten nachsehen, ob es da was zu holen gäbe . . . Tut mir leid, Norah.«

Sie waren alle schon da, als sie kam – zwei Wagen der Verkehrspolizei, mehrere Funkstreifenwagen, mehrere neutrale PKWs, wahrscheinlich von der Kriminalpolizei Queens. Auch der Leichenwagen war schon da. Sie steuerte ihr Auto hinter die anderen, hielt an, schaltete den Motor und die Lichter aus und ging auf den beigefarbenen Mercedes zu, auf den sich die allgemeine Aufmerksamkeit konzentrierte. Aber Ferdi trat ihr in den Weg.

»Was haben wir?« fragte sie automatisch. Auf den ersten kurzen Blick hatte sie am Wagen keinerlei Schaden erkennen können. Einzig die Tatsache, daß beide Türen weit offen standen, ließen vermuten, daß etwas Ungewöhnliches vorlag.

Ferdi schluckte nervös. Er hatte hin und her überlegt, wie er es ihr am besten sagen sollte, und beschlossen, daß es nur eine Möglichkeit gab – es ohne Umschweife zu sagen. »Es sieht nach einer Überdosis aus.«

»Was?«

»Tut mir leid, Norah.«

Sie hatte geglaubt, auf alles gefaßt zu sein; sie hatte geglaubt, ihre harten Erfahrungen hätten sie gegen alle Überraschung gefeit. »Nein. Nein. Das ist unmöglich!«

Ferdi war tiefunglücklich. »Es ist nicht der kleinste Kratzer am Wagen und keine Spur von Gewalteinwirkung bei – beim Opfer. Er scheint gespürt zu haben«, sagte er hastig, »daß er abdriftet und ist deshalb an den Rand gefahren. Und dann . . .«

»Und dann was?« Norahs blaue Augen blitzten zornig.

»Und dann ist er gestorben.«

»Ach, und das wär's dann? Er kann doch aus ganz anderen Gründen an den Rand gefahren sein. Vielleicht dachte er, mit dem Wagen sei etwas nicht in Ordnung; vielleicht hatte er Angst einzuschlafen; vielleicht hatte er zuviel getrunken. Warum muß es Rauschgift gewesen sein?«

Ferdi konnte sie kaum ansehen, aber er mußte ihr in die Augen sehen, als er es sagte: »Es sind Einstiche da.«

Norahs Blick wurde keinen Moment unsicher. »Gehen Sie mir aus dem Weg.«

Das nächste Hindernis war Phillip Worgan, der amtliche Leichenbeschauer. »Sagen Sie's mir ohne Beschönigung, Phil. Was ist passiert?«

»Es weist alles darauf hin, daß er eine Überdosis genommen hat.«

»Nein. Das ist unmöglich«, wiederholte sie eigensinnig. »Randall hat keine Drogen genommen.«

»Sehen Sie es sich selbst an.« Worgan trat zur Seite, die Polizeibeamten, die am Wagen standen, gaben Norah den Weg frei.

Der Geruch des Todes warnte sie. Sie hatte natürlich schon von dem Moment an, als sie die offenen Wagentüren gesehen hatte, gewußt, was sie zu erwarten hatte. Ohne es bewußt zu tun, hatte sie sich für diesen Moment, für das, was sie zu sehen bekommen würde, gewappnet. Dennoch kostete es sie jetzt eine große Willensanstrengung, in den Wagen zu sehen. Randall saß hinter dem Steuer. Der Kopf ruhte an der rückwärtigen Kopfstütze, die hellbraunen Augen waren geschlossen. Der Verfall hatte schon begonnen.

Sie wandte sich ab. Die Erkenntnis, daß Randall ihr für immer verloren war, überfiel sie mit einem Schmerz, der kaum auszuhalten war. Einen Moment lang schloß sie die Augen und sprach ein lautloses Gebet. Dann öffnete sie die Augen und blickte wieder in den Wagen hinein. Aber nicht auf sein Gesicht.

Er hatte einen hellgrauen Anzug an. Das Jackett lag ordentlich gefaltet auf dem Sitz neben ihm. Ein weißes Hemd, der Kragen offen, die Krawatte gelockert. Manschettenknöpfe aus Jade. Der linke Ärmel war bis über den Ellbogen hochgekrempelt. Trotz der grünlichblauen Verfärbung der Adern, die zeigte, daß er seit mindestens vierundzwanzig Stunden tot war, konnte man die Einstiche erkennen.

»War sein Ärmel so hochgekrempelt, als ihr ihn gefunden habt?« fragte sie Ferdi.

Worgan antwortete an seiner Stelle. »Nein. Er hatte das Jackett an. Ich habe es ihm ausgezogen und dann den Ärmel aufgerollt.«

»Warum?«

Zur Antwort wies Worgan auf die Spritze, die auf der Ablage des Armaturenbretts lag.

Norah biß sich auf die Lippe. »Haben Sie ihn untersucht, um zu sehen, ob er sonst noch Verletzungen hat – Schußverletzungen, Schnitte oder Risse? Es kann doch sein, daß er vergiftet worden ist.«

»Hier ist nicht der Ort dazu«, sagte Worgan mit leisem Tadel. »Wir untersuchen ihn mit aller Gründlichkeit, sobald wir ihn auf dem Tisch haben. Er war ein prominenter Mann mit einem sehr anstrengenden Beruf, Norah. Viele Leute in den Medien und im Showbusineß nehmen Drogen.«

»Bleiben Sie bei der Medizin, Doktor. Das Ermitteln ist meine Aufgabe.«

»Entschuldigung.«

»Nein, nein. Ich muß mich entschuldigen, Phil. Verzeihen Sie mir, aber Sie haben Randall Tye nicht gekannt. Sie haben keinen Grund, an dem zu zweifeln, was Sie sehen. Ich schon. Er war ein grundanständiger Mann, der in seinem Beruf aufgegangen ist. Ich lasse nicht zu, daß er in Schande stirbt.« Ihre Stimme brach. Sie weinte und versuchte nicht, es zu unterdrücken.

Ferdi, der sie nie so gesehen hatte, wollte zu ihr gehen, aber ein Blick von Worgan hielt ihn zurück. Nach einer Weile nahm Norah ein Taschentuch heraus und wischte sich die Augen.

»Wann ist der Tod Ihrer Schätzung nach eingetreten?« fragte sie Phil Worgan.

»Samstag gegen Mitternacht«, antwortete er.

Sie sah Ferdi an. »Habt ihr eine Parkquittung gefunden?«

»In seinen Taschen nicht.«

»Und im Handschuhfach? Randall hat immer alle Quittungen aufgehoben.«

Ehe sie sich von der Stelle rühren konnte, ging Arenas auf die andere Seite des Wagens – keinesfalls würde er Norah das tun lassen – und öffnete das Handschuhfach. Er nahm einen Packen Quittungen und Rechnungen heraus und reichte ihn ihr.

Sie fand schnell, was sie suchte. »Hier. Am Freitag nachmittag um halb zwei ist er mit dem Wagen auf den Parkplatz gefahren, und um neunzehn Uhr vierundvierzig ist er wieder herausgefahren. Augenblick, hier ist noch ein Schein. Einfahrt um zwanzig Uhr zwanzig am Samstag und Ausfahrt um zweiundzwanzig Uhr.« Sie überlegte einen Moment. »Ich habe am Freitag morgen mit ihm telefoniert. Anscheinend hat er unmittelbar danach seinen Wagen geholt, ist nach Washington geflogen und noch am selben Abend zurückgekommen. Er hat den Wagen in der Garage abgestellt und ist am Samstag morgen wieder weggefahren. Aber diesen Parkscheinen zufolge ist er erst am Samstag abend zum Flughafen hinausgefahren. Aber er hat keine Maschine genommen. Warum ist er also hinausgefahren?«

Niemand sagte etwas.

»Der Wagen hat nicht sehr lange auf dem Parkplatz gestanden«, bemerkte Worgan.

»Sie glauben, er ist zum Flughafen hinausgefahren, um dort seinen Dealer zu treffen? Sie glauben, er hat seinen Stoff gekauft und konnte es dann nicht erwarten, sich einen Schuß zu setzen?« fragte Norah herausfordernd.

Worgan seufzte.

»Wie kommt es dann, daß der Wagen nicht in Richtung Stadt stand, sondern in Richtung LaGuardia?«

Worgan konnte nur den Kopf schütteln.

»Das stimmt hinten und vorn nicht«, sagte Norah mit Entschiedenheit. »Meiner Ansicht nach ist er gegen seinen Willen gespritzt worden –«

»Es gibt keine Anzeichen für einen Kampf.«

»Er kann betäubt worden sein.«

»Sie geben so leicht nicht auf, wie?«

»Sehen Sie sich doch seinen Arm noch einmal an, Phil«, drängte Norah. »Sehen Sie sich die Einstiche an. Na los!«

Worgan runzelte die Stirn. »Sie sind alle frisch.« Seine Stirn glättete sich. »Sie sind alle zur selben Zeit gemacht worden.«

»Genau! Tun Sie mir einen Gefallen, Phil. Lassen Sie überhaupt keinen Zweifel daran aufkommen, daß wir eine Überdosis für die Todesursache halten. Die Leute, die das eingefädelt haben, sollen ruhig glauben, wir haben es geschluckt.«

14

In dieser Nacht tat Norah kein Auge mehr zu. Sie wußte, wenn man dem Killer vormachte, die Polizei glaubte an Randalls Tod durch eine Überdosis, würde man damit Randalls Ruf zerstören. Sie konnte sich die Reaktion der Öffentlichkeit vorstellen. Alle seine Fehler würden ins Überdimensionale aufgeblasen werden. Indiskretionen, die er irgendwann einmal begangen hatte, würden wieder hervorgekramt werden. Diejenigen, die ihn am meisten bewundert hatten, würden ihn jetzt am tiefsten in den Schmutz ziehen. Alles in ihr verlangte danach, ihn zu beschützen, aber sie hatte keine Wahl, wenn sie den Mörder fassen wollte.

Während sie in den stillen Stunden der Nacht rastlos durch ihre Wohnung wanderte und unzählige Tassen Kaffee trank, wurde ihr mit Bestürzung bewußt, wie wenig sie eigentlich über den Mann wußte, der für sie so wichtig geworden war und der ihr soviel bedeutet hatte. Sie kannte die Geschichte seiner beruflichen Karriere, die kannte fast jeder, aber über sein Privatleben wußte sie fast nichts. Er war zweimal verheiratet gewesen, aber sie wußte nicht mit wem und auch nicht, warum die Ehen auseinandergegangen war. Randall hatte es ihr nie erzählt, und sie hatte nie gefragt.

Um sieben Uhr schaltete sie das Radio ein. Natürlich brachten alle Sender die Nachricht von Randall Tyes Tod. Was Norah überraschte, war die Reaktion seiner Kollegen. Sie waren voller

Empathie. Keiner verleugnete den Schock, doch von der Drogensache wurde kein Aufhebens gemacht. Natürlich hatten die Sender sogleich einen Lebenslauf Randalls parat, dem die verschiedenen Kommentatoren ihre eigene Färbung gaben. Randall, so hörte Norah, hatte in der Tat eine Drogenvergangenheit. Er hatte nach einer verpfuschten Beinoperation im Krankenhaus mehrere Monate lang regelmäßig Morphium bekommen. Infolge einer Infektion wäre es beinahe zu einer Amputation des Beins gekommen, zum Glück jedoch war eine zweite Operation erfolgreich gewesen, und als Erinnerung an jene Periode seines Lebens war ihm lediglich ein leichtes, kaum wahrnehmbares Hinken geblieben.

Randall hatte das Hinken als Folge einer Kriegsverletzung erklärt. Von einer verpfuschten Operation und einer vorübergehenden Morphinabhängigkeit hatte er zu Norah nichts gesagt.

Natürlich wurde aus Anlaß seines Todes auch Randalls Privatleben von seinen Kollegen unter die Lupe genommen. Nach zwei geschiedenen Ehen sei er derzeit ungebunden gewesen, hieß es. Es ginge das Gerücht, daß er in seinem Privatleben in eine Sackgasse geraten sei.

Norah schaltete das Radio aus.

Sie beschloß, zu Fuß zur Dienststelle zu gehen, und bog an der 68. Straße in den Park ein. Das Gras war frisch und leuchtete im hellen Grün des Frühlings, die neu belaubten Äste der Bäume, die die Mall säumten, bildeten ein durchscheinendes Dach über ihrem Kopf. Sie ging langsam und gab alle Versuche auf, das Durcheinander von Fakten gewaltsam in ein logisches Muster zu zwingen. Statt dessen entspannte sie sich, folgte gemächlich dem gewundenen Pfad am See entlang und ging über den Steg zu ihrem Lieblingsplatz – eine Bank am Rande des Ramble.

Sie war überzeugt, daß Randall weder durch einen Unfall noch durch Selbstmord ums Leben gekommen war. Er war ermordet worden. Die nächste Frage war – warum? Randall hatte in seiner Position wahrscheinlich Feinde gehabt, von denen er selbst nichts gewußt hatte; sie beschloß deshalb, das Motiv zunächst außer acht zu lassen und sich ganz auf die Verfahrensweise zu konzentrieren. Warum waren Drogen als Waffe gewählt worden? Das setzte doch voraus, daß der Täter leichten Zugang zu Drogen haben mußte, aber dieses Wissen reichte unter den heutigen Gegebenheiten kaum aus, um den Kreis der Verdächtigen einzuschränken. Man hatte versucht, einen Mord als Unfall oder Selbstmord hinzustellen, und hatte vielleicht deshalb mit Drogen gearbeitet, weil das die einfachste Methode war – einfacher als die Inszenierung eines Autounfalls zum Beispiel oder eines Sturzes von einem Hochhaus oder auch einer Lebensmittelvergiftung. Aber nein, das war es nicht gewesen, zumindest nicht allein. Die Tatsache, daß der Täter sich für Drogen entschieden hatte, zeigte, daß er Randalls Vergangenheit gekannt hatte, die ihr – Norah – verschlossen gewesen war, so nahe sie Randall auch gestanden hatte. In diesem Moment erst wurde ihr klar, daß Randall es stets vermieden hatte, von sich zu sprechen, es sei denn, es ging um die Zukunft. Sie hatte ihm alles von sich erzählt, aber er hatte sich ihr nicht anvertraut. Das vertiefte noch ihren Schmerz.

Es war weit nach neun, als Norah in den Dienstraum trat. Art Potts schnappte sie sich. »Deland will Sie sprechen.«

»Ach ja?«

»Und zwar pronto.«

»Ach.« Das hieß dringendst, sofort, gestern. Norah zog die Augenbrauen hoch, regte sich aber nicht weiter auf. »Sonst noch etwas?«

»Reicht das nicht?«

»Sie wissen, was ich meine. Hat Schmidt sich gemeldet?«

»Er wühlt. Sie wühlen alle wie die Wühlmäuse.«

»Dann kümmere ich mich wohl am besten mal darum, was der Chef will.«

Sie fuhr mit der Untergrundbahn, mit der man trotz ständiger Pannen und Verspätungen immer noch am schnellsten von A nach B kam, und präsentierte sich umgehend Delands Sekretärin.

»Die Besprechung ist gerade zu Ende«, sagte Gilda Kamenar mit sanftem Tadel und meldete Norah über die Sprechanlage an. »Gehen Sie gleich hinein«, sagte sie dann zu Norah.

Außer Jim Felix und Deland war nur noch eine Person anwesend, ein Mann, dem sie nie persönlich begegnet war, den sie jedoch erkannte, noch ehe sie einander vorgestellt wurden – Ralph Dreeben, Lokalpolitiker, Parteiboss auf dem Weg in den Ruhestand.

Strahlend bot Dreeben ihr die Hand. »Sie sind also Lieutenant Mulcahaney. Ich habe schon viel von Ihnen gehört. Und nur Gutes.«

»Danke, Sir.« Norah gab ihm einen Pluspunkt dafür, daß er sich ihren Namen richtig gemerkt hatte.

Deland bedeutete ihr, Platz zu nehmen. Sie setzte sich und wartete.

»Es tut mir nur leid, daß wir uns unter solchen Umständen kennenlernen«, fuhr Dreeben fort.

Norah sah Jim Felix an.

»Wir wissen, daß du und Randall Tye einander nahegestanden habt«, erklärte Felix.

»Vielleicht sollten wir diese Angelegenheit doch auf ein andermal verschieben«, meinte Dreeben.

»Nein, nein«, entgegnete Norah. »Ganz gleich, was es ist, ich möchte es jetzt wissen.«

Dreeben breitete zustimmend beide Hände aus.

»Du warst gestern in Washington bei Mrs. Barthelmess«, sagte Felix. »Zu welchem Zweck?«

Norah verstand, daß er für Deland das Fundament legen wollte. »Ich habe versucht, Randall Tye ausfindig zu machen. Er wurde seit zwei Tagen vermißt. Mrs. Barthelmess war die letzte uns bekannte Person, mit der er gesprochen hatte.«

»Wollen Sie unterstellen, daß Mrs. Barthelmess in irgendeiner Weise mit Mr. Tyes Verschwinden zu tun hat?« fragte Dreeben immer noch jovial.

»Das liegt mir völlig fern, Sir«, antwortete Norah. »Mrs. Barthelmess berichtete mir, Randall Tye habe ein bestimmtes Haus auf Long Island kaufen wollen, das jedoch bereits verkauft gewesen sei.«

»Und was war dagegen einzuwenden?«

»Gar nichts – soviel ich weiß, jedenfalls«, schränkte Norah ein. »Ich habe Mrs. Barthelmess gefragt, wieso ein Objekt auf Long Island durch ihre Hände ginge. Ich hatte bis dahin immer geglaubt, Immobilienmakler seien nur in der Gegend ihres eigenen Geschäftssitzes tätig. Und sie erklärte mir den besonderen Service, den ihre Firma, *Executive Transfers*, anbietet.«

»Sie sagte mir, Sie hätten ihre Erklärung nicht akzeptiert und hätten ihr weiterhin zugesetzt.«

»Ich machte mir Sorgen um Randall Tye, aber ich habe ganz gewiß nicht die Absicht gehabt, Mrs. Barthelmess Unannehmlichkeiten zu bereiten. Wenn ich das getan habe, dann entschuldige ich mich und wäre Ihnen dankbar, wenn Sie ihr das ausrichten würden.«

Dreeben fixierte sie scharf.

»Unter den gegebenen Umständen werde ich sie gewiß nicht noch einmal belästigen«, fügte Norah hinzu.

Offenbar war es das, was Dreeben hören wollte. Er stand auf und bot Norah die Hand. »Nochmals, Lieutenant, mein Beileid.« Er verabschiedete sich von den beiden Männern und ging.

Norah konnte kaum erwarten, bis sich die Tür hinter ihm geschlossen hatte. »Ich habe Mrs. Barthelmess nicht ›zugesetzt‹.« Ihre blauen Augen blitzten zornig. »Ich habe ihr Fragen über ihre Geschäfte mit Juan Herrera gestellt. Sie hat mir eine logische Erklärung gegeben, ich mußte akzeptieren, was sie mir sagte. Ich vermute, sie hat auch Randall zufriedenstellende Auskünfte gegeben, obwohl ich jetzt daran zweifle, ich bin da gar nicht mehr so sicher. Sein Tod kam doch sehr gelegen, nicht wahr?«

»Nicht unbedingt«, widersprach Deland.

»Er hat Nachforschungen über Herreras Verbindungen zur Drogenszene angestellt. Dabei ist er zuerst auf Judith Barthelmess gestoßen und dann auf Ralph Dreeben.«

Deland schüttelte den Kopf. »Immer langsam voran.«

»Es war damals nicht Randalls Schuld, daß er drogenabhängig wurde«, fuhr Norah fort. »Und er hat es geschafft, von den Drogen wieder loszukommen. Danach war er jahrelang clean. Weshalb hätte er plötzlich wieder anfangen sollen?«

»Persönliche Enttäuschung?« Felix sah sie an.

Norah errötete. »Zwischen uns war nichts entschieden – weder in der einen noch in der anderen Weise. Nein, das Ganze ist sorgfältig inszeniert worden. Randall war ein erstklassiger Reporter, der immer sehr gründlich recherchierte. Er stieß auf eine Spur und wurde getötet, damit er sein Wissen nicht weitergeben konnte. Und er wurde von jemandem getötet, der ihn aus der Vergangenheit kannte.«

Deland warf Felix einen Blick zu. »Sie stecken emotional zu tief in der Sache drin, Lieutenant. Ich denke, es wäre besser, wenn ein anderer die Sache übernähme.«

»Nein, Sir!«

Jim Felix versuchte, sie mit einem Blick zu warnen, aber Norah war nicht zu bremsen. »Freiwillig gebe ich den Fall nicht aus der Hand, Chef. Das habe ich einmal getan, und der Fall ist nie aufgeklärt worden.« Felix strich sich mit der Hand über die Stirn. An Delands Schläfe schwoll eine Ader. Beide Männer wußten, daß sie sich auf die Ermordung ihres Mannes bezog. »Ich will nicht behaupten, daß es damals etwas geändert hätte, aber ich hätte es versuchen sollen. Diesmal müssen Sie mich schon rauswerfen.« Sie straffte die Schultern und sah Deland gerade ins Gesicht.

»Und dann würden Sie vermutlich auf eigene Faust herumschnüffeln«, bemerkte Deland milde.

Zu milde? fragte sich Norah. War sie zu weit gegangen? Es war ihr gleich. Es war ihr ernst mit dem, was sie sagte. »Ja, stimmt, das würde ich.«

Deland kaute nachdenklich auf seiner unangezündeten Zigarre. »Na gut«, sagte er schließlich. »Tun Sie, was Sie nicht lassen können. Aber bleiben Sie Mrs. Barthelmess und Ralph Dreeben vom Leib. Das ist ein Befehl. Wenn Sie nicht weiterkommen können, ohne mit einem der beiden Kontakte aufzunehmen, dann holen Sie sich die Genehmigung bei Jim Felix. Ich würde überhaupt vorschlagen, daß Sie Jim Felix genauestens auf dem laufenden halten. Wir könnten uns in dieser Geschichte eine Menge Ärger einhandeln. Verstehen Sie?«

»Ja, Sir. Ich verstehe.«

Deland stand auf, trat zu ihr und nahm ihre beiden Hände in die seinen. »Es tut mir leid, Norah. Randall Tye war ein guter Mann.«

Die Tränen schossen ihr in die Augen. Sie nickte stumm und ging schnell hinaus, ohne etwas zu sagen.

Bei seelischem Kummer ist Arbeit die beste Medizin. Niemand wußte das besser als Norah. Mit Joes Tod hatte sie einen Teil ihres Lebens verloren. Diesmal war es anders. Zwischen ihr und Randall hatte keine feste Vereinbarung bestanden. Sie hatte verloren, was hätte sein können. Der Mörder hatte sie der Zukunft beraubt. Sie war entschlossen, ihn zu finden.

Auf dem Weg zur Untergrundbahn kam sie an einer Telefonzelle vorbei und ging hinein, um Phil Worgan anzurufen, den amtlichen Leichenbeschauer.«

»Phil, haben Sie schon was für mich?«

»Mensch, Norah, was erwarten Sie von mir? Es ist gerade mal ein paar Stunden her.« Worgan reagierte zunächst wie üblich – abwehrend. Dann jedoch wurde er sich bewußt, unter was für einer Anspannung sie stand, und wurde zugänglicher. »Ich bin noch nicht fertig, aber ich kann Ihnen sagen, daß der Tod infolge einer Überdosis Heroin eintrat. Außerdem hatte er Seconal eingenommen. Die genaue Dosis habe ich noch nicht, aber es war ausreichend, um ihn bewußtlos zu machen.«

»Ich hab's gewußt. Ich hab's gewußt.« Norah seufzte leise. »Sie haben ihm heimlich das Seconal gegeben, und als er eingeschlafen war, haben sie ihm den Schuß gesetzt.«

»Ja, so könnte es gewesen sein«, bestätigte Worgan. »Offiziell allerdings –«

»Schon in Ordnung. Mir reicht's. Vielen Dank, Phil.«

Jetzt hatte sie also zwei klare Anhaltspunkte: Erstens, der Mörder mußte jemand aus Randalls Vergangenheit sein; zweitens, Randall mußte dem Mörder so weit getraut haben, daß er sich zum Kaffee oder Cocktail oder was auch immer mit ihm zusammengesetzt hatte.

Als sie auf die Dienststelle kam, war Gus Schmidt da. Eine Flut von Erinnerungen brach über sie herein. Insbesondere erinnerte sie sich seiner herzlichen Anteilnahme zur Zeit von Joes Tod. Er hatte ihr damals, als sie das Bedürfnis gehabt hatte, allein zu sein, großzügig ein kleines Haus auf dem Land überlassen, das er geerbt hatte. Jetzt brauchte sie wieder seine Hilfe. Sie hatte ihn gerufen, und obwohl er im Ruhestand war, hatte er ihrem Ruf sofort Folge geleistet.

Norah umarmte ihn mit Wärme. »Es ist schön, dich zu sehen, Gus.«

»Ganz meinerseits.«

»Ich bin dir wirklich dankbar, daß du uns hilfst. Hoffentlich habe ich dich nicht gerade bei irgendwelchen privaten Plänen gestört.«

»Ach, wenn es doch so wäre! Nein, ich habe keine Pläne. Ich bin froh, daß du angerufen hast.«

Am Ende seiner Karriere, als er für den aktiven Dienst mit der Waffe zu alt und zu langsam geworden war, war Norah seine Gründlichkeit bei jeder Art von Recherchen aufgefallen, sein scharfes Auge für das Detail, und sie hatte ihm vorgeschlagen, noch einmal etwas ganz Neues zu lernen. Schmidt hatte ihren Rat befolgt und war ein erstklassiger Sachverständiger in Finanzsachen geworden.

»Was hast du für mich, Gus?« fragte Norah und setzte sich an ihren Schreibtisch. Schmidt zog seinen Sessel näher heran.

»Ich denke, du wirst die Informationen über *Executive Transfers*, die ich dir mitgebracht habe, sehr interessant finden.« Er nahm ein Bündel Papiere aus seiner Aktentasche und legte es vor sie hin. »Du wirst einige bekannte Namen entdecken.«

Auf dem obersten Blatt waren die Transaktionen der vergangenen sechs Monate aufgelistet, mit einer Beschreibung der Objekte und den Namen der Verkäufer und Käufer. Sie fand, wie erwartet, Juan Herreras Namen. Sie fand aber auch die Namen von Bruno Branzini und Manolo Torres, zwei berüchtigten Drogenbossen.

»Wie bist du an die Liste gekommen?«

Schmidt runzelte die Stirn. »Sagen wir, sie ist ein Informationspapier, aber kein Beweisstück.«

Das hieß, daß er sie sich nicht auf legalem Weg beschafft hatte. Das machte Norah traurig. Nie war Gus in den langen Jahren ihrer Bekanntschaft von den Polizeivorschriften abgewichen, nie hatte er eine illegale Handlung begangen.

Er wußte, was ihr durch den Kopf ging; der Blick der grauen Augen hinter den dicken Brillengläsern verriet es. »Die Zeiten haben sich geändert, Norah. Wir können uns nicht mehr an die alten Regeln halten, wenn wir etwas erreichen wollen.«

Sie hatte erwartet, daß Gus bis zuletzt am System festhalten würde. Wenn ein Mann wie er den Glauben verliert, dachte sie, dann muß es wirklich schlimm sein. Aber sie sagte nichts mehr.

Und Gus Schmidt, der ihr Schweigen als Billigung seines illegalen Eindringens in die New Yorker Filiale der Firma *Executive Transfers* auslegte, beugte sich über den Schreibtisch und blätterte in den Papieren. »Wie du gleich sehen wirst, hat Mrs. Barthelmess für Herrera, Branzini und Torres sowohl Käufe als auch Verkäufe getätigt. Und wie du ebenfalls gleich sehen wirst, sind hier Millionenobjekte ohne großen Gewinn, außer für den Makler, hin und her geschoben worden.«

»Und der Makler war stets Mrs. Barthelmess?«

»Richtig.«

Es war ein einfaches und effektives System der Geldwäsche. Man legte schmutziges Geld für den Kauf eines Hauses hin und bekam sauberes zurück, wenn das Haus verkauft wurde. Drogengeschäft in direkter Verbindung mit Mrs. Barthelmess' Immobiliengeschäften. Norah war schockiert, daß eine Frau von Judith Barthelmess' Klasse bereit sein sollte, sich für solche schmutzigen Geschäfte herzugeben. Es sei denn, sie wußte nicht, was vorging. Nein, unmöglich. Herrera war vielleicht nicht groß genug, um allgemein als Drogenboss bekannt zu sein; die Namen Branzini und Torres jedoch waren berüchtigt.

Kein Wunder, daß Randall hoch erregt gewesen war, dachte Norah. Kein Wunder, daß er sich nicht in die Karten hatte schauen lassen. Um Anklage zu erheben, hatte er sich seiner Sache ganz sicher sein müssen. Immerhin hatte er es mit der Frau eines Kongreßabgeordneten und Kandidaten für den Senat der Vereinigten Staaten zu tun. Wenn er sie geschäftlicher Verbindungen mit Drogenhändlern beschuldigt hätte, dann wäre automatisch auch Will Barthelmess in Verdacht geraten. Ohne absolut stichhaltige Beweise für seine Anschuldigungen hatte Randall nicht an die Öffentlichkeit gehen können; und bevor er sich diese stichhaltigen Beweise gesichert hatte, war er getötet worden.

»Die letzte Person, mit der Randall unseres Wissens gesprochen hat, ist Judith Barthelmess«, sagte Norah zu Gus. »Er hat sie unter dem Vorwand aufgesucht, ein Haus kaufen zu wollen. Ich vermute, sie glaubte ihm nicht. Zwei Tage später habe ich selbst mit Mrs. Barthelmess gesprochen. Das machte sie offenbar noch nervöser. Jedenfalls wandte sie sich an Ralph Dreeben, und der beschwerte sich bei Deland. Das Resultat war, daß ich Weisung bekam, diese beiden in Frieden zu lassen.«

»Wenn der Chef das hier sieht, wird er sich's vielleicht anders überlegen«, erwiderte Gus und blätterte weiter. »Das ist eine Liste der Aufsichtsratsmitglieder von *Executive Transfers*.«

Der Name sprang Norah sofort ins Auge: Ralph Dreeben, zweiter Aufsichtsratsvorsitzender.

15

Norah ging zuerst zu Captain Jacoby. Jacoby seinerseits mußte eine Etage höher gehen. Bei Jim Felix war zunächst einmal das Ende der Kette.

»Das heißt noch lange nicht, daß Dreeben von der Geldwäscherei wußte, und noch viel weniger, daß er persönlich dabei oder bei Randalls Tod die Hand im Spiel hatte«, sagte Felix zu Jacoby und Norah. »Es kann gut sein, daß Judith Barthelmess sich an ihn gewandt hat, weil er zum Aufsichtsrat ihrer Firma gehört und hier in New York großen politischen Einfluß besitzt, so daß sie sich von ihm am ehesten Hilfe erhoffen konnte.«

»Na, so ein Zufall«, meinte Norah ironisch.

Felix hob abwehrend die Hand. »Uns muß vor allem der Umfang der Affäre kümmern. Es ist bekannt, daß Mrs. Barthelmess aus ihrem Privatvermögen zur Finanzierung des Wahlkampfs ihres Mannes beiträgt. Wie es aussieht, kommt das Geld aus illegalen Geschäften. Wir müssen uns fragen, ob Will Barthelmess das weiß; ob er womöglich selbst in diese Geschäfte verwickelt ist. Wenn die Tatsachen einmal publik werden, wird er unweigerlich in Verdacht geraten, an den unsauberen Machenschaften beteiligt gewesen zu sein, und ganz gleich, ob das zutrifft oder nicht, er wird danach in der Politik höchstwahrscheinlich erledigt sein.«

»So ein Pech«, sagte Norah. »Wenn er unschuldig ist, tut er mir leid, aber –«

»Könnte das der Grund sein, weshalb Randall Tye in solcher Verschwiegenheit gehandelt hat?« unterbrach Felix. »Vielleicht war er nicht sicher, was für eine Rolle Barthelmess in der Sache spielte. Vielleicht wollte er nicht die Karriere eines Unschuldigen zerstören. Ich finde, wir sollten das respektieren.«

»Gut. Ja.« Norah hielt mit Mühe die Tränen zurück. Sie war Felix dankbar für seine Worte. »Aber Randall ist tot. Wir haben jetzt keine andere Wahl, als unter jeden Stein zu schauen.«

»Richtig.« Felix nickte. »Aber kein Wort über die Geldwäsche. Das bleibt unter uns dreien hier.«

»Gus Schmidt weiß bereits Bescheid. Er ist derjenige, der die Sache aufgedeckt hat«, sagte Norah.

»Gus kann den Mund halten«, meinte Felix.

»Mein Team auch.«

»Nein. Ich möchte nicht, daß du deine Leute einweihst.«

»Ich kann doch meine Leute nicht losschicken, ohne ihnen zu sagen, worum es geht«, protestierte sie. »Sie werden weder wissen, worauf sie achten, noch was für Fragen sie stellen sollen.«

»Der Chef hat ausdrücklich Anweisung gegeben, daß Dreeben und Judith Barthelmess in Ruhe gelassen werden sollen«, erinnerte Felix sie.

»Aber die Situation hat sich geändert.«

Felix schüttelte den Kopf.

»Na gut, dann arbeite ich eben allein.«

»Sehr glücklich bin ich damit nicht.«

»Ich werde ihnen sagen, daß ich wegen meiner persönlichen Beziehung zu Randall inoffiziell an der Sache arbeite. Sie wissen alle, daß ich mit ihm befreundet war. Sie werden mir das ohne weiteres abnehmen«, argumentierte Norah. »Wenn nicht, wenn alles schiefgeht, könnt ihr immer sagen, ich hätte gegen die Anweisungen gehandelt.«

Felix runzelte die Stirn. Er sah Manny Jacoby an, der sich bis zu diesem Punkt aus der Diskussion herausgehalten hatte. Jacobys rundes Gesicht war schweißnaß. »Auf meiner Dienststelle handelt niemand gegen die Anweisungen.«

»Gut.« Felix wandte sich wieder Norah zu. »Tu, was du tun mußt. Wir geben dir Rückendeckung.«

Jacoby bot ihr an, sie in seinem Wagen mit zur Dienststelle zu nehmen, aber sie lehnte ab. Sie habe noch einiges zu erledigen, sagte sie.

Er sah sie scharf an. »Melden Sie sich bei mir, wenn Sie was brauchen. Leute, die mit Drogen handeln, verdienen keine Rücksicht.«

Sie war überrascht und dankbar zugleich und wußte nicht, wie sie es sagen sollte. So nickte sie nur und wartete, bis er in seinen Wagen gestiegen und abgefahren war.

Wie oft hatte Randall darauf hingewiesen, daß ihre Arbeit und die seine einander ähnlich seien, daß der Erfolg ihrer beider Arbeit auf den gleichen Voraussetzungen beruhe. Polizeibeamte lebten von ihren Aufzeichnungen. Reporter genauso. Doch man hatte bei Randall keinerlei Notizen gefunden, nicht einmal ein Adreßbuch. Zweifellos hatte der Mörder alles an sich genommen, was ihn hätte belasten können. Aber vielleicht hatte Randall auch nicht alles bei sich gehabt, was er an Aufzeichnungen besessen hatte.

Er hatte immer viel zu Hause gearbeitet, er konnte also gut sein, daß er seine Notizen oder sogar das Konzept zu einem Manuskript in seiner Wohnung liegen hatte. Ferdi hatte die Wohnung allerdings schon durchsucht. Hätte er etwas Derartiges übersehen? Kaum, dachte Norah und hielt es dennoch für der Mühe wert, sich noch einmal umzusehen. Bevor sie zur Untergrundbahn hinunterging, rief sie Simon Wyler an und bat ihn, zum Sender Liberty Network zu fahren und sich in Randalls Büro nach Aufzeichnungen umzusehen.

Der Hausverwalter begleitete sie zu Randalls Wohnung hinauf und sperrte auf. Er öffnete die Tür und blieb auf der Schwelle stehen wie vom Donner gerührt.

Die Wohnung war ein einziges Chaos: ausgeleerte Schubladen und offenstehende Schränke; Kleider und Bücher in wüstem Durcheinander auf dem Boden. Aus Sofa und Sesseln waren die Polster herausgerissen und aufgeschlitzt, die Bilder waren von den Wänden gerissen und ihre Rückseiten aufgeschnitten worden.

Der Hausverwalter sagte ungläubig: »Ich war doch gestern erst mit Sergeant Arenas hier. Da war alles in Ordnung. Ich verstehe das nicht.«

Was Norah nicht verstand, war der zeitliche Abstand. Hätte die Wohnung nicht unmittelbar nach dem Mord durchsucht werden müssen? Es schien beinahe, als wäre dem Täter der Gedanke erst mit Verspätung gekommen.

Am nächsten Morgen regnete es, deshalb fuhr Norah mit dem Auto nach Queens. Sie parkte auf dem öffentlichen Parkplatz neben dem Rathaus und ging unter ihren Schirm geduckt, der bei dem heftigen Wind nicht viel nützte, die Straße hinauf zu Ralph Dreebens Büro.

Das Wartezimmer war voll. Obwohl er im Begriff war, sich aus seiner politischen Tätigkeit zurückzuziehen, genoß er in diesem Viertel immer noch große Popularität, die Leute kamen immer noch mit ihren Nöten zu ihm, und er bemühte sich, ihnen zu helfen. Die Bewohner von Queens schuldeten Ralph Dreeben eine Menge und würden ihn gegen fast jede Beschuldigung verteidigen. Das wußten sowohl Norah Mulcahaney als auch der Politiker selbst.

»Sie möchten wissen, wo ich mich am Abend von Randall Tyes Tod aufgehalten habe, Lieutenant?« fragte er und schaffte es, seiner Stimme einen leicht belustigten und zugleich teilnahmsvollen Klang zu geben. »Ich war bei einem Essen, das mir zu Ehren im Sky-Restaurant gegeben wurde.«

Interessanterweise war das Restaurant gar nicht weit vom La-Guardia-Flughafen und der Stelle entfernt, an der man Randalls Wagen gefunden hatte.

»Es begann um halb acht mit Cocktails und war kurz nach elf zu Ende.«

»Und dann?«

»Soviel ich weiß, ist Mr. Tye zwischen zweiundzwanzig Uhr dreißig und Mitternacht gestorben.«

Das war nicht veröffentlich worden; er wollte ihr also mit dieser Bemerkung zu verstehen geben, daß er seine Quellen hatte. Sie ihrerseits zeigte ihm, daß sie nicht beeindruckt war. »Das ist eine grobe Schätzung, Mr. Dreeben. Wenn die Obduktion abgeschlossen ist, wird der Pathologe vielleicht einen früheren oder späteren Zeitpunkt fixieren. Er wird die Zeitspanne auf jeden Fall einschränken.«

»Nach dem Essen bin ich nach Hause gefahren. Da meine Frau vor kurzem gestorben ist, lebe ich allein. Sie können gern mit meinem Chauffeur sprechen. Sie werden erfahren, daß ich nicht Auto fahre; nachdem er mich also nach Hause gebracht hatte, bin ich zu Hause geblieben.«

Es wunderte sie, daß Dreeben so ruhig blieb. Er hätte empört sein, sie fragen müssen, wie sie dazu kam, ihm diese Fragen zu stellen. »Wie lange sind Sie schon im Aufsichtsrat von *Executive Transfers*?« fragte sie direkt und glaubte endlich einen Schatten der Beunruhigung zu entdecken.

»Zwei oder drei Jahre. Warum?«

»Ich glaube, Randall Tye kam einem Geldwaschsystem auf die Spur, das über *Executive Transfers* und Mrs. Barthelmess läuft.«

»Ich bin zwar zweiter Aufsichtsratsvorsitzender der Firma, aber mit den täglichen Geschäftsvorgängen habe ich nichts zu tun.«

»Mit anderen Worten, Sie wissen nicht, was vorgeht.«

»Ich weiß, daß nichts vorgeht, was nicht in Ordnung ist«, entgegnete er aufbrausend.

»Finden Sie es denn nicht merkwürdig, daß Mrs. Barthelmess immer wieder dieselben Objekte hin und her vermittelt?«

Er zuckte die Achseln. »Diese Objekte sind eben besonders marktgängig. Und sie ist eine hervorragende Geschäftsfrau.«

»Haben Sie diese Antwort auch Randall Tye gegeben?«

»Ich habe nicht mit Mr. Tye gesprochen. Ich habe Ihnen bereits gesagt, ich war an dem Abend –«

»Ich spreche nicht von dem Abend seiner Ermordung.«

»Ermordung!«

»Ja, ich bin überzeugt, daß er ermordet wurde.« Das hatten ihm seine Quellen nicht geflüstert, wie Norah mit Genugtuung vermerkte.

»Ich spreche von dem Abend davor; und dem darauffolgenden Samstag morgen. Er hat Sie doch aufgesucht, nicht wahr? Nicht hier natürlich, aber in Ihrem Haus. Ich denke, er war besorgt. Er wollte wissen, wer alles an dieser unsauberen Sache beteiligt war. Vor allem wollte er wissen, ob Will Barthelmess davon wußte oder einen Verdacht hatte. Denn Barthelmess ist ja letztlich derjenige, der von diesen Geschäften profitiert. Aus den Provisionen seiner Frau wird sein Wahlkampf finanziert.«

»Ich kann dazu nichts Definitives sagen, Lieutenant.«

Dreeben war sehr ernst. »Es scheint, daß in der Geschäftsführung von *Executive Transfers* Unregelmäß keiten vorgekommen sind, von denen ich nichts wußte. Vielleicht haben Sie recht, und Mrs. Barthelmess finanziert den Wahlkampf ihres Mannes tatsächlich mit schmutzigem Geld. Ich jedoch weiß nichts davon, und ich bezweifle sehr, daß Will Barthelmess auch nur die geringste Ahnung hat. Der Mann ist absolut integer und unbestechlich. Um ehrlich zu sein, seine Rechtschaffenheit war manchmal geradezu hinderlich. Er hat seinen ersten Wahlkampf verloren, weil er nicht bereit war, Spenden anzunehmen, an die Bedingungen geknüpft waren. Im Kongreß hat er sich einen Namen dafür gemacht, daß er jegliche Art von Geschäften nach dem Motto eine Hand wäscht die andere ablehnt. Wenn er auch nur den geringsten Verdacht hätte, daß seine Wahlkampfgelder nicht aus astreinen Quellen fließen, würde er sie nicht annehmen. Lieber würde er dann aus dem Rennen aussteigen.«

»Das ist ja wirklich ein Loblied.«

»Und jedes Wort davon ist wahr. Sie können sicher sein, daß er nichts weiß. Seine Frau würde dafür sorgen, daß er nichts erfährt.«

Aha, dachte Norah und spitzte die Ohren. War sich Dreeben bewußt, was er da andeutete? Aber natürlich! Er war ein cleverer Politiker, der sich gewiß nicht zu unbesonnenen Äußerungen hinreißen ließ. Sie mußte sich also fragen, ob er die Bemerkung nicht eben in der Absicht gemacht hatte, sie – Norah – darauf aufmerksam zu machen?

Wie wichtig war Barthelmess' Wahl dem ehemaligen politischen Führer? Dreeben war es gewöhnt, hinter den Kulissen zu agieren. Als Parteivorsitzender hatte er große Macht besessen. Bald würde er sie verlieren. Aber wenn Barthelmess der Sprung in den Senat gelang und er Dreeben für seine Hilfe dankbar sein mußte, würde dieser auf diese Weise eine Menge Einfluß für sich retten können. Wie weit war Dreeben zu gehen bereit, um die Wahl des attraktiven Kongreßabgeordneten sicherzustellen?

Wie eng war die Verbindung zwischen Dreeben und Judith Barthelmess? Nicht allzu eng anscheinend; er schien ja bereit zu sein, sie zu opfern, um ihren Mann zu schützen.

Noch ehe Norah zur Dienststelle zurückfuhr, rief sie von einer öffentlichen Zelle aus Judith Barthelmess in Georgetown an. »Lieutenant Mulcahaney hier, Mrs. Barthelmess. Ich muß Sie noch einmal sprechen.«

»Ja, bitte?«

»Ich meine, persönlich. Ich könnte heute am frühen Nachmittag bei Ihnen sein.«

»Oh.« Eine Pause des Unbehagens. »Es tut mir sehr leid, aber das geht nicht. Im übrigen habe ich Ihnen alles gesagt, was ich Ihnen sagen kann.«

»Es handelt sich nicht mehr um Ihre Immobiliengeschäfte, Mrs. Barthelmess. Es geht um den Tod von Randall Tye.«

»Aber darüber weiß ich doch nichts, Lieutenant!«

»Geben Sie mir nur zwanzig Minuten. Ich kann die nächste Maschine nehmen –«

»Nein!« unterbrach Judith Barthelmess mit Entschiedenheit. »Nein. Ich komme morgen sowieso nach New York. Ich wohne im Plaza. Wie wäre es gegen fünfzehn Uhr? Hat es bis dahin Zeit, Lieutenant?«

»Ja, in Ordnung, Mrs. Barthelmess.« Was hätte sie sonst sagen können?

Sie legte auf. Vielleicht war es ganz gut so. Sie hatte Ralph Dreeben wissen lassen, daß Randalls Tod von der Polizei als Mord behandelt wurde. Ähnliches hatte sie Judith Barthelmess angedeutet. Nun hatten sie bis morgen nachmittag um drei Zeit, sich zu überlegen, wie sie damit umgehen wollten.

Nicholas Tedesco war an der Westecke postiert, vom Licht der hellen Bogenlampe der Third Avenue durch das Gebüsch vor einer kleinen Stadtvilla abgeschirmt. Danny Neel saß in seinem Wagen an der Nordecke. Julius Ochs lag in den Lumpen des Penners in einer Türnische im Osten. Dom Shalette, ein Neuling in der Dienststelle, beobachtete alles, was vorging, vom Tresen des Nachtcafés von der Südecke aus. Die Aufmerksamkeit der vier galt dem kleinen Miethaus in der 68. Straße, und ihre Aufgabe war es, die Männer, die im Haus versteckt waren, Wyler und Arenas, zu alarmieren, sobald sie etwas Verdächtiges bemerkten. Das Haus hatte nur fünfzehn Wohnungen, und man wußte von allen Mietern, wo sie sich derzeit aufhielten.

Es wurde Mitternacht. Ein Uhr, zwei Uhr. Unwillkürlich spannten sich die Nerven der Männer. Dies war die Zeit der höchsten Gefahr. In diesen tiefsten Stunden der Nacht, wenn alles schlief, wenn die Stadt schutzlos war, würde es geschehen, wenn es überhaupt geschah.

Um kurz vor drei Uhr kam eine Gruppe Teenager, sieben oder acht Jungen und Mädchen, um die Ecke der Lexington Avenue und steuerte auf die Third Avenue zu. Die jungen Leute lachten und kreischten, pufften und stießen einander im Scherz. Tedesco beobachtete sie genauso wie die anderen, aber er war der Gruppe am nächsten.

Eines der Mädchen jammerte, sie habe ihren Schlüssel verloren. »Meine Eltern bringen mich um«, quietschte sie.

Das kann ein Trick sein, dachte Tedesco. Ochs rappelte sich auf und spähte, seine Lumpen an sich haltend, aus der Türnische. Sie hatten Order, nichts zu unternehmen, solange der Verdächtige nicht die Wohnung selbst betreten hatte. Tedesco beschloß, auf jeden Fall Wyler und Arenas zu alarmieren, und sprach leise in sein Funkgerät. »Vor dem Haus ist eine Bande junger Leute, die ...«

Die Explosion setzte der Kommunikation ein Ende.

Nach der ersten Schrecksekunde stürzten die Kriminalbeamten aus ihren Verstecken auf die Straße hinaus und sahen zum fünften Stockwerk des Hauses hinauf.

Die Fenster waren herausgeflogen. Vorhänge bauschten sich

im Luftzug. Flackernde Flammen faßten nach ihnen und verschlangen sie. Nach ein paar Sekunden, als das Krachen der Explosion verklungen war, konnte man das Tosen des Feuers deutlich hören. In der Stille der Nacht klang es laut wie Donnergrollen.

Die jungen Leute, die sich in der Mitte der Straße zusammengedrängt hatten, schrien. In dem brennenden Haus gingen Lichter an. Überall wurden Fenster geöffnet. Shalette drüben im Nachtcafé rannte zum Telefon und alarmierte die Feuerwehr, während die anderen Beamten ins Haus stürzten.

Wyler und Arenas stürmten die Treppen zum fünften Stock hinauf. Mit seinem Schlüssel öffnete Ferdi die Wohnungstür. Sie rannten hinein.

»Lieutenant!«

Die Schlafzimmertür war aus den Angeln gerissen. Rauchschwaden quollen heraus, schwarz und beißend. Ein Taschentuch vor Mund und Nase gedrückt, drangen sie weiter in die Wohnung ein.

Das Bett schwelte.

»Norah?« rief Ferdi Arenas.

Die Badezimmertür ging auf.

»In der Küche ist ein Feuerlöscher. In dem Schrank unter der Spüle«, rief Norah. Ihre Stimme zitterte.

Der Luftzug, der durch das gesprengte Fenster hereinwehte, setzte das schwelende Bett in Brand, und die Puppe, die dort lag, ging in Flammen auf.

Wyler lief in die Küche, um den Feuerlöscher zu holen.

»Alles in Ordnung, Norah?« Ferdi musterte sie besorgt. »Was ist passiert?«

»Eine Zeitbombe«, antwortete sie. »Ich hatte mit der Möglichkeit gerechnet, aber ich hielt es nicht für nötig, das Bombendezernat zu alarmieren. Ich dachte, wir würden das Ding selbst finden.« Sie schüttelte den Kopf. »Er ist schlauer, als ich dachte.«

»Und du bist schlauer, als er dachte«, meinte Ferdi. »Du warst nicht in deinem Bett.«

Zwar sah das Zimmer aus wie ein Trümmerfeld, doch der Schaden war nicht allzu schwer. Norah lehnte die Übernachtungsangebote diverser Freunde ab und zog ins Gästezimmer. Natürlich ließ sich die Explosion vor den Medien nicht geheimhalten, aber sie spielte die Ereignisse herunter, achtete vor allem darauf, daß nicht einmal andeutungsweise von einer Falle gesprochen und die Puppe in ihrem Bett mit keinem Wort erwähnt wurde. Sie sei sehr müde gewesen, zitierte man Norah in den Zeitungen, und sei im Wohnzimmer vor dem Fernsehgerät eingeschlafen. Glück, reines Glück, behauptete sie.

Am folgenden Nachmittag fuhr Norah um halb drei mit der Untergrundbahn zum Columbus Circle und ging von dort aus zu Fuß zum Plaza Hotel, dessen verblichene Pracht die neuen Eigentümer zu frischem Glanz aufpoliert hatten – aufdringlich, fanden manche, aber beeindruckend, sagte sich Norah beim Eintritt ins Foyer. Ein Streichquartett unterhielt die Gäste, die noch im Palm Court beim verspäteten Mittagessen saßen. Als Norah schon auf dem Weg zum Haustelefon war, sah sie Judith Barthelmess.

»Mrs. Barthelmess!«

Sie drehte sich um, wirkte in dem blauen Seidenkostüm blaß und schmäler, als Norah sie in Erinnerung hatte.

»Lieutenant!« Judith Barthelmess blieb stehen und wartete auf Norah. »Geht es Ihnen gut? Ich habe in der Zeitung von dem – Unfall gelesen.«

»Danke, mir ist nichts passiert.«

»Da haben Sie Glück gehabt.«

»Ja«, stimmte Norah zu.

»Ich habe versucht, Sie in Ihrem Büro zu erreichen, aber Sie waren schon weg. Mir ist leider etwas dazwischengekommen. Ich habe jetzt einen Termin, und dann muß ich direkt nach Washington zurück. Wir werden unsere Verabredung also leider verschieben müssen. Es tut mir wirklich leid, aber –«

»Wohin müssen Sie jetzt?« fragte Norah.

»Zu den ABC-Studios zu einer Bandaufnahme.«

»Haben Sie einen Wagen hier?«

»Nein, ich dachte, ich nehme ein Taxi.«

»Um diese Zeit ist der Verkehr meistens grauenvoll. Wollen wir nicht zusammen zu Fuß gehen? Da können wir gleichzeitig reden.« Sie schob ihre Hand unter Judith Barthelmess' Ellbogen und schob sie sanft, aber bestimmt zur Seitentür.

Die beiden Frauen eilten über die Straße zum Central Park und schlugen den Weg ein, der in Windungen zum tieferliegenden See hinunterführte. Das Wasser lag still unter dem grauen Himmel, beschattet von grünenden Bäumen und der Silhouette der Stadt.

»Ich liebe den Park, wenn er so still und leer ist«, sagte Norah. »Da spüre ich förmlich, wie alle meine Spannungen sich lösen.«

»Ja«, stimmte Judith Barthelmess zu, aber sie sagte nicht die Wahrheit. Sie war angespannter denn je.

Und Norah wußte es. »Als ich am Montag bei Ihnen in Washington war, sagte ich Ihnen, daß ich mir wegen Randall Tyes Verschwinden Sorgen machte. Sie versicherten mir, Sie wüßten nichts über seinen Verbleib und . . .«

»Das war die Wahrheit.«

»Und ich habe Ihnen geglaubt. Sie sagten mir, Randall sei zu Ihnen gekommen, weil er ein ganz bestimmtes Haus kaufen wollte. Er habe Sie nicht nach Ihren Geschäften mit Juan Herrera befragt, von denen Sie mir wiederum versicherten, sie seien, jedenfalls von Ihrer Seite, völlig harmloser Natur. Auch das habe ich akzeptiert.«

»Aber –«

»Die Situation hat sich geändert. Randall ist tot. Er ist an einer Überdosis Heroin gestorben.«

Judith Barthelmess blieb stehen und sah Norah direkt ins Gesicht. »Die er sich selbst verabreicht hat.«

Norah widersprach nicht. »Die Frage ist – woher hatte er das Rauschgift?«

»Aber Lieutenant, das kann doch nicht Ihr Ernst sein! Jeder kann sich heutzutage jederzeit und überall Drogen besorgen.«

»Ich bin sicher, Mr. Herrera würde Ihnen alles besorgen, was Sie brauchen.«

»Wollen Sie unterstellen, daß ich Drogen nehme? Oder daß ich dem armen Randall Tye welche besorgt habe?«

Norah schoß die Röte ins Gesicht, als sie in diesem Ton von Randall sprechen hörte. »Mrs. Barthelmess, Sie haben mit Ihren Immobiliengeschäften eine Menge Geld verdient – schmutziges Geld. Ein Teil davon, wahrscheinlich sogar das meiste, dient der Finanzierung des Wahlkampfs Ihres Mannes. Darum war Randall bei Ihnen; nicht weil er ein Haus kaufen wollte, sondern um Beweise für Ihre Geldwaschtransaktionen zu bekommen. Natürlich wollte er auch gern wissen, ob Ihr Mann eine Ahnung davon hat, woher seine Gelder kommen.«

Judith Barthelmess' Gesicht wurde hart. Sie warf den Kopf in den Nacken, schoß noch einen eisigen Blick auf Norah ab und ging davon. Norah ließ sie ein paar Schritte davongehen, ehe sie ihr nachrief: »Wohin wollen Sie?«

Judith Barthelmess drehte nicht einmal den Kopf.

»Sie können nichts tun, und niemand kann Ihnen helfen.« Norah sprach ganz ruhig, doch ihre Stimme trug weit in der stillen, klaren Luft. Aber auch diesmal erhielt sie keine Antwort. »Falls Sie daran denken sollten, einen zweiten Anschlag gegen mich zu unternehmen, dann vergessen Sie es lieber gleich.«

Das hatte Wirkung. »Ich habe mit dem Bombenanschlag in Ihrer Wohnung nichts zu tun.«

»Sie können denen, die damit zu tun haben, ausrichten, daß mein Tod ihr Problem auch nicht lösen wird. Randall Tye hat seine Recherchen auf eigene Faust durchgeführt. Er war ein Einzelgänger. Aber bei der Polizei arbeitet man im Team. Was ich weiß, wissen auch alle anderen, die zu meinem Team gehören.«

Sie sahen einander stumm in die Augen.

Die Verkehrsgeräusche von der Straße schienen weit entfernt. In den Bäumen zwitscherten Vögel. Auf dem See tauchte ein einsamer Bootsfahrer seine Ruder ins stille Wasser, und das war das lauteste Geräusch überhaupt.

Judith Barthelmess' Augen wurden feucht. »Ich gebe zu, daß durch meine Immobiliengeschäfte Geld gewaschen worden ist. Natürlich weiß ich, daß das gegen das Gesetz verstößt, aber ich kann keinen Schaden für irgend jemanden darin sehen. Ich meine, wenn die Drogen einmal verkauft sind, ist der Schaden doch bereits angerichtet. Und wenn die Dealer das Geld haben, werden sie immer Mittel und Wege finden, es – «

» – reinzuwaschen?«

Judith Barthelmess seufzte. »Ich verkaufe keine Drogen. Ich nehme auch keine.«

Das war eine eindeutige Anspielung auf Randall, aber Norah beherrschte sich.

»Mein Mann bedeutet mir alles, Lieutenant. Er ist mein Leben. Wir sind seit achtzehn Jahren verheiratet. Wir haben keine Kinder. Unser Kind ist seine Karriere. Will ist ein rechtschaffener Mann. Da können Sie jeden im Kongreß fragen, jeden, der im politischen Leben steht – jeder wird Ihnen sagen, daß er grundehrlich ist – so ehrlich, daß er sich selbst im Weg steht.

Ich möchte, daß die Partei ihn nominiert, und ich möchte, daß er gewählt wird. Ich bin überzeugt, er hat unserem Land sehr viel zu geben. Ich schwöre Ihnen, er weiß nichts, hat keine Ahnung, was vorgeht und woher seine Finanzierung kommt. Nicht eine Sekunde lang würde er das erlauben. Wenn er je die Wahrheit erführe, würde er die Methode und alle, die mit der Sache zu tun haben, an den Pranger stellen. Auch mich. Und er würde aus dem Rennen aussteigen.« Sie hielt inne, wartete darauf, daß Norah etwas sagen würde.

Aber es gab nichts zu sagen.

»Es wäre das Ende für uns, Lieutenant. Ich würde ihn verlieren.«

»Das hätten Sie sich früher überlegen sollen, Mrs. Barthelmess. Ich kann Ihnen nicht helfen, selbst wenn ich wollte, könnte ich das nicht. Die Staatsanwaltschaft ist bereits informiert.«

Judith Barthelmess' Gesicht war voller Qual. »Dann lassen Sie mir wenigstens noch etwas Zeit. Geben Sie mir die Möglichkeit, es meinem Mann selbst zu sagen. Das ist doch nicht viel verlangt.«

»Wer hat diese Sache mit der Geldwäsche eingefädelt?« Norah war nicht bereit lockerzulassen. »Wer ist an Sie herangetreten? Herrera selbst oder ein von ihm Beauftragter?« Norah hoffte auf eine Reaktion. »Sie sind sich doch nicht rein zufällig über den

Weg gelaufen; irgend jemand hat Sie zusammengebracht. Im Augenblick ist der Drahtzieher bereit, Sie zu decken. Aber wie lange noch? Er wird nicht zögern, Sie zu opfern, wenn er damit die eigene Haut retten kann.«

Judith Barthelmess sagte nichts, aber es war klar, daß das, was Norah gesagt hatte, sie nachdenklich gemacht hatte.

»Noch eine Frage, Mrs. Barthelmess: Wo waren Sie am Samstag abend zwischen zweiundzwanzig Uhr dreißig und Mitternacht?«

»Am Samstag? Da muß ich erst überlegen. Ach ja, ich war in meinem Büro in Georgetown. Das können meine Sekretärin und einige andere Angestellte bezeugen. Wir haben bis spät in die Nacht gearbeitet.«

»Und Ihr Mann?«

»Mein Mann? Der war fast den ganzen Freitag und Samstag in New York. Er ist am Samstag erst spätabends nach Hause gekommen – wahrscheinlich so gegen elf. Ja, richtig, ich habe mir gerade die Elf-Uhr-Nachrichten angesehen, als er kam.«

»Ich nehme an, alle anderen waren inzwischen gegangen?«

»Ja, das stimmt.«

Norah war überzeugt, daß Ralph Dreeben der Mann war, der die Sache mit der Geldwäsche eingefädelt und die Beteiligten zusammengebracht hatte, aber solange Judith Barthelmess ihn nicht belastete, konnte man nichts unternehmen.

Sie dachte an Randall. Auch er war bei Dreeben gewesen, dessen war sie sicher. Und mit wem hatte er nach Dreeben gesprochen? Ganz klar – mit Will Barthelmess, dem Mann, den sie alle unbedingt schützen wollten. Er hatte nach seinem Gespräch mit Dreeben mit Barthelmess Verbindung aufgenommen, und der Kongreßabgeordnete hatte es sich nicht leisten können, einen Journalisten von Randall Tyes Renommee abzuwimmeln. Ganz gleich, wieviel er um die Ohren gehabt hatte, für Tye würde er sich Zeit genommen haben. Und mich, dachte Norah, kann er genausowenig abwimmeln. Er wollte ja schließlich als kooperativ gesehen werden – also würde er sie empfangen, wenigstens das eine Mal. Und sie mußte zusehen, daß sie aus diesem einen Gespräch etwas machte.

Sie bereitete sich vor. Sie ging in die Public Library, die Bibliothek, an der Ecke Fifth Avenue und 42. Straße. Sie hätte sich das Material, das sie brauchte, gern selbst herausgesucht, aber sie kannte sich nicht gut genug aus und hätte wahrscheinlich eine Menge Zeit vertan. So ging sie statt dessen gleich zur Bibliothekarin, Mrs. Violet Winterthal, dem Namensschildchen zufolge, das auf ihrem Schreibtisch stand. Mrs. Winterthal, um die Fünfzig und kurzsichtig, holte einmal tief Luft und ging daran, Norah in den Umgang mit dem Katalog einzuweihen.

Norah unterbrach sie, zeigte ihren Dienstausweis und bat nochmals um praktische Hilfe. Mit einem resignierenden Seufzer setzte Mrs. Winterthal sie an einen der Lesetische und legte mehrere Nachschlagewerke, darunter das *Who's Who in American Politics* und das reguläre *Who's Who* vor sie hin. Aus diesen Bänden stellte Norah eine Biographie zusammen.

Barthelmess, William Jason,
Abgeordneter des Kongresses der Vereinigten Staaten
geboren in Elmhurst, Queens, N.Y., 18. Jan. 1947; Sohn von Peter H. Barthelmess und Rosemary Grandison; Heirat mit Judith Ancell, 1972. Militärdienst U.S. Armed Forces 68–70; Rang: Sgt. Verwundet in Vietnam; ärztliche Behandlung Veterans Hospital Brooklyn, N.Y.; entlassen 70. Ausbildung: William and Mary Colleges, Williamsburg, Abschluß Jurastudium 72. Assistent d. Kongreßabgeordneten T. Elgar, 72–74; New York Assembly 75–76; Stadtrat Babylon, N.Y. 78–79; 82 Wahl in den Kongreß der Vereinigten Staaten.
Rel: protestantisch.

Ein Detail sprang Norah aus dem verwirrenden Durcheinander von Kleingedrucktem sofort ins Auge: Der Name des Veterans Hospital in Brooklyn. Anhand der angegebenen Daten erstellte sie eine Chronologie und sah, daß Barthelmess durch den Militärdienst in seinem Studium unterbrochen worden war. Verwundet war er nach Hause zurückgekehrt, im Veterans Hospital gesundgepflegt worden, und er hatte danach sein Studium abgeschlossen. Während seines Studiums hatte er geheiratet.

Auch Randall Tye war im Veterans Hospital in Brooklyn operiert und danach behandelt worden.

Wie zahllose andere. Sie mußte feststellen, ob die beiden Männer zur gleichen Zeit in dem Krankenhaus gewesen waren. Aber selbst wenn es so gewesen sein sollte, warnte sie sich, war das noch lange kein Beweis dafür, daß sie miteinander Kontakt gehabt hatten; dennoch war sie ziemlich aufgeregt, als sie die Bücher zusammenpackte und den Stapel zu Mrs. Winterthal zurücktrug.

»Vielen Dank«, sagte sie. Und dann fragte sie, eigentlich rein aus Gewohnheit: »Erinnern Sie sich, ob in den letzten Tagen jemand hier war, der dieselben Nachschlagewerke verlangt hat wie ich?«

»Tut mir leid«, antwortete die Bibliothekarin kopfschüttelnd, als wollte sie sagen, was für eine Idee, von mir zu erwarten, daß ich mir so etwas merke.

»Na ja, nochmals vielen Dank für Ihre Hilfe. Wenn Ihnen doch noch etwas einfallen sollte, können Sie mich unter dieser Nummer erreichen.« Sie legte eine ihrer Karten auf den Tisch.

Die Bibliothekarin nahm sie, und so wie sie sie ansah, schien ihr erst jetzt die amtliche Natur des Anliegens klarzuwerden. »Es hat tatsächlich jemand nach dem *Who's Who in Politics* gefragt, Lieutenant. Ich erinnere mich, weil der Band gerade nicht frei war und der Mann nicht warten wollte. Er war von einem Fernsehsender«, fügte sie hinzu, als erkläre das seine Ungeduld. »Ich habe nicht selbst mit ihm zu tun gehabt. Eine Kollegin, Louise Bertram, half ihm. Sie kam zu mir und fragte, ob wir nicht vom Archiv eine Ausgabe verlangen könnten. Aber das kam natürlich nicht in Frage.«

»Sagte Miss Bertram zufällig, für welchen Sender der Mann tätig war?«

Die Bibliothekarin runzelte die Stirn. »Ich glaube, sie sagte, er sei vom Liberty Network und recherchiere im Auftrag von Randall Tye.«

»Kann ich mich einmal mit Miss Betram unterhalten?«

»Sie ist heute nicht da. Aber ich kann Ihnen ihre Telefonnummer geben und ihre Adresse.«

»Das wäre sehr nett, danke.«

Während sie im Telefonverzeichnis blätterte, sagte Mrs. Winterthal mit gedämpfter Stimme, wie es sich für den Lesesaal gehörte: »Eine schreckliche Geschichte ist das. Ich meine, daß er auf diese Art sterben mußte. Ich habe Randall Tye immer für einen anständigen Menschen gehalten. Nie hätte ich gedacht, daß er rauschgiftsüchtig sei. Nie. Ich meine, Leute wie er, die haben doch alles, was sie wollen, nicht wahr? Und trotzdem wollen sie immer noch mehr. Ich verstehe das nicht. Verwöhnt sind sie alle miteinander. Und wenn man einmal an der Nadel hängt...« Sie zuckte die Achseln. »Wirklich geheilt ist man wahrscheinlich nie.«

Randall war nicht süchtig, hätte Norah dieser selbstgerechten Person am liebsten ins Gesicht geschrien, aber sie schluckte ihre Empörung hinunter. Dies war nicht der richtige Moment. Aber bald, bald würde sie wissen, was wirklich geschehen war, und dann würde Randalls Name reingewaschen werden.

17

Am nächsten Morgen rief Norah im Büro des Kongreßabgeordneten Will Barthelmess in Washington an und hörte, daß er sich derzeit in New York aufhielt. Er sei wahrscheinlich über sein Wahlkampfbüro zu erreichen, sagte man ihr. Glück, dachte sie und nahm den Bus zur Fifth Avenue. Von dort aus ging sie zu Fuß zum Pierre Hotel. Es war zusätzliches Glück, das Barthelmess im Haus war und seine Frau nicht.

Er ließ sie nicht lange warten, höchstens fünf Minuten, dann wurde sie in sein Zimmer geführt – in einen kahlen kleinen Raum, rein zweckmäßig eingerichtet, mit Poster des Kandidaten an den Wänden und Stapeln von Flugblättern überall sonst.

»Lieutenant Mulcahaney.« Er stand auf und bot ihr die Hand.

Er war schlank, attraktiv, dynamisch. Jung genug, um Frauenherzen schneller schlagen zu lassen, alt genug, um einen Eindruck von Erfahrung und Zuverlässigkeit zu vermitteln.

»Ich danke Ihnen, daß Sie mich gleich empfangen haben, Mr. Barthelmess. Ich kann mir vorstellen, wie beschäftigt Sie sind.«

»Es gibt gewisse Dinge, für die muß man sich Zeit nehmen«, antwortete er mit einem kleinen Lächeln. »Und je früher man sich die Zeit nimmt, desto weniger Komplikationen gibt es später. Das habe ich mit der Zeit gelernt.«

Geschickt, dachte Norah. »Ich nehme an, Sie wissen, wer Randall Tye war, und wissen auch, daß er vor kurzem ums Leben gekommen ist«, begann sie vorsichtig.

»Aber natürlich. Die Zeitungen haben ja ausführlich berichtet.«

»Ja.« Norah holte Atem. »Ich leite die Ermittlungen –«

»– über den Tod von Randall Tye, ich weiß. Meine Frau hat mir bereits alles über Sie erzählt.«

Nicht alles, dachte Norah.

»Ich muß allerdings gestehen, daß Ihr Interesse an uns mich verwundert. Nach allem, was ich gehört und gelesen habe, ist Mr. Tye an einer Überdosis Heroin gestorben.«

»Uns interessiert, woher er die Droge hatte.«

»Ich weiß nicht, wie wir Ihnen da weiterhelfen sollen.«

Norah wartete einen Moment, dann landete sie den ersten Schlag. »Ihre Frau unterhält rege Geschäftsbeziehungen zu einem gewissen Juan Herrera, einem uns bekannten Drogenhändler.«

Sein gutaussehendes Gesicht verfinsterte sich. »Ich nehme an, Sie sprechen von Immobiliengeschäften. Das müssen Sie schon mit ihr selbst besprechen. Ich habe damit nichts zu tun, aber ich bin überzeugt, daß das, was sie tut, gesetzlich und moralisch absolut einwandfrei ist.«

»Sie haben uneingeschränktes Vertrauen in sie.«

»Gewiß. Offen gesagt finde ich dieses Gespräch reichlich merkwürdig, Lieutenant. Wenn Sie mir nicht unverblümt sagen können, worauf es Ihnen ankommt, betrachte ich das Gespräch als beendet.«

»Wie gut haben Sie Randall Tye gekannt?«

»Ich habe ihn gar nicht gekannt.«

»Sie waren von Februar bis Ende März 1970 Patient im Veterans Hospital in Brooklyn. Ist das richtig?«

»Doch, sicher, irgendwann um diese Zeit.«

»So steht es in den Büchern des Krankenhauses.«
»Gut, ja.«
»Randall Tye war zur gleichen Zeit dort.«
»Das Krankenhaus ist groß, Lieutenant, und das ist lange her.«
»Randall Tyes Name und Gesicht sind im ganzen Land bekannt.«

»Das mag stimmen, aber weshalb sollte ich einen bekannten Nachrichtenmoderator mit irgendeinem Jungen in Verbindung bringen, der vielleicht vor fast zwanzig Jahren zufällig im selben Krankenhaus war wie ich? Vielleicht wenn wir auf derselben Station gewesen wären, aber das waren wir nicht. Ich hatte eine Infektion. Den Geschichten zufolge, die man sich erzählt, wurde Randall Tye wegen einer Morphiumabhängigkeit behandelt.«

»Die er sich wegen einer verpfuschten Operation holte.«

Warum hatte er nicht einfach nein gesagt? Warum ging er so sehr ins Detail?

»Es liegt mir fern, hier zu richten, Lieutenant. Ich wollte Ihnen lediglich erklären, wie es möglich sein konnte, daß wir uns zur gleichen Zeit am selben Ort befanden, ohne in Kontakt zu kommen. Erinnern Sie sich an alle, die – in der Schule in Ihrer Klasse waren, zum Beispiel?«

»Aber als er Sie aufsuchte, haben Sie ihn da auch nicht erkannt?«

Barthelmess antwortete nicht sofort. Er hatte jetzt zwei Möglichkeiten. Er konnte bestreiten, daß ein Zusammentreffen stattgefunden hatte; oder er konnte sich für Freimut entscheiden und die Tatsachen anerkennen und erklären. Er entschied sich für das letztere.

»Ich erkannte in ihm den Nachrichtenmoderator von Liberty Network.«

»Sie waren wohl in Ihrer Studienzeit im Diskussionsteam«, bemerkte Norah trocken.

»Das ist die Kongreßroutine, Lieutenant.« Barthelmess lächelte abwehrend. Dann erlosch das Lächeln. »Sie vergeuden Ihre Zeit und meine. Bitte kommen Sie zur Sache.«

»Gut. Wir haben es hier mit zwei Verbrechen zu tun: illegaler Geldwäsche und Mord. Ja, Mr. Barthelmess, es spricht alles dafür, daß Randall Tye ermordet wurde. Die Geldwäschegeschichte geht mich direkt nichts an; damit wird sich die Staatsanwaltschaft befassen. Es liegt sehr belastendes Material gegen Ihre Frau vor, und Randall Tye hat dieses Material aufgedeckt. Sie hatte also durchaus ein Motiv, ihn lossein zu wollen – und an diesem Punkt komme ich ins Spiel.«

Barthelmess' jungenhaftes Gesicht verfiel mit einem Schlag. Er sah aus, als hätte er Jahre übersprungen und sei plötzlich zum Greis geworden. Er wußte, daß ihm hier eine Chance geboten wurde, den Verdacht von seiner Frau zu nehmen. Er zögerte.

»Natürlich stecken andere mit in der Sache«, fuhr Norah fort. »Ralph Dreeben zum Beispiel. Er steht am Ende einer beachtlichen Karriere. Wenn jetzt herauskäme, daß er bei dieser illegalen Geldwäscheangelegenheit seine Hände im Spiel hat, würde er seinen guten Ruf verlieren. Juan Herrera hätte mit einer langen Gefängnisstrafe zu rechnen. Es ist alles eine Frage der Werte, Mr. Barthelmess. Ihre Frau mußte damit rechnen, weit mehr zu verlieren als diese beiden. Sie mußte damit rechnen, Sie zu verlieren.«

Barthelmess senkte den Kopf, aber er sagte nichts.

Norah fand, sie hätte nun lange genug gewartet. »Und Sie«, sagte sie, »hätten alles verloren.«

»Ich?« Er sah auf. Dies war der schlimmste Schlag von allen, aber er zuckte nicht einmal zusammen.

»Sie hätten Ruf und Karriere verloren. Wer hätte Ihnen denn geglaubt, daß Sie nicht wußten, was vorging?«

Barthelmess zog ein Taschentuch heraus und wischte sich die Stirn. Dann zündete er sich eine Zigarette an.

»Sie sind eine gescheite Frau, Lieutenant Mulcahaney. Mir ist klar, daß meine Frau in großen Schwierigkeiten steckt und daß das, was Sie sagen, zutreffend ist – niemand wird mir glauben, daß ich nicht mit ihr gemeinsame Sache gemacht habe. Wir werden also bezahlen müssen, beide. Aber Drogengeld zu waschen ist doch noch einmal etwas ganz anderes als Mord; weder meine Frau noch ich haben mit Randall Tyes Tod das geringste zu tun.«

Er zog ein paarmal hastig an seiner Zigarette.

»Ich erinnerte mich Tyes aus dem Lazarett. Ja, ich gebe es zu. Er hingegen erinnerte sich nicht an mich. Ich bin ja auch nur eines von fünfhundertfünfunddreißig Mitgliedern des Repräsentantenhauses. Er entsann sich meiner erst, als ich ihn erinnerte. Es war das eine Komplikation, auf die er nicht vorbereitet war.«

Norah runzelte die Stirn. Sie verstand nicht.

»Tye setzte sich mit mir in Verbindung. Es war am – warten Sie, ja, am Samstag nachmittag. Er rief mich hier an und sagte, er wolle ein Interview. Ich verabredete mich mit ihm am Flughafen, da ich am Abend nach Washington zurückfliegen wollte und am Nachmittag zuviel um die Ohren hatte, um in Ruhe mit ihm zu sprechen. Er war einverstanden. Wir trafen uns an einem der Flugschalter und setzten uns in die Bar. Sie wissen ja, wie voll es in diesen Lokalen immer ist; trotzdem erkannten ein paar Leute Tye. An mich verschwendete keiner einen zweiten Blick.

Sobald wir uns gesetzt hatten, kam Tye zur Sache. Er sagte, er wollte mir eine Chance geben, mich zu verteidigen, wenn ich ihm die ganze Geschichte erzählte. Er bot mir an, Judith als leichtgläubiges Opfer hinzustellen und mir jedes Wissen von den schmutzigen Geschäften abzusprechen. Ich machte ihm ein Gegenangebot und bat um sein Schweigen bezüglich der Verwicklung meiner Frau in die Geldwäscheangelegenheit und bezüglich der Quellen meiner Wahlkampfgelder gegen mein Schweigen über seine Drogensucht. Ich meinte, jeder von uns hätte etwa gleich viel zu verlieren. Er nahm an.«

Norah war sprachlos.

»Wir gaben uns die Hand darauf und trennten uns – ich nahm die nächste Maschine nach Washington, und er – das nahm ich jedenfalls an – fuhr nach Manhattan zurück.«

Norah fand langsam ihre Fassung wieder. »Wie lange, würden Sie sagen, hat das Gespräch gedauert?«

Barthelmess zuckte die Achseln. »Nicht lange. Fünfzehn, zwanzig Minuten vielleicht.«

Sie wußte selbst nicht, worauf sie hinauswollte. »Und das war alles?«

»Ja.«

»Das war ja kaum genug Zeit, um etwas zu bestellen. Sie haben doch etwas bestellt, oder nicht?«

»Selbstverständlich –«

»Und was? Was haben Sie bestellt? Wer hat bezahlt?«

»Wirklich – ich kann mich nicht erinnern.«

»Versuchen Sie es bitte.«

Er runzelte die Stirn. »Ich habe wahrscheinlich ein Perrier genommen – wie immer. Und Tye nahm ein Bier. Soweit ich mich erinnere, hat er bezahlt.«

»Und es war voll in der Bar?«

»Ja, ja, sagte ich doch. Was soll das, Lieutenant?«

»Es ist nur – wie können Sie in einer Viertelstunde fertig gewesen sein, wenn es voll war? Ich meine, es hätte doch schon mal eine Weile gedauert, ehe man Ihnen überhaupt Ihre Bestellung gebracht hätte. Wenn Sie nur eine Viertelstunde da waren, hätten Sie ja praktisch keine Zeit mehr gehabt, Ihr Wasser überhaupt zu trinken.«

»Doch, doch, die Kellnerin war sehr fix.«

»Sie haben also Ihr Perrier getrunken und Randall Tye sein Bier?«

»Richtig.«

»Und Sie sind zusammen wieder gegangen?«

»Ja. Ich bin zum Flugsteig gegangen und er zum Parkplatz.«

»Woher wissen Sie das?« fragte Norah scharf.

Barthelmess zwinkerte verwirrt. »Ich nahm an . . . In den Zeitungen stand doch, daß er in seinem Wagen gefunden wurde.«

»Viel später erst. Und am Straßenrand, nicht auf dem Parkplatz. Und in Richtung *zum* Flughafen.«

»Er sagte, daß er verabredet sei. Er bot mir sogar an, mich zum Flughafen mitzunehmen.

»Ah ja.« Norah nickte. »Und welche Maschine haben Sie gleich wieder genommen?«

Er seufzte. »Die um neun.«

»Ich glaube, das hatten Sie noch nicht erwähnt. Können Sie irgendwie nachweisen, daß Sie in der Maschine waren? Ist vielleicht jemand mitgeflogen, der Sie kannte?«

Barthelmess runzelte die Stirn. »Die Stewardeß.« Seine Stirn glättete sich. »Sie hat mich erkannt. Ich war anscheinend früher schon einmal mit ihr geflogen.«

»Tatsächlich? Das ist Glück. Und wie heißt sie?«

Er überlegte. »Es war irgendwie ein ausgefallener Name – Celestine, ja. Richtig.«

»Und in Washington, wurden Sie da abgeholt?«

»Nein. Ich hatte meinen Wagen am Flughafen. Ich bin selbst gefahren. Direkt nach Hause. Ich habe allerdings einige Zeit gebraucht, weil so starker Verkehr war. Meine Frau war noch auf, als ich kam. Das war so gegen elf.«

»War sonst noch jemand da?«

»Nein, niemand.«

»Dann werden wir also Celestine finden müssen«, sagte Norah.

Nie im Leben hatte Randall ein solches Geschäft mit Barthelmess gemacht. Norah glaubte es einfach nicht.

Zum einen hatte Randall aus seinem Aufenthalt im Veterans Hospital und dem Grund dafür nie ein Geheimnis gemacht. Gewiß, er hatte es nicht an die große Glocke gehängt, aber jeder, der sich näher für ihn interessierte, hatte es in seinem Lebenslauf nachlesen können. Hätte Barthelmess tatsächlich die frühere Drogenabhängigkeit Tyes publik gemacht, so hätte Randall die Sympathie der Öffentlichkeit auf seiner Seite gehabt. Davon war Norah überzeugt. Er hätte den Skandal ohne großen Schaden überlebt. Barthelmess jedoch wäre politisch tot gewesen, wäre die Geschichte mit der Geldwäsche an die Öffentlichkeit gedrungen.

Was aber war nun geschehen, nachdem die beiden Männer die Bar am Flughafen verlassen hatten, fragte sich Norah. Sie trennten sich. Randall ging zu seinem Wagen, bezahlte die Parkgebühr, fuhr in Richtung Manhattan auf den Highway hinaus. Unterwegs begann er sich schläfrig zu fühlen und fuhr an den Straßenrand. Dann verlor er das Bewußtsein.

Daran stimmte nur eines nicht – als der Wagen gefunden wurde, hatte er in der anderen Richtung gestanden, nicht Manhattan, sondern dem Flughafen zugewandt.

Ihr Piepser meldete sich.

»Schießerei an der Ecke Sechsundneunzigste und Columbus«,

berichtete Arenas. »Soweit bis jetzt festzustellen, sind drei von den Revolverhelden tot und fünf Personen verletzt, darunter eine achtzigjährige Frau und ein zehnjähriger Junge.«

»Den Zeugen zufolge«, sagte Ferdi, sei es nach einem Disput wegen Drogen zu der Schießerei gekommen.

Schon wieder, dachte Norah. Immer wieder.

Der Streit zwischen Marcello Betancourt, 22, Raul Serrano, 34, und Alberto Rodriguez, 26, begann kurz nach elf Uhr nur ein paar Häuser von Serranos Wohnung entfernt. Betancourt zog eine Pistole, schoß Serrano ins Bein und floh. Rodriguez, Serranos Kumpel, hatte plötzlich eine 9-mm-Uzi in den Händen und verfolgte den Schützen. Betancourt flüchtete in ein leerstehendes Haus. Rodriguez folgte ihm; es gab einen Schußwechsel.

Als alles vorbei war, waren Betancourt und seine Widersacher tot. Drei Verletzte wurden auf der Stelle behandelt und nach Hause geschickt, die alte Frau jedoch, der der Zeitungsstand an der Ecke gehört, hatte eine schwere Schulterverletzung davongetragen, und der Zehnjährige, der gerade ein Comicheft bei ihr gekauft hatte, war in den Bauch getroffen worden.

Norah blieb, bis die Verletzten und die Toten abtransportiert worden waren.

Es war kurz nach drei, als sie zur Dienststelle zurückkam. Sie sah die Papiere durch, die sich auf ihrem Schreibtisch angesammelt hatten, erledigte, was zu erledigen war, schrieb ihren Bericht über die Schießerei und machte Schluß, um nach Hause zu fahren.

Nachdem sie sich umgezogen und es sich bequem gemacht hatte, versuchte sie, sich von neuem an der Rekonstruktion der Ereignisse in Randalls letzter Nacht. Wenn Randall sich tatsächlich auf das Geschäft mit Barthelmess eingelassen hätte, hätte der Abgeordnete es nicht nötig gehabt, ihm ein Schlafmittel in den Drink zu mischen. Dieser Teil von Barthelmess' Geschichte war also Lüge. Und der Rest? Wie stand es mit seinem Alibi? Es konnte standhalten, und er konnte dennoch schuldig sein; wenn er nämlich einen Komplizen gehabt hatte, der die schmutzige Arbeit für ihn erledigt hatte.

Es war nicht wahrscheinlich, daß der Komplize in Randalls

Wagen eingebrochen war und sich dort versteckt hatte. Aber er konnte seinen eigenen Wagen gehabt haben und Randall gefolgt sein, nachdem Barthelmess ihm das Zeichen gegeben hatte. Danach gab es dann zwei Möglichkeiten: Entweder Randall würde vom Schlaf überwältigt, die Herrschaft über seinen Wagen verlieren und verunglücken, oder er würde schläfrig werden und an den Straßenrand fahren, um anzuhalten. Dies letztere war offensichtlich geschehen. Der Komplize hatte daraufhin hinter Tye geparkt, war in seinen Wagen eingestiegen und hatte ihm die tödliche Spritze gesetzt.

Aber wer war der Komplize?

Um diese Frage beantworten zu können, müßte Norah wissen, wann Barthelmess erfahren hatte, was tatsächlich vorging. Er hatte ihr gegenüber behauptet, keine Ahnung gehabt zu haben, woher die Gelder zur Finanzierung seines Wahlkampfes kamen, bis Randall Tye ihn aufgeklärt hatte. Aber wenn das stimmte, wie konnte er dann gar so schnell mit seinem sogenannten Gegenangebot, sprich: seiner Drohung, bei der Hand gewesen sein? Nein, er war auf dieses Treffen vorbereitet gewesen; er hatte Bescheid gewußt. Aber wann und von wem hatte er die Wahrheit erfahren?

Von Dreeben? Vielleicht hatte Dreeben es an der Zeit gefunden, Will Barthelmess aus seinen Träumen zu wecken und mit der harten Realität der Politik zu konfrontieren. Vielleicht hatte er gemeint, der Kandidat, den er so tatkräftig unterstützte, könnte zur Abwechslung auch einmal selbst zupacken, um sein Ziel zu erreichen. Es war gut möglich, daß überhaupt der ganze Plan von Dreeben stammte.

»Sprechen Sie mit Tye, und schlagen Sie ihm ein Geschäft vor«, hatte er vielleicht geraten. »Wenn er nicht darauf eingeht, geben Sie ihm zwei von den Dingern hier in seinen Drink. Völlig harmlos. Ein Schlafmittel. Dann brauchen Sie mir nur noch das Zeichen zu geben, und ich übernehme.«

Jedoch, Dreeben war nicht der Mann, der Randall gefolgt war und ihm die Spritze gegeben hatte. Er hatte ein Alibi. Allerdings konnte er sich an Juan Herrera gewandt haben. Nichts logischer als das.

Und ebenso logisch, daß Herrera, der Dealer, mit Drogen tötete. Norah glaubte nicht, daß Barthelmess direkt mit dem Dealer zusammengearbeitet hatte, aber zu wissen, wer letztendlich Randall Tye das Lebenslicht ausblasen würde, war für ihn ja gar nicht notwendig gewesen. Dreeben hatte keinen Grund gehabt, es ihm zu sagen.

Immer, immer schien es vor allem anderen darum zu gehen, Will Barthelmess zu schützen. Norah merkte, wie ihr die Augen zufielen, zwinkerte und schüttelte den Kopf. Sie mußte das Alibi nachprüfen, das Will Barthelmess angegeben hatte. Sie war zwar sicher, daß er die Stewardeß nicht erwähnt hätte, wenn er nicht absolut gewiß gewesen wäre, daß sie seine Geschichte bestätigen würde, aber sprechen mußte sie mit der Frau auf jeden Fall. Morgen, dachte sie. Gleich als erstes.

Zum zweitenmal in dieser Woche wurde Norah mitten in der Nacht vom Läuten des Telefons aus dem Schlaf gerissen. Sie richtete sich auf. Es war zwölf Minuten nach drei. Wieder läutete das Telefon. Sie hob ab.

»Lieutenant? Ferdi hier.«

»Was gibt's?«

»Barthelmess hat eben den Tod seiner Frau gemeldet. Es sieht nach Selbstmord aus.«

Norah fühlte sich, als hätte man ihr einen Schlag vor die Brust versetzt. Sie atmete mühsam. »Wo?«

»Im Plaza Hotel.«

»Ich bin schon unterwegs.«

Das dezent beleuchtete Foyer des eleganten Hotels war leer und still. Nichts verriet, daß irgendwo in einem der Luxusapartments in den oberen Stockwerken eine Tote lag. Norah hielt dem Mann am Empfang ihren Ausweis unter die Nase und wurde zur sechsten Etage hinaufgewiesen.

Dort bot sich ein anderes Bild. An den Aufzügen und den Treppenaufgängen waren uniformierte Polizeibeamte postiert. Zwei Männer in Zivil, vermutlich die zuständigen Angestellten des Hotels, marschierten vor der Tür zu Barthelmess' Suite auf und ab. Sie waren sichtlich nicht glücklich, als Norah erschien; sie wünschten nur, die Polizei würde so schnell wie möglich wieder verschwinden.

Norah ging durch einen kleinen Vorraum in einen großen, gutgeschnittenen Raum, den Salon. Dort saß Will Barthelmess, den Kopf in die Hände gestützt, am Fenster. Er blickte nicht auf. Norah ging auf ein Zeichen von Ferdi Arenas an ihm vorbei, ohne etwas zu sagen, und trat ins Schlafzimmer.

Die Tagesdecke des Betts lag ordentlich gefaltet auf einem Sessel. Die Bettdecke war zurückgeschlagen. Auf dem Bett lag voll bekleidet bis auf die Schuhe Judith Barthelmess. Noch in Erwartung des Todes – wenn sie ihn denn erwartet hatte – hatte sie darauf geachtet, die Laken nicht schmutzig zu machen. Sie sah sehr friedlich aus, fand Norah. Auf dem Nachttisch neben ihr stand ein leeres Glas, daneben lagen das Tablettenröhrchen und, offen, der handgeschriebene Brief.

Norah kramte ihre Lesebrille heraus, nahm den Brief an der oberen rechten Ecke und las:

»An die Polizei und die Staatsanwaltschaft:

Mein Mann, Will Barthelmess, hat von meinen Aktivitäten nichts gewußt. Er hatte keine Ahnung, daß das Geld, das ich zur Finanzierung seines Wahlkampfs beisteuerte, aus illegalen Geschäften stammte. Er hatte mit alldem nichts zu tun und ist absolut schuldlos.

Randall Tye hat alles aufgedeckt. Ich habe ihn getötet, um zu verhindern, daß er es publik machte. Ich traf mich mit Tye am Flughafen und gab ein Schlafmittel in seinen Drink. Dann bat ich ihn, mich in seinem Auto in die Stadt mitzunehmen. Als wir zum Wagen kamen, wurde er bewußtlos. Ich habe ihm dann das Heroin gespritzt.

Es tut mir leid, daß ich seinen Ruf zerstört habe, aber er hätte umgekehrt auch den meines Mannes zerstört.«

Norah las den Brief noch einmal, dann fragte sie den jungen

Pathologen, der erst seit kurzer Zeit unter Phil Worgan arbeitete: »Haben Sie das gelesen?«

»Ja.«

»Glauben Sie es?«

Die Frage überraschte ihn. »Soweit ich im Moment sagen kann, stimmt es, rein medizinisch gesehen.« Aber da der junge Mann nicht zu denen gehörte, die an die Unfehlbarkeit der Ärzte glaubten, fügte er hinzu: »Warum? Wissen Sie etwas, das mir entgangen ist?«

So war es, aber sie wollte es vorläufig für sich behalten. »Es ist etwas an diesem Brief. Irgendwie stimmt da etwas nicht.«

»Ein Mensch, der daran denkt, sich das Leben zu nehmen, ist nicht normal«, sagte er. »Vielleicht hatte sie das Mittel schon genommen, als sie zu schreiben anfing. Sie lassen die Handschrift natürlich prüfen, nicht wahr?«

»Selbstverständlich.« Norah wandte sich Ferdi Arenas zu. »Ist das alles? Ihrem Mann hat sie keinen Brief hinterlassen?«

»Soviel ich weiß, nicht.«

»Wer hat sie gefunden?«

»Er.«

Norah kehrte in den Salon zurück. »Mr. Barthelmess, es tut mir sehr leid.«

Erst jetzt sah er auf, anscheinend kaum berührt von ihrer Anwesenheit. »Danke, Lieutenant.«

»Ich wollte, ich müßte Sie nicht gerade jetzt belästigen.«

»Es macht nichts. Ich verstehe, daß es nicht anders geht.«

»War Ihre Frau in letzter Zeit ungewöhnlich niedergeschlagen?«

»Die Antwort darauf wissen Sie doch schon, Lieutenant. Natürlich war sie das. Ich mache Ihnen keinen Vorwurf. Sie haben nur Ihre Pflicht getan. Aber Ihre Unterstellungen haben sie tief getroffen. Das geht ja auch aus dem Brief klar hervor.«

Norah hielt es für klüger, ihm nicht direkt zu antworten. »Um welche Zeit haben Sie und Ihre Frau sich heute am Empfang eingetragen?«

»Wir brauchten uns nicht einzutragen. Wir haben diese Suite für die ganze Wahlkampfzeit gemietet.«

»Aber Ihr Büro ist im Pierre.«

»Ja, hier konnte man uns nicht die Räume zur Verfügung stellen, die wir brauchten.«

»Ich verstehe. Mr. Barthelmess, hätten Sie etwas dagegen, mir zu schildern, wie Sie den heutigen Tag verbracht haben?«

»Aber keineswegs. Morgens war ich in den NBC-Studios. Wir haben dort drei neue Wahlkampf-Spots gedreht. Am späten Nachmittag habe ich in der Bronx eine Wahlrede gehalten. Danach bin ich hierher zurückgekommen, um mich für ein Abendessen im Odyssey Club in der Achtundsechzigsten Straße umzuziehen.«

»Hat Ihre Frau Sie zu allen diesen Veranstaltungen begleitet?«

»Nein. Sie war fast den ganzen Tag in unserem Wahlkampfbüro an der Arbeit. Gegen Abend hat sie mich angerufen und gesagt, sie würde sich verspäten und fühlte sich nicht besonders wohl, sie würde das Abendessen wohl sausen lassen.«

»Sie haben sie also nicht mehr gesehen, bevor Sie gegangen sind?«

»Doch, wir haben uns noch gesehen. Sie kam, während ich mich fertig machte. Ich fragte sie noch einmal, ob sie es sich nicht doch anders überlegen und zum Abendessen mitkommen wollte. Sie sagte nein. Sie würde sich etwas Eßbares aufs Zimmer bestellen und dann gleich zu Bett gehen.«

»Ah ja. Und um welche Zeit sind Sie von dem Abendessen zurückgekommen?«

»Das Essen war um halb elf zu Ende«, antwortete er mit einem Blick, der verriet, daß er ihr weit voraus war. »Ich war ziemlich aufgedreht und wollte so früh noch nicht ins Hotel zurück. Ich wollte noch einen Spaziergang machen. Es war ein schöner Abend, und ich bin zur Third Avenue hinübermarschiert. Da habe ich eine ganz nette kleine Bar entdeckt, in der ich dann noch etwas getrunken habe.« Er sah Norah direkt in die Augen. »Ich weiß nicht, wie das Lokal heißt, aber ich könnte es wahrscheinlich wiederfinden, wenn es sein muß.«

Natürlich, dachte Norah. Sie zweifelte nicht daran, daß er ihnen die Bar zu gegebener Zeit genauso würde präsentieren können, wie er mit dem Namen der Stewardeß auf der Neun-Uhr-

Maschine nach Washington aufgewartet hatte. Zu gegebener Zeit, das hieß, wenn er Gelegenheit gehabt hatte, mit dem Barkeeper zu sprechen.

»Erinnern Sie sich, um welche Zeit Sie ins Plaza zurückgekommen sind?«

»Kurz vor eins.«

Kein Zögern hier, wahrscheinlich weil er wußte, daß er gesehen worden war, sagte sich Norah.

»Aber den Notruf haben Sie erst kurz vor drei gemacht.«

»Das stimmt. Ja. Als ich hier hereinkam, war die Tür zum Schlafzimmer geschlossen, und es war kein Licht zu sehen. Ich machte einen Spalt auf und schaute hinein. Ich konnte nur erkennen, daß Judith im Bett lag. Ich dachte, sie schliefe. Da ich sie nicht wecken wollte, schloß ich die Tür wieder. Ich machte mir einen Drink, machte den Fernseher an, leise, und blieb noch eine Weile hier sitzen. Dann bin ich anscheinend eingeschlafen. Irgendwann bin ich plötzlich hochgefahren, völlig steif und verkrampft, weil ich so unbequem gesessen hatte. Nach meiner Uhr war es zwanzig vor drei. Ich schaltete den Fernseher aus und schlich auf Zehenspitzen ins Schlafzimmer.

Ich machte kein Licht, weil ich Judith nicht stören wollte. Ich ließ nur die Verbindungstür offen, damit ich beim Auskleiden wenigstens ein bißchen was sehen konnte. Und da fiel mir plötzlich auf, daß Judith unnatürlich still lag. Sie lag noch genauso da wie zwei Stunden vorher, auf der Seite, mit dem Rücken zu mir.«

Und jetzt, dachte Norah, liegt sie flach auf dem Rücken.

»Ich glaube, einen Moment lang ist mir wirklich das Herz stehengeblieben. Dann habe ich Licht gemacht und bin um das Bett herumgegangen, um ihr ins Gesicht sehen zu können. Ihre Augen waren geschlossen. Ich hatte den Eindruck, daß sie nicht atmete. Ich suchte nach dem Puls und fand ihn nicht. Ich drehte sie auf den Rücken und versuchte es mit Mund-zu-Mund-Beatmung. Sie reagierte nicht. Ihre Haut war kalt.«

Er hielt einen Moment inne und seufzte tief. »Dann sah ich das Glas und das Tablettenröhrchen. Und natürlich den Brief. Danach habe ich 911 angerufen.«

»War das der einzige Brief? Oder war für Sie auch einer da?«

»Nein.«

Norah schwieg einen Moment und sah ihn forschend an, ehe sie fortfuhr. »Ihre Frau hat es nicht getan. Sie hat Randall Tye nicht getötet. Als er starb, war Ihre Frau in Georgetown in ihrem Büro, dafür gibt es Zeugen. Ihre Mitarbeiter.«

»Warum hat sie sich dann dazu bekannt?«

Norah fixierte ihn scharf. »Weil sie Sie geliebt hat.«

Er schien überrascht. Unsicherheit schlich sich in sein Gesicht. »Glauben Sie, sie hätte gerettet werden können, wenn ich gleich, als ich kam, das Licht angedreht hätte?«

»Das kann ich Ihnen nicht beantworten«, erwiderte Norah.

Judith Barthelmess' Geständnis wurde anerkannt.

Das Rauschgiftdezernat ermittelte gegen Juan Herrera.

Die Staatsanwaltschaft nahm *Executive Transfers* sowie Ralph Dreebens und Judith Barthelmess' illegale Aktivitäten genauestens unter die Lupe. Soweit schien der Abgeordnete Will Barthelmess eine reine Weste zu haben.

Die Öffentlichkeit zollte ihm Teilnahme. Vor allem dank dem Opfer seiner Frau. Wenn Judith Barthelmess bereit gewesen war, für den guten Namen ihres Mannes zu sterben, dann mußte er unschuldig sein. Zunächst hatte die Bekanntgabe von Judith Barthelmess' Tod Schock und Empörung ausgelöst. Barthelmess hatte augenblicklich seine Absicht kundgetan, aus dem Wahlkampf auszusteigen, sogar seinen Sitz im Repräsentantenhaus zur Verfügung zu stellen. Aber er verschob es immer wieder. Im Lauf der Tage wurde immer deutlicher, daß er nicht zurücktreten würde.

Der Tumult legte sich. Barthelmess hielt sich zwar im Hintergrund, aber er sagte kein Wort mehr von Rücktritt und Ausstieg. Nach einer Weile hielt man es allgemein für selbstverständlich, daß er sich der Wahl stellen und die Wähler entscheiden lassen würde.

Und vielleicht würden sie ihn sogar wählen, dachte Norah.

Sie wurde immer noch von Zweifeln geplagt. Wie günstig für alle Beteiligten, daß Judith Barthelmess sich das Leben genommen hatte, dachte sie. Der Abschiedsbrief ließ ihr keine Ruhe. Nicht nur hatte Judith Barthelmess kaum Einzelheiten des Verbrechens angegeben, auch der Ton des Schreibens war kalt, beinahe unpersönlich. Nicht ein einziges Mal hatte sie von Liebe zu ihrem Mann gesprochen. Nicht ein einziges Mal hatte sie das Wort an ihn selbst gerichtet, nicht einmal, um ihm Lebewohl zu sagen.

Sie besprach das mit Manny Jacoby.

Der schüttelte ungeduldig den Kopf. »Sie hat ihr Leben für ihn geopfert. Das ist doch weiß Gott genug. Wollen Sie behaupten, der Brief ist nicht echt?«

»Oh, echt ist er.«

»Was wollen Sie dann? Sie scheinen zu glauben, daß die Frau gelogen hat, aber weshalb hätte sie das tun sollen?«

»Um ihn zu schützen.«

»Und was ist mit Barthelmess' Alibi? Er behauptet, daß sich die Stewardeß auf der Neun-Uhr-Maschine an ihn erinnern wird.«

»Sehr deutlich.«

»Hat er's eben darauf angelegt, Aufmerksamkeit zu erregen. Na und?« Jacoby zuckte die Achseln. »Haben Sie mit ihr gesprochen?«

»Noch nicht.«

»Worauf warten Sie?«

»Sie macht ein verlängertes Wochenende in der Karibik.«

»Gut, wenn sie zurück ist, reden Sie mit ihr und klären die Sache.«

»Ja, Sir. Mir macht noch etwas anderes zu schaffen – Barthelmess' Alibi in der Nacht des Selbstmords seiner Frau. Das Abendessen im Odyssey Club war um halb elf zu Ende. Er behauptet, spazierengegangen zu sein und dann in einer Bar noch etwas getrunken zu haben. Der Nachtportier des Hotels erinnert sich, ihn kurz vor ein Uhr zurückkommen gesehen zu haben. Die Frage ist, wo war er in der Zwischenzeit?«

Seufzend lehnte sich Jacoby in seinem Sessel zurück und streckte die Beine aus. Er wußte, es gab kein Entkommen.

»Interessant ist auch Mrs. Barthelmess' Verhalten an dem Abend«, fuhr Norah fort. »Ihr Mann hat uns erzählt, sie sei nach Hause gekommen, während er sich zum Abendessen umzog. Er fragte sie, ob sie nicht doch zu dem Abendessen mitkommen wollte, aber sie sagte nein, sie würde sich etwas zu essen aufs Zimmer bestellen und dann gleich zu Bett gehen. Aber als wir auf seinen Notruf hin kamen, war kein Servierwagen da. Ich habe mit dem Oberkellner vom Etagenservice gesprochen, und der bestätigte, daß ein Essen bestellt und etwa um zwanzig Uhr in die Suite gebracht worden sei. Etwa um einundzwanzig Uhr dreißig ist der Kellner hinaufgegangen, um den Servierwagen zu holen, aber als er klopfte, rührte sich nichts. Er klopfte noch einmal, und als daraufhin auch alles still blieb, machte er mit seinem Hauptschlüssel auf.

Der Salon war leer. Die Tür zum Schlafzimmer war offen. Er sah auch dort niemanden. Das Essen war gegessen worden. Er nahm den Servierwagen mit und ging.«

»Sie kann im Bad gewesen sein.«

»Das war auch dunkel.«

»Dann war sie eben noch mal Luft schnappen.«

»Richtig, sie ist noch einmal ausgegangen, aber nicht um Luft zu schnappen. Der Portier holte ihr nämlich ein Taxi.«

»Und wohin ist sie gefahren?«

»Der Portier hat nicht gehört, was sie dem Fahrer sagte.«

Jacoby überlegte. Deland hatte Anweisung gegeben, Judith und Will Barthelmess ebenso wie Ralph Dreeben unbehelligt zu lassen. Judith Barthelmess' Tod jedoch änderte die Situation. Ob Mord oder Selbstmord, es war völlig gerechtfertigt, Mulcahaney für ihre Ermittlungen grünes Licht zu geben.

»Schön, dann suchen Sie den Fahrer. Nehmen Sie sich ein paar Leute. Sie können schließlich nicht alles allein machen.«

19

Ferdi Arenas fand den Mann, den sie suchten, sofort – Sayed Kahn, ein indischer Medizinstudent, der Taxi fuhr, um sich seinen Lebensunterhalt zu verdienen. Als Ferdi ihn verhörte, schien er nervös und zugleich erleichtert.

»Ich habe mich die ganze Zeit schon gefragt, ob ich mich melden soll«, gestand er, seine samtigen dunklen Augen auf Ferdi gerichtet. »Ich habe in der Zeitung gelesen, was mit der Frau passiert ist, die ich gefahren habe, aber –«

»Warum haben Sie sich nicht gemeldet?«

Er schwitzte. »Sie hat mir ein sehr hohes Trinkgeld gegeben. Ich hatte Angst, ich würde es abgeben müssen, wenn mein Arbeitgeber davon erfährt.«

»Mr. Kahn, bitte erzählen Sie mir jetzt, wie das an dem Abend war.«

»Ja, also, ich habe die Frau in den Odyssey Club in der 68. Straße gefahren. Als wir da ankamen, mußte ich gegenüber vom Eingang halten, und sie sagte, ich sollte warten. Sie sagte, es könnte ein Weilchen dauern, und gab mir zwanzig Dollar. Sie würde mir noch mal zwanzig geben, wenn sie zurückkäme, sagte sie. Darauf hab' ich gesagt, ich dürfte das Geld nicht annehmen, wenn ich nicht den Zähler laufen ließe, und sie hat gemeint, okay, ich soll ihn ruhig laufen lassen.« Er sah Ferdi an, als suchte er seine Billigung.

Ferdi nickte.

»Dann ist sie hineingegangen. Ich hab' fast eine halbe Stunde gewartet. Dann war sie plötzlich wieder da. Sie hat die Tür aufgerissen und auf ein Taxi gedeutet, das an uns vorbei zur Madison Avenue gefahren ist. Sie sagte, ich sollte dem Wagen folgen, aber so, daß die vorn es nicht merkten. Na ja, ich hab' mein Bestes getan.«

»Und weiter?«

»Als das Taxi vor uns anhielt und der Fahrgast ausstieg, sagte sie, ich sollte noch bis zur nächsten Ecke fahren. Dort bezahlte sie und stieg aus.«

»War der Fahrgast des anderen Wagens ein Mann?«

»Ja.«

»Haben Sie ihn erkannt? Können Sie ihn beschreiben?«

»Es war dunkel. Ich habe ihn nur im Vorbeifahren gesehen. Er war groß und dünn, und er hatte einen Smoking an.«

»Und die Adresse – haben Sie die Adresse, an der er ausgestiegen ist?«

»Nein, aber ich kann Ihnen das Haus zeigen.«

Es war ein kleines, frisch renoviertes Apartmenthaus mit vierzig Wohnungen – Luxuswohnungen –, die alle vermietet waren. Einen Portier gab es nicht; zur Sicherheit der Hausbewohner gab es ein Fernseh-Überwachungssystem.

Norahs Team – Arenas, Wyler, Neel und Ochs – befragte sämtliche Bewohner. Die Männer gaben sich als Versicherungsbeauftragte aus, die für einen möglichen Käufer des Hauses Auskünfte über seinen Zustand einholen sollten. Nach zwei Tagen hatten sie neununddreißig Parteien befragt. Die Bewohnerin der vierzigsten Wohnung, eine Mrs. Hunt, konnten sie nicht erreichen, obwohl sie es mehrmals zu unterschiedlichen Tages- und Abendzeiten versucht hatten.

Noch einmal läuteten sie bei den anderen Mietern. Diesmal um sich nach Mrs. Hunt zu erkundigen.

Sie war selten zu Hause. Sie war reich, alleinstehend und viel auf Reisen. Das jedenfalls glaubten ihre Nachbarn in derselben Etage. Ein junges Paar, das Mrs. Hunt ab und zu auf dem Weg zum Müllschlucker im Treppenhaus begegnet war, beschrieb sie als »einsiedlerisch«. Ab und zu bekam sie allerdings Herrenbesuch. Der Mann kam immer abends. Ob er über Nacht zu bleiben pflegte, wußte niemand. Auch beschreiben konnte ihn keiner. Mrs. Hunt hingegen kannten mehrere Leute vom Sehen.

Wieder zog Norah einen Polizeizeichner zu und bat die Nachbarn, nachdem sie ihnen eröffnet hatte, daß das Interesse an Mrs. Hunt amtlicher Natur war, mit ihm zusammenzuarbeiten. Als das Porträt fertig war, meinten alle übereinstimmend, Mrs. Hunt – eine dunkelhaarige, rassige Frau Mitte Zwanzig – sei hervorragend getroffen. Norah und ihr Team erkannten sie sofort.

Carmen Herrera.

Nun war man also wieder da, wo man angefangen hatte, bei der Schießerei auf dem Schulhof. Norah, die sich mit einem Anflug von Schuldgefühlen bewußt wurde, daß sie den gnadenlosen Mord an Dolores Lopez und dem Kind, Carmens Kind, beinahe vergessen hatte, sah plötzlich wieder Carmen vor sich, wie sie mit tränenüberströmtem Gesicht über den Schulhof rannte. Wie sie das Kind aus dem Wagen riß und es an sich drückte. Das waren echte Gefühle gewesen, kein Zweifel. Doch nach diesem ersten Verzweiflungsausbruch hatte Carmen Herrera ihre Selbstbeherrschung wiedergefunden und sie seither nicht mehr verloren. Sie hatte sich zurückgezogen, aber, so glaubte Norah, nur, um den rechten Moment abzuwarten. Carmen hatte nicht die Absicht, den Mord an ihrer Schwester und ihrem Kind ungerächt zu lassen.

Das ist es! dachte Norah mit einer Aufwallung von Triumph. Endlich hatte sie den Knackpunkt gefunden – Carmens Liebe zu ihrem kleinen Sohn. Carmen war eine Frau, die indirekt handeln, sich anderer Personen bedienen würde, um das zu erreichen, was sie wollte. Und sie selbst hatte Randall Tye den Tip gegeben, der ihn zu Judith Barthelmess und ihren Geschäften mit den Drogenhändlern geführt hatte.

Norah holte sich einen Durchsuchungsbefehl und ging mit Ferdi Arenas in die Wohnung von Mrs. Charles Hunt. Die Einrichtung, ganz in Beige und Weiß, sah aus, als sei sie aus dem Ausstellungsraum eines Kaufhauses hergetragen worden. So vorsichtig die Hunts außerhalb der Wohnung gewesen waren, so sicher schienen sie sich innerhalb ihrer vier Wände gefühlt zu haben. Die Schlafzimmerschränke waren voller Kleider, Damen- und Herrensachen, an Toilettenartikeln war alles da, was man täglich brauchte. Im Apothekenschränkchen lag das übliche Sammelsurium von rezeptfreien Medikamenten, in den Regalen befanden sich Bücher und Zeitschriften. Alles sprach von einer langen und vertrauten Beziehung. Die allerdings in Auflösung begriffen zu sein schien. Das zeigten die klaffende Lücke in der ordentlich hängenden Reihe von Jacketts und Herrenhemden im Kleiderschrank, das Fehlen von Rasierzeug im Badezimmer, die leeren Schubladen in der Herrenkommode. Charles Hunt war dabei auszuziehen.

Nicht jedoch Mrs. Hunt. Ihr Kleiderschrank war noch wohlgefüllt. Ihre Kosmetika besetzten den Toilettentisch. Ihre Dessous aus Seide und Satin füllten die Schubladen ihrer Kommode. Ein Foto in verschnörkeltem Silberrahmen, das auf dem Nachttisch stand, zog sogleich Norahs Aufmerksamkeit auf sich.

»Ferdi!« rief sie.

»Carmen und das Kind«, sagte er augenblicklich. Dann zögernd: »Und der Vater des Kindes?«

»Ich vermute, ja«, stimmte Norah zu.

»Glauben Sie, daß Judith Barthelmess das gesehen hat?«

Norah nickte. »Sie hat es gesehen, und es hat ihr das Herz gebrochen.« Norah holte tief Luft. »Sie muß geargwöhnt haben, was vorging, wahrscheinlich schon seit langem. Und schließlich wollte sie sich Gewißheit verschaffen. Sie hat das Abendessen gestern abend absichtlich ausfallen lassen, weil sie hoffte, ihr Mann würde die Gelegenheit nutzen, um sich mit seiner Geliebten zu treffen. Carmen war allerdings noch in Mayaguez, doch Will Barthelmess hielt den Moment für günstig, hierherzukommen und seine Sachen abzuholen.«

»Und dabei überraschte ihn seine Frau.«

»Woher wußte sie, in welcher Wohnung er war?«

Norah starrte ihn verblüfft an. Sie konnte seine Frage nicht beantworten. Sie war sicher, daß Judith Barthelmess hier gewesen war und Spuren ihrer Anwesenheit hinterlassen hatte, höchstwahrscheinlich Fingerabdrücke. Das reichte als Beweis; aber die Frage, die Ferdi gestellt hatte, interessierte Norah selbst.

»Also – sie ist ihm gefolgt. Sie mußte so weit zurückbleiben, daß er sie nicht bemerkte, aber doch so dicht an ihm dranbleiben, daß sie ihn nicht verlieren konnte. Sie wird das Haus erst betreten haben, als sie sicher sein konnte, daß er im Aufzug war. Die Leuchtanzeige blieb bei neun stehen. Sie ist hinaufgefahren. Oben angekommen, sah sie sich vor vier geschlossenen Türen.« Norah hielt inne. »Sie konnte eigentlich nichts anderes tun, als der Reihe nach an den Türen zu läuten. Wenn ein Fremder öffnete, wird sie gesagt haben, sie habe sich geirrt, und es an der nächsten Tür versucht haben.«

Ferdi schüttelte den Kopf. »Ich glaube nicht, daß Barthelmess an die Tür gekommen wäre. Er hätte doch einfach warten können, bis sie wieder geht.«

»Nein. Er hörte das Läuten draußen. Er erkannte ihre Stimme und wußte, daß sie nicht gehen würde. Dazu war sie viel zu erregt. Sie hätte Wirbel gemacht, und das wollte er auf keinen Fall. Er mußte sie einlassen.

Es kam zu einer Konfrontation voller Beschuldigungen und Vorwürfe. Ich bin überzeugt, Barthelmess wies zum Beweis dafür, daß die Affäre vorbei sei, darauf hin, daß er im Begriff sei, aus der Wohnung auszuziehen.

Judith hätte es gern geglaubt, und das hätte sie vielleicht auch, wäre nicht das Foto gewesen. Alle Beteuerungen Barthelmess' konnten nichts gegen die Tatsache der Ähnlichkeit des Kindes mit ihm ausrichten. Norah schob die gerahmte Fotografie vorsichtig in einen Umschlag, den sie versiegelte. Die Fingerabdrücke auf dem Rahmen stammten zweifellos von Judith Barthelmess. Sie würden beweisen, daß sie hier gewesen war und von der Affäre ihres Mannes gewußt hatte.

Die Durchsuchung ging weiter. Routinemäßig.

»Lieutenant! Norah!« rief Ferdi laut. Er stand auf einer Trittleiter, um das oberste Fach des Schranks zu besichtigen. Mit einem Koffer in der Hand kam er wieder herunter und öffnete ihn, um ihr seinen Fund zu zeigen.

Norah riß die Augen auf. »So ist das also«, sagte sie. »Das ist nun wirklich kein Spielzeug.«

Nachdem Norah von der Fluggesellschaft gehört hatte, daß Celestine Fitzroy von ihrem Kurzurlaub zurück sei, fuhr sie zu dem kleinen Strandhaus hinaus, daß die Stewardeß zusammen mit einer Kollegin gemietet hatte. Auf ihr Läuten hin rührte sich nichts. Man hatte ihr gesagt, Celestine Fitzroy müßte heute nicht fliegen und würde höchstwahrscheinlich zu Hause sein. Sie läutete noch einmal, dann ging sie um das Haus herum zu einem Fenster ohne Vorhang und spähte ins Innere.

Im Gegensatz zum harten, weißen Glanz der Sonne schien es drinnen im Haus fast finster zu sein, und zunächst konnte Norah kaum etwas sehen. Nach einer Weile erkannte sie Mobiliar im skandinavischen Stil, einen Fliesenboden, eine aufgeschlagene Bettcouch, verstreute Wäschestücke.

»Suchen Sie etwas?«

Norah fuhr zusammen und drehte sich um.

»Ja, ich suche Celestine Fitzroy«, sagte sie zu der sonnengebräunten Blondine in weißen Shorts und rot-weiß karierter Bluse.

»Sie ist wahrscheinlich am Strand«, sagte die Frau ziemlich unfreundlich, aber doch beruhigt, daß Norah offensichtlich keine Einbrecherin war.

»Danke«, sagte Norah. Sie trat vom Haus weg und machte sich auf den Weg zum Strand hinunter.

Vielleicht ein halbes Dutzend bunter Schirme leuchteten auf dem glitzernden weißen Sand, höchstens ein Dutzend Leute genossen die erste Frühjahrssonne. Um ins Wasser zu gehen, war es noch zu kalt. Norah hatte eine Beschreibung der Stewardeß und fand sie ohne Probleme. Sie war allein.

»Miss Fitzroy?«

Sie war hübsch, aber dünn, viel zu dünn, fand Norah, beinahe hager. Sie trug einen einteiligen schwarzen Badeanzug, der an den Beinen sehr hoch angeschnitten war. Ihre schon tiefgebräunte Haut glänzte von Sonnenöl. Sie lag mit geschlossenen Augen auf einem großen Badehandtuch.

»Celestine Fitzroy?«

Sie öffnete die Augen und musterte Norah mißtrauisch.

»Ja?«

»Lieutenant Mulcahaney, vierte Abteilung.«

»Vierte Abteilung von was?«

»Mordkommission«, antwortete Norah kurz und sachlich.

Da fuhr Celestine Fitzroy nun doch hoch. Sie griff in eine große Leinentasche und holte eine Packung Zigaretten heraus. Während sie sich eine anzündete, setzte Norah sich unaufgefordert auf den Klappstuhl neben Celestines Badetuch.

»Es muß schön sein, hier draußen zu leben«, bemerkte sie und sah sich beifällig um. »Außer im Winter. Da ist es wahrscheinlich sehr einsam hier.«

»Soviel bin ich nicht hier. Meistens bin ich auf Reisen. Ich bin Flugstewardeß. Das wissen Sie natürlich.«

»Ja.« Norah griff in ihre Handtasche und nahm eine Fotografie heraus. »Wissen Sie, wer das ist?«

Celestine Fitzroy kniff die Augen zusammen. »Ja. Das ist – Barthelmess. Will Barthelmess. Er kandidiert für den Senat.«

»Sie interessieren sich für Politik?«

»Nein. Aber immer, wenn ein Prominenter an Bord ist, gibt es unter den Passagieren großes Getuschel, und es spricht sich sofort herum, um wen es sich handelt.«

»Aber so prominent ist er doch eigentlich gar nicht. Ich meine, er ist nicht jemand wie – Ted Kennedy, den jeder erkennt.«

»Das stimmt allerdings«, bestätigte Celestine Fitzroy. »Aber nachdem man mich einmal auf ihn aufmerksam gemacht hatte, erkannte ich ihn natürlich das nächstemal, als ich ihn sah. Er sieht sehr gut aus.«

»Er ist also öfter als einmal mit Ihnen geflogen?«

»Ja.«

»Wie oft?«

Sie zuckte die Achseln.

»Allein?«

»Ja.«

»Bitte versuchen Sie, sich zu erinnern, auf welchen Flügen Barthelmess in Ihrer Maschine war.«

»Das ist wirklich schwer. Ich fliege ja dauernd hin und her.«

»Okay. Versuchen Sie, sich zu erinnern, wann er das letztemal mit Ihnen geflogen ist.«

Celestine Fitzroy krauste in angestrengtem Nachdenken die Stirn und gab auf. »Tut mir leid.«

»Mich interessiert insbesondere ein Flug am 6. Mai um einundzwanzig Uhr von New York nach Washington. Mr. Barthelmess behauptet, mit dieser Maschine geflogen zu sein und ist sicher, daß Sie sich seiner erinnern werden.«

Die Stewardeß überlegte von neuem. Nach ein paar Sekunden hellte sich ihr Gesicht auf. »Ja, natürlich. Jetzt weiß ich's wieder. Es war ein Samstag, da ist nicht viel los. Er hätte die Maschine beinahe verpaßt. Deswegen erinnere ich mich. Wir wollten schon losrollen, als wir Anweisung bekamen, noch auf einen Passagier zu warten. Es stellte sich heraus, daß es Barthelmess war.«

»Aha...« Norah nickte. »So etwas bleibt einem natürlich im Gedächtnis, nicht wahr?«

»Ja.«

»Und den Passagieren ist es sicher auch im Gedächtnis geblieben. Das Problem ist nur, sie ausfindig zu machen«, überlegte Norah laut. »Um eine Bestätigung zu bekommen. Ich meine, ich zweifle natürlich nicht an Ihrem Wort. Es ist reine Routine.« Sie hielt inne. »Ach, die Crew! Natürlich! Die Crew wird sich erinnern, vor allem natürlich der Captain und seine Leute vorn im Cockpit.«

Celestine Fitzroy fröstelte plötzlich. Sie hatte einen Fehler begangen und wußte es. Sie hatte zuviel gesagt, hatte ausgeschmückt, wo es gar nicht nötig gewesen wäre.

Der Fehler einer Amateurin, dachte Norah. »Warum sagen Sie mir nicht die Wahrheit?« drängte sie behutsam.

Doch Celestine Fitzroy versuchte zu retten, was noch zu retten war, feilschte, bat um Straffreiheit für ihre Aussage.

Vor noch gar nicht langer Zeit hätte Norah ein solches Ansinnen kurzerhand zurückgewiesen; jetzt zögerte sie. Die Worte fielen ihr schwer. »Ich kann nichts versprechen.«

Doch inzwischen war Celestine so weit, daß sie die Last loswerden wollte. Es sprudelte nur so aus ihr heraus.

Als sie noch regelmäßig auf der Linie New York–Bogotá–New York geflogen war, hatte sie über ein Jahr lang einem der großen Drogenkartelle als Kurierin gedient. Anfangs hatte der Zoll ihr Gepäck stets ungeöffnet passieren lassen, und sie hatte ohne jede Schwierigkeit Ware und Geld transportieren können.

»Aber langsam fing ich an, nervös zu werden«, berichtete Celestine und griff nach ihrem Bademantel, obwohl kein Wölkchen den strahlenden Himmel trübte. »Dann verschwand plötzlich die Freundin, die mir den Job verschafft hatte, es war nicht herauszubekommen, was aus ihr geworden war. Ich hörte, sie hätte sich aus freien Stücken in Behandlung begeben. Ich hatte gar nicht gewußt, daß sie ein Drogenproblem gehabt hatte. Aber mittlerweile hatte ich ein Problem – mein Gepäck wurde nun nämlich immer wieder mal durchsucht. Ich weiß nicht, warum. Dann wurde ich plötzlich versetzt, auf die Pendlerlinie New York–Washington. Ich war offensichtlich als Kurierin nicht mehr nützlich. Ich war erleichtert. Ich hörte nichts mehr und nahm an, der ganze Zauber sei vorbei.

Bis mich aus heiterem Himmel jemand anrief. Ein Mann. Die Stimme kannte ich nicht, und er nannte mir seinen Namen nicht. Er sagte nur, ich sollte auf keinen Fall vergessen, daß der Abgeordnete Will Barthelmess am Samstag, dem 6. Mai, abends um neun Uhr in meiner Maschine nach Washington gesessen habe.«

»Und war er in der Maschine?«

Ihre Hand zitterte, als sie den glühenden Stummel ihrer Zigarette im weißen Sand vergrub. »Nein.«

»Möchten Sie mir sonst noch etwas sagen?«

»Nein. Außer, daß ich niemals Drogen angerührt habe. Das schwöre ich.«

Nach einem Brainstorming mit Arenas, Wyler, Neel und Ochs, den vier Beamten, die von Anfang an mit dem Fall zu tun gehabt hatten, ging Norah zu Captain Jacoby und erbat von neuem Genehmigung für einen Flug nach Mayaguez. Sie hatte die Absicht, Carmen Herrera nach New York zurückzuholen. Jacoby war einverstanden.

Carmen Herrera jedoch, die von ihrem Leibwächter bewacht auf der Hazienda ihrer Eltern saß, war von Norahs Plan weniger begeistert.

»Wie lange wollen Sie sich denn noch hier draußen im Nichts verstecken?« fragte Norah herausfordernd.

Carmen Herrera starrte nur stumm in die Ferne.

»Warum haben Sie vorgegeben, das Kind sei das Ihrer Schwester? Wäre es nicht einfacher gewesen, es Ihrem Mann unterzuschieben?«

Carmen richtete ihre dunklen, klaren Augen auf Norah. »Das ging nicht. Juan ist steril.«

Norah erinnerte sich mit scharfer Lebhaftigkeit Juan Herreras Bemerkung über die Fehlgeburt seiner Frau. Was für ein erbärmlicher Versuch, die eigene Impotenz zu verheimlichen!

»Ist Juan dahintergekommen, daß der Kleine in Wirklichkeit Ihr Kind war? Hat er es von Dolores erfahren?«

Carmens Gesicht war voller Qual. »Ich weiß, sie wollte dem Kind und mir nicht schaden. Ich habe mich so bemüht, sie von den Geschäften fernzuhalten, aber sie war noch so jung. Sie hat das viele Geld gesehen, und es sah aus, als wäre es so leicht zu verdienen. Ich weiß, daß sie es satt hatte, um jede Kleinigkeit bitten zu müssen. Deshalb ist sie schließlich zu Juan gegangen und hat verlangt, daß er ihr einen Job verschafft.«

»Sie glaubten, Juan hätte Dolores und das Kind getötet. Deshalb gaben Sie Randall Tye die Informationen, die ihn zu Juan und den Geldwäschegeschäften führte.«

»Ja«, antwortete sie leise.

»Aber wenn Randall die Sache mit der Geldwäsche aufgedeckt hätte, dann wäre das das Ende von Will Barthelmess' Kandidatur für einen Sitz im Senat gewesen. Ganz bestimmt hätte er die Wahl verloren. Und das wollten Sie nicht?«

Carmen leckte sich nervös die Lippen.

»Oder doch?« fragte Norah gespannt. »Hatten Sie vielleicht tief im Innersten Angst davor, was geschehen würde, wenn er siegen würde?«

Carmen wandte sich ab.

»Angenommen, Juan wußte gar nichts von dem Kind?« fuhr Norah fort. »Oder er wußte es und es war ihm gleich. Angenommen, Juan ist nicht der Schuldige.« Als sie sah, daß Carmen nicht die Absicht hatte, sich zu äußern, sagte Norah mit aller Behutsamkeit: »Weiß Barthelmess von seinem Sohn?«

Carmens Nicken war kaum wahrnehmbar.

Norah hatte eine Zeitung mit einem Bericht über Judith Barthelmess' Selbstmord mitgebracht. Jetzt zeigte sie sie Carmen Herrera. »Judith Barthelmess ging in die Wohnung, die Sie mit Will Barthelmess zusammen hatten. Dort sah sie das Foto von Ihnen und dem Kind.«

»Das tut mir leid.«

»Kommen Sie mit mir zurück«, bat Norah. »Finden Sie ein für allemal heraus, was wirklich geschehen ist.«

Carmen Herrera holte tief Luft. »Später.«

»Nach der Wahl, meinen Sie? Dann ist es zu spät. Dann haben Sie nichts mehr gegen ihn in der Hand.«

Norah schwieg und wartete, und nach einer Weile fragte Carmen Herrera mit kaum hörbarer Stimme: »Was soll ich tun?«

Nachdem Carmen Herrera sich einmal zur Kooperation bereit erklärt hatte, befolgte sie Norahs Anweisungen so gut sie konnte. Sie rief Will Barthelmess unter seiner Privatnummer in Washington an.

»Ich muß dich sehen«, sagte sie. Sie brauchte ihren Namen gar nicht zu nennen; er wußte, wer am Apparat war.

»Nicht jetzt.«

»Doch, jetzt. Du fehlst mir. Ich brauche dich.«

»Mir geht es genauso, aber wir können es jetzt nicht wagen, uns zu sehen.«

»In der Wohnung.«

»Nein, nicht einmal in der Wohnung. Das ist zu riskant.«

»Was ist daran riskant? Judith ist tot. Du kannst sie nicht mehr als Ausflucht benutzen.«

»Judith war nie eine Ausflucht. Das weißt du.«

Carmen überfuhr ihn einfach. »Ich komme heute abend an. Und du kommst bitte um acht in die Wohnung.«

»Darling, bitte. Das geht jetzt einfach nicht. Ich kann es mir nicht leisten. Meine Kandidatur ... Schatz, du warst bis jetzt so verständnisvoll und geduldig. Kannst du nicht noch ein kleines bißchen länger warten?«

»Nein! Ich bin um acht Uhr in der Wohnung. Wenn du nicht kommst, wenn du nicht bereit bist, zu mir zu stehen ...«

Einen Moment herrschte bestürztes Schweigen. »Was soll das heißen – zu dir stehen? Carmen, was meinst du damit?«

»Juan weiß alles. Er weiß, daß das Kind nicht das meiner Schwester war, sondern meines. Ich habe ihm nicht gesagt, wer der Vater ist ...«

»Schon gut, schon gut, beruhige dich. Ich werde versuchen, dich zu sehen. Aber nicht in der Wohnung. Hm ...«

»Am Flughafen?« schlug Carmen vor.

»Ja, gut. Um welche Zeit kommt deine Maschine an?«

Carmen Herrera sah Norah an, die ihr gegenüber saß und an einem Nebenapparat mithörte. Sie hatte die Antwort auf einem Zettel, den sie Carmen jetzt hinschob.

»Pan American 907. Die Maschine kommt um Viertel nach sieben an.«

»Gut, ich erwarte dich.« Will Barthelmess legte auf.

Carmen Herrera ebenfalls. Aber sie war nicht in Mayaguez, wie Barthelmess annahm. Sie war mit Norah nach New York zurückgekehrt, in die Wohnung, die fast zwei Jahre lang ihr geheimer Treffpunkt mit Charles Hunt alias William Jason Barthelmess gewesen war.

»Gut gemacht, Carmen«, sagte Norah zu ihr.

»Sie täuschen sich in Will. Sie werden schon sehen«, sagte Carmen wie schon so oft, seit sie sich bereit erklärt hatte, ihn auf die Probe zu stellen. Aber man hatte den Eindruck, daß sie mehr sich selbst als Norah zu überzeugen wünschte.

Es war jetzt vierzehn Uhr zehn. Norah rechnete damit, daß bis zur Ankunft der Maschine, mit der Carmen angeblich eintreffen würde, alles ruhig bleiben würde. Doch man konnte nie wissen, was für Vorbereitungen Will Barthelmess seinerseits für diese Zusammenkunft traf, deshalb waren Danny Neel und Julius Ochs vor dem Haus in der 83. Straße postiert, während Simon Wyler mit Carmen Herrera in der Wohnung blieb, nicht nur, um sie zu schützen, sondern auch, um dafür zu sorgen, daß Carmen nicht in letzter Sekunde aus Angst und Nervosität einen Rückzieher machte.

Norah kehrte in die Dienststelle zurück und sprach mit Arenas und Tedesco den voraussichtlichen Ablauf der Dinge am Flughafen durch. Wenn Barthelmess tatsächlich die Absicht hatte, Carmen Herrera am Kennedy-Flughafen abzuholen, würde er selbst wahrscheinlich nicht später als achtzehn Uhr am LaGuardia-Flughafen landen, um sich nicht hetzen zu müssen. Um für alle Eventualitäten gewappnet zu sein, schickte Norah schon sehr zeitig je zwei Beamte zum LaGuardia- und zum Kennedy-Flughafen.

Um sechs Uhr war sie mit Kaffee und Sandwiches für alle wieder in der Wohnung der »Hunts«. »Der PanAm-Flug ist pünktlich«, verkündete sie, während sie die Brote verteilte.

Um achtzehn Uhr zweiunddreißig läutete das neu installierte Telefon in der Küche. Norah meldete sich. Es war Ferdi, der vom Kennedy-Flughafen aus anrief. »Er ist da.«

Um neunzehn Uhr eins fragte Wyler bei der Fluggesellschaft nach und erhielt die Auskunft, daß die Maschine pünktlich landen werde. Die nächsten Minuten zogen sich endlos hin. Sie stellten sich vor, wie die Maschine zum Terminal rollte; wie die Passagiere aus dem Flugzeug drängten; wie sie durch die langen Gänge zur Gepäckausgabe gingen, um dort auf ihre Sachen zu warten. Das konnte eine Weile dauern. Aber spätestens um halb acht konnte man annehmen, daß alle Passagiere sich auf dem Heimweg befanden. Will Barthelmess würde verwirrt, ja besorgt sein, wenn er Carmen nicht sah. Er würde sich fragen, wo sie geblieben war. Er würde an Probleme bei der Gepäckausgabe denken und ein paar Minuten zugeben. Dann aber würde er es mit der Angst zu tun bekommen. War es möglich, daß sie einander verfehlt hatten? War sie vielleicht gar nicht in der Maschine gewesen? Hatte sie vielleicht in letzter Minute ihre Pläne geändert? Wenn ja, warum hatte sie ihn nicht benachrichtigt?

Wieder läutete das Spezialtelefon in der Küche.

»Er steht in der Ankunftshalle und ist total durcheinander«, berichtete Ferdi. »Er scheint sich zu überlegen, ob er das Flugpersonal nach ihr fragen soll.«

»Wir lassen ihn jetzt ausrufen«, sagte Norah und gab Wyler das Zeichen.

Der ging ans reguläre Telefon. Sie hatten mit der Telefongesellschaft vereinbart, daß diese eine Verbindung zum Ansageschalter am Flughafen offenhalten würde, und die zuständigen Leute vom Flughafen hatten ihnen zugesichert, daß ihre Durchsage sofort erledigt werden würde. Sie konnten jetzt die Stimme des Ansagers hören, die durch die riesige Halle schallte.

»Anruf für Mr. Charles Hunt. Mr. Hunt, bitte gehen Sie an eines der Flughafentelefone.«

Wyler reichte Carmen den Hörer.

Ein paar angespannte Sekunden vergingen. Würde er sich melden? Dann ein Knacken und eine vorsichtige Stimme.

»Hallo? Wer ist am Apparat?«

»Ich bin es. Carmen.«

»Carmen!« Auf Erleichterung folgte Ärger. »Wo bist du? Was

hat das alles zu bedeuten? Warum läßt du mich ausrufen? Wo bist du?«

»Ich wußte nicht, wie ich dich sonst erreichen sollte«, antwortete sie kleinlaut, wie abgemacht. »Ich bin in der Wohnung. Ich bin mit einer früheren Maschine gekommen und wußte nicht, wohin. Bitte sei nicht böse. Es tut mir leid, Will.«

»Davon habe ich nichts.«

»Sprich nicht so mit mir, Will.«

»Ja, ja, schon gut. Entschuldige.«

»Auf der späteren Maschine war kein Platz mehr«, erklärte sie. »Ich mußte nehmen, was da war.«

»Natürlich. Ist vielleicht ganz gut so. Bleib, wo du bist. Ich komme.«

Die ersten Hürden waren genommen. Arenas und Tedesco würden Barthelmess vom Flughafen aus folgen und eventuelle Abstecher oder Stopps unterwegs melden. Vierzig Minuten später verlagerte Norah ihr Hauptquartier mit allen Leuten in eine der Nachbarwohnungen, die der Mieter ihnen zu Verfügung gestellt hatte.

Eine Viertelstunde darauf läutete Will Barthelmess bei Wohnung 9 A. Als sich nichts rührte, läutete er noch einmal. Wieder blieb alles still. Voll Unbehagen sah er sich um, dann holte er einen Schlüsselbund aus seiner Tasche, wählte einen Schlüssel aus und sperrte die Wohnungstür auf. Er machte sie fest hinter sich zu, ehe er nach Carmen rief.

»Carmen? Carmen! Wo bist du?«

Schweigen.

Erst jetzt fiel ihm auf, daß überall die Lichter brannten. Das war eine Gewohnheit von Carmen; niemals das Licht auszumachen, wenn sie einen Raum verließ. Er warf einen Blick in die Küche. Auf dem Tisch stand eine Tasse mit Kaffee, der schon kalt war. Daneben lag aufgeschlagen eine Zeitschrift. Alles sprach dafür, daß Carmen nur auf einen Sprung weggegangen war, um sich Zigaretten zu holen oder Milch oder sonst etwas. Barthelmess sah auf seine Uhr. Dann nahm er die Trittleiter und trug sie ins Schlafzimmer. Er zog die Schranktür auf und stellte die Trittleiter so, daß er den Koffer auf dem obersten Bord erreichen konnte.

Er packte ein, was von seinen Sachen noch hier war. Dann ging er die Schubladen seiner Kommode durch und das Apothekenschränkchen. Wieder sah er auf seine Uhr. Seit seiner Ankunft waren zwanzig Minuten vergangen. Er nahm den Koffer und wollte gehen, als die Wohnungstür geöffnet wurde.

»Wollen Sie verreisen, Mr. Barthelmess?« fragte Norah.

»Lieutenant! Was haben Sie hier zu tun?«

»Das gleiche könnte ich Sie fragen.«

»Das geht Sie nichts an.«

»Ich denke doch. Ich fürchte, ich muß Ihnen zuerst einmal Ihre Rechte vorlesen, Mr. Barthelmess.«

»Augenblick mal! Ich wollte hier eine Bekannte besuchen. Ist das vielleicht verboten?«

»Eine sehr liebe Bekannte? Eine Bekannte, mit der Sie sich diese Wohnung teilen?«

»Ich teile diese Wohnung mit niemandem. Ich sagte Ihnen doch, ich wollte einen Besuch machen.«

»Sie sind nicht Charles Hunt?«

»Wer ist Charles Hunt?«

»Vor einer knappen Stunde meldeten Sie sich am Flughafen auf einen Ausruf für Charles Hunt.« Er schüttelte den Kopf, doch zugleich wurde er blaß. »Sie wurden von zwei Kriminalbeamten dabei beobachtet. Das Gespräch wurde auf Band aufgenommen. Anhand einer Stimmanalyse wird man Sie und die Person, mit der Sie gesprochen haben, identifizieren.«

William Jason Barthelmess war Politiker, ein Mann, der es gewöhnt war, öffentlich zu sprechen und zu debattieren, ein Mann, der auf alles eine Antwort wußte, diesen Hieb jedoch konnte er nicht parieren. Immerhin schaffte er es, den Kopf hochzuhalten, während er seinen flackernden Blick auf Norah gerichtet hielt.

»Diese Wohnung ist auf den Namen von Mrs. Charles Hunt gemietet«, fuhr sie fort. »Diesen Namen benutzt Carmen Herrera. Sie hat es zugegeben. Jetzt wissen wir, daß Sie Mr. Charles Hunt sind.«

Er räusperte sich mehrmals. »Also gut«, sagte er. »Also gut. Wir hatten ein Verhältnis miteinander. Was ist daran so aufregend? Ich bin nicht der erste Mann in einem öffentlichen Amt, der seine Frau betrogen hat. Heute sind die Wähler allerdings nicht mehr so tolerant wie früher. Wenn Sie diese Geschichte publik machen, können Sie mich erledigen. Nur helfen wird Ihnen das nichts. Ihr Verbrechen klärt das auch nicht auf.«

Sehr geschickt, wie er das macht, dachte Norah.

»Im übrigen«, sagte er und hob den Koffer, den er immer noch in der Hand hielt, »ist zwischen Carmen und mir alles aus. Sie sehen, ich ziehe aus.«

»Weiß Carmen das?«

»Sie weiß, daß es vorbei ist, auch wenn sie es vielleicht nicht wahrhaben möchte.«

»Sie hätten Ihrer Frau sagen sollen, daß es vorbei war. Vielleicht wäre sie dann noch am Leben.«

»Was sind Sie doch für eine Romantikerin, Lieutenant«, sagte er spöttisch. »Judith hat sich das Leben nicht genommen, weil ich einen Seitensprung gemacht habe. Halten Sie mich nicht für gefühllos, aber wenn das der Grund gewesen wäre, so hätte sie es schon lang getan.«

»Soll das heißen, daß Sie Ihre Frau nicht zum erstenmal betrogen haben?« Norahs blaue Augen waren kalt.

»Ich scheine Ihr Zartgefühl beleidigt zu haben. Tatsache ist, daß Judith sich das Leben genommen hat, weil sie sich mit den falschen Leuten eingelassen hat. Sie wußte, man würde ihr wegen der Geldwäschegeschichte den Prozeß machen und sie würde ins Gefängnis wandern. Das konnte sie nicht ertragen.« Ein Licht flackerte in seinen Augen. »Ich mache Ihnen einen Vorschlag, Lieutenant Mulcahaney. Ich nenne Ihnen den Mann, der Judith angeworben und die ganze Operation aufgezogen hat, den Mann an der Spitze, wenn Sie dafür das hier« er machte eine umfassende Geste – »vergessen.«

»Die Information haben wir bereits.«

»Das glaube ich nicht. Es ist nicht Juan Herrera. Juan ist nur der Strohmann. Die Anweisungen gibt Ralph Dreeben.«

Er hatte ein Zeichen der Überraschung erwartet, aber Norah enttäuschte ihn.

»Ralph Dreeben hat sich den Plan ausgedacht und alles organisiert. Vor zwei Jahren fand in San Juan eine Konferenz über die

Frage der Aufnahme Puerto Ricos in die Vereinigten Staaten statt. Eine von vielen. Ausschußmitglieder, die ihre Ehefrauen mitnahmen, taten dies auf eigene Kosten. Es ging alles äußerst korrekt zu. Obwohl Dreeben wußte, daß ich knapp bei Kasse war, drängte er mich, Judith mitzunehmen. Natürlich wegen ihrer Immobilienverbindungen. Er tat sich mit ihr zusammen und erklärte ihr, was er vorhatte. Dann machte er sie mit Herrera bekannt.«

»Und Sie haben das alles von Anfang an gewußt?«

»Er machte mich mit Carmen bekannt.«

Norah war tief schockiert. Sie wußte nicht, was sie sagen sollte.

»Lieutenant, meinen ersten Wahlkampf führte ich in dem Glauben, daß Rechtschaffenheit letztendlich siegt. Ich verpflichtete mich niemandem, ich machte keinerlei Versprechungen; ich nahm keine Gefälligkeiten an, wenn ich auch nur den Verdacht hatte, daß sie an Bedingungen geknüpft waren. Und ich habe verloren. In unserem System, Lieutenant, wird Redlichkeit bestraft. Ganz gleich, was für gute Absichten man haben mag, ganz gleich, was für Reformen man plant, ehe man sie durchführen kann, muß man gewählt werden.«

»Sie haben das alles die ganze Zeit gewußt und haben Ihre Frau Qualen der Angst leiden lassen, Sie könnten erfahren, woher Ihre Wahlkampfgelder kommen, und sie dafür zur Rechenschaft ziehen!« rief Norah. »Sie wußten über sämtliche Details Bescheid, weil Sie eine Affäre mit der Frau des Drogenhändlers hatten. Ihre Frau opferte ihre Integrität, um die Ihre zu schützen, und Sie –«

»Ersparen Sie mir Ihre moralische Entrüstung, Lieutenant. Ich kann Ihnen Ralph Dreeben auf dem Silbertablett überreichen. Wollen Sie ihn haben oder nicht?«

»Sie haben allen Ernstes die Absicht, weiter im Wahlkampf zu bleiben?«

»Richtig. Und ich habe ferner die feste Absicht zu siegen. Was haben Sie denn nur gegen mich?«

Er meinte es ernst. Norah konnte es kaum glauben. Er wollte es wirklich wissen. »Ralph Dreeben mag korrupt sein und mag andere korrumpiert haben, aber er hat nicht getötet.«

Barthelmess' Augen glitzerten böse. »Hüten Sie sich, Lieutenant. Auch Polizeibeamte können verklagt werden. Als Randall

Tye starb, saß ich in der Maschine nach Washington. Ich habe ein Alibi, wie Sie wissen.«

»Ihre Frau hatte das Alibi, nicht Sie«, entgegnete Norah. »Als Sie und Randall Tye sich trennten, gingen Sie zwar zum Flugsteig, aber Sie gingen nicht an Bord der Maschine. Sie kehrten um und holten ihn auf dem Parkplatz ein. Unter irgendeinem Vorwand brachten Sie ihn dazu, Sie in seinen Wagen einsteigen zu lassen. Das Schlafmittel, daß Sie ihm heimlich in seinen Drink gemischt hatten, fing an zu wirken. Sie redeten auf ihn ein, bis er das Bewußtsein verlor. Dann schoben Sie ihn auf die Seite und setzten sich selbst ans Steuer. Sie fuhren den Highway hinunter, bis Sie eine günstige Stelle fanden, wo Sie parken und ihm die Spritze geben konnten.«

»Ich respektiere ja Ihre Gefühle für Randall Tye, Lieutenant, und kann verstehen, daß Sie seinen Namen reinwaschen wollen, aber das ist reine Phantasie.«

Norah achtete gar nicht auf ihn. »Ihre nächste Sorge war, zum Flughafen zurückzukommen, um die nächste Maschine nach Washington zu erwischen. Der Weg war weit, und Sie fürchteten, gesehen, vielleicht sogar erkannt zu werden. Anstatt zu Fuß zu gehen, wendeten Sie also den Wagen und fuhren zurück, so nah wie eben möglich an den Flughafen heran.«

»Sie vergessen mein Alibi. Die Stewardeß auf der Neun-Uhr-Maschine hat mich gesehen. Warum sprechen Sie nicht mit ihr.«

»Das habe ich bereits getan. Sie hat ihre Aussage geändert.«

»Weshalb sollte sie das getan haben?«

»Weil sie das erste Mal gelogen hat.«

»Wer sagt das?«

Norah ging zum Couchtisch und sprach zu einer kleinen Vase mit Blumen. »Möchten Sie das beantworten, Mrs. Herrera?«

Ehe Barthelmess überhaupt reagieren konnte, öffnete sich die Wohnungstür, und Carmen Herrera, begleitet von Simon Wyler, trat ein. Barthelmess sah sie kalt, beinahe feindselig an.

»Möchten Sie Mr. Barthelmess' Frage beantworten?« fragte Norah ein zweites Mal.

Carmen Herrera versuchte es. Sie sah Barthelmess an. Sie schaffte es nicht.

»Carmen«, drängte Norah vorsichtig. »Sie müssen sprechen.«

Will Barthelmess, der Morgenluft witterte, änderte schlagartig sein ganzes Verhalten und ließ all seinen Charme spielen, als er die verwirrte junge Frau ansprach. »Carmencita-*Querida*. Man will mich in eine Falle locken. Das alles ist ein Trick. Siehst du das nicht? Man will uns zu den Sündenböcken machen. Was ich vorhin gesagt habe, sagte ich nur, um uns beide zu retten. Nichts davon habe ich so gemeint. Ich verspreche dir, sobald die Wahlen vorbei sind, heiraten wir. Ich schwöre es.«

Carmen Herrera hatte Tränen in den Augen. Sie wollte ihm glauben. Er hatte immer noch Macht über sie. Er war ein Kämpfer, schlau und gerissen und völlig gewissenlos. Carmen war so sehr sein Opfer wie alle anderen.

Aber Norah war noch nicht am Ende ihres Lateins. Sie hielt noch eine Trumpfkarte in der Hand. Sie deutete auf den Koffer, den er nicht einen Moment aus der Hand gelassen hatte. »Was haben Sie darin?«

»Nichts Besonderes. Persönliche Dinge. Papiere, die ich mitgenommen hatte, um sie auf dem Flug zu lesen.«

»Würden Sie den Koffer bitte öffnen.«

»Das werde ich nicht tun. Ich sagte doch eben, er enthält amtliche Unterlagen.«

»Wir werden uns die Papiere nicht ansehen. Bitte geben Sie den Koffer her.«

»Nein. Dazu haben Sie kein Recht.«

»Wir haben einen Durchsuchungsbefehl.« Sie nahm das Dokument heraus und zeigte es ihm.

»Ich möchte meinen Anwalt anrufen«, sagte Barthelmess.

»Sobald Sie den Koffer geöffnet haben, können Sie das tun.«

Auf Norahs Nicken hin trat Simon Wyler vor. Barthelmess blieb nichts anderes übrig, als ihm den Koffer zu überlassen. Der Beamte öffnete ihn. Er war sehr ordentlich gepackt. Wyler legte die gefalteten Hemden und die Unterwäsche auf die Seite. Darunter kamen die Army-Uniform und die Maschinenpistole zum Vorschein.

Carmen Herrera wurde bleich. »Du hast sie getötet?« Sie starrte ihn entsetzt an. »Du hast sie einfach erschossen – Dolores und das Kind? Und ich habe die ganze Zeit geglaubt, es sei Juan gewesen. Dabei warst du es.« Ihre Stimme war so leise, daß sie kaum zu hören war. Dann begriff sie. »Mich wolltest du töten.«

Sein Gesicht lief rot an. Er konnte nicht sprechen.

»Du hast Dolores mit mir verwechselt.«

»Du weißt ja nicht, was du sagst.«

»Sie war so groß wie ich, sie trug ihr Haar wie ich, und immer hat sie sich meine Kleider ausgeliehen. Sonst habe immer ich samstags das Kind spazierengefahren. Es war mein Tag. Und du hast das gewußt. Dolores hatte meinen Hosenanzug an, und sie schob den Kinderwagen, und da hast du geglaubt, sie sei ich.«

»Carmen, um Gottes willen, das ist ja Wahnsinn.«

»Juan hätte sie nicht mit mir verwechselt.«

»Du weißt nicht, was du redest.«

»Ich war dir als Ehefrau nicht gut genug. Ich taugte nicht zur Senatorsgattin.«

Er stöhnte.

»*Madre de Dios*, ich wußte es«, fuhr Carmen fort. »Im Innersten habe ich es immer gewußt. Ich wußte, daß du niemals deine Frau verlassen würdest, um mich zu heiraten. Nicht weil du Judith etwa so sehr geliebt hast, sondern weil sie dir nützlich war. Ich bin Puertoricanerin, die Frau eines Drogenhändlers, ich wäre dir nur ein Klotz am Bein gewesen. Du hattest Angst, ich würde unsere Beziehung publik machen und einen Skandal heraufbeschwören. Das hätte dich die Wahl gekostet. Da hast du beschlossen, mich aus dem Weg zu räumen.«

Barthelmess konnte nur den Kopf schütteln.

»Ich hätte dich doch niemals gezwungen, mich zu heiraten. Ich hätte unsere Beziehung niemals publik gemacht. Ich hätte dich niemals öffentlicher Schande ausgesetzt. Du brauchtest sie nicht zu töten – Dolores und das Kind – unser Kind. Wie konntest du nur? Wie konntest du nur dein eigenes Kind ermorden?«

»Das tun Frauen doch jeden Tag. Sie nennen es Schwangerschaftsabbruch.«

Mit einem Aufschrei stürzte sie sich auf ihn und schlug schluchzend mit den Fäusten auf ihn ein. Wyler und Norah mußten gemeinsam zupacken, um sie wegzuziehen.

»Sie wollten wissen, wie es um sein Alibi für die Zeit von Randall Tyes Tod steht?« sagte sie zu Norah. »Er hat keines. Er war nicht in der Neun-Uhr-Maschine. Die Stewardeß hat gelogen. Sie hat gelogen, weil Ralph Dreeben zu Juan kam. Juan war ihr Verbindungsmann, und er hat ihr befohlen zu lügen. Mit Kokain kann man so ziemlich alles kaufen.«

Während Wyler und Arenas den Verdächtigen ins Untersuchungsgefängnis begleiteten, lieferte Norah Captain Jacoby ihren Bericht ab. »Meiner Ansicht nach«, sagte sie, »ist es folgendermaßen abgelaufen: Carmen hat Randall mit voller Absicht auf die Spur der Geldwäschegeschäfte gesetzt, weil sie glaubte, ihr Mann hätte Dolores und das Kind getötet.

Randall verfolgte die Spur zu Judith Barthelmess. Gleich nach seiner Rückkehr von dem Besuch bei ihr versuchte er, Ralph Dreeben zu erreichen, aber der war an dem Abend aus. Also fuhr Randall am nächsten Morgen, am Samstag, zu ihm hinaus.

Sofort nach dem Gespräch rief Dreeben Barthelmess an, um ihn zu warnen. Randall wußte zuviel. Er mußte zum Schweigen gebracht werden. Ich denke, Dreeben hatte einen Verdacht, daß Barthelmess Blut an den Händen hatte, und er wollte damit nichts zu tun haben. Er entwickelte also einen Plan, um dieser Drohung entgegenzuwirken, lieferte Barthelmess das Heroin, das er, vermute ich, von Herrera bekam, und sorgte für Barthelmess' Alibi.«

Norah machte eine Pause. »Ich glaube, Dreeben wollte Randall nur in eine verfängliche Situation bringen. Er sollte mit der leeren Spritze neben sich bewußtlos in seinem Wagen gefunden werden. In flagranti sozusagen. Das hätte ihn in der Öffentlichkeit diskreditiert und seine Glaubwürdigkeit erschüttert. Ich glaube nicht, daß Dreeben Randalls Tod beabsichtigte. Ganz im Gegenteil.«

Jacoby pfiff lautlos durch die Zähne.

»Vielleicht machte Barthelmess einen Fehler«, fuhr Norah fort. »Vielleicht spritzte er versehentlich eine Überdosis. Aber ich glaube eher, er sah hier eine Chance, Randall für immer mundtot zu machen.« Norah kämpfte gegen die aufkommenden Tränen an. »Aber uns fehlten hier die Beweise, darum mußten wir versuchen, Barthelmess die Morde auf dem Schulhof nachzuweisen.«

»Sie hatten die Waffe«, sagte Jacoby. »Sie hatten die Maschinenpistole doch gleich bei Ihrem ersten Besuch in der Hunt-Wohnung gefunden.«

»Ja, Sir, und die Untersuchung hat ergeben, daß die Kugeln in den Körpern der beiden Opfer aus der Waffe stammen. Aber wir wußten ja noch nicht, wem sie gehörte. Natürlich gab es keinen Waffenschein dafür. Fingerabdrücke fanden wir keine. Logischerweise mußte sie einem der Bewohner der Wohnung gehören – Mr. oder Mrs. Charles Hunt. Mrs. Hunt hatten wir bereits als Carmen Herrera identifiziert; nun mußten wir Barthelmess noch nachweisen, daß er sich des Namens Charles Hunt bedient hatte. Das gelang uns mit der Flughafenansage. Aber des Mordes war er damit noch lange nicht überführt. Wir mußten ihn mit der Waffe in der Hand erwischen. Darum brachten wir die Maschinenpistole wieder in die Wohnung.«

Norah, die einen Einwand erwartete, schwieg. Aber Jacoby sagte nichts.

»Der Waffenbesitz allein hätte natürlich nicht genügt. Wir mußten ein Motiv zeigen können; ein starkes, unbestreitbares Motiv. Dazu brauchten wir Carmen Herrera. Es hätte nicht gereicht, ihr zu sagen, daß ihr Geliebter nie vorgehabt hatte, sie zu heiraten. Hätten wir Carmen erzählt, daß er Dolores und das Kind getötet hatte, weil er Dolores mit Carmen verwechselt hatte, so wäre sie empört gewesen und hätte ihn mit allen Mitteln verteidigt. Wir mußten warten, bis sie es von selbst begriff. Sonst hätte sie uns nicht geholfen.«

Jacoby nickte.

»Ich weiß«, sagte Norah, »ich hätte Sie vorher im einzelnen informieren müssen, aber um ehrlich zu sein, wir haben ziemlich improvisiert.« (Im Klartext: Wenn ich Ihnen etwas gesagt hätte, hätten Sie das große Veto eingelegt.)

»Manchmal muß man dem Instinkt folgen«, sagte Jacoby, und Norah sperrte Mund und Augen auf.

»Aber seien Sie vorsichtig«, warnte er, »das nächste Mal ist das Glück vielleicht nicht auf Ihrer Seite.« (Im Klartext: Dann wird Ihnen vielleicht die Hölle heiß gemacht.)

Das entsprach eher seiner Art, dachte Norah und lächelte.

Es war fast Mitternacht, als Norah in ihr eigenes Büro zurückkehrte. Zeit, nach Hause zu gehen, dachte sie. Wozu die Eile? Niemand erwartete sie. Niemand machte sich Sorgen, weil sie so spät nach Hause kam; niemand wollte wissen, was passiert war; niemand freute sich auf sie – nicht einmal eine Katze oder ein Hund oder ein Kanarienvogel.

Sie senkte ihren Kopf auf ihre Hände.

Sie hatte Randalls Namen reingewaschen, und wenn sie auch noch immer keine harten Beweise dafür hatte, daß Barthelmess ihn getötet hatte, so hatte sie den Politiker doch immerhin als den Schulhofschützen identifiziert und die Verbindung zwischen den beiden Verbrechen hergestellt. Sie hatte erreicht, was sie sich vorgenommen hatte, aber Befriedigung brachte es kaum. Im Gegenteil, sie fühlte sich wie ausgehöhlt. Alles erschien ihr sinnlos.

Die Zeit verging. Sie sah nicht auf die Uhr, als es klopfte. Danny Neel steckte den Kopf herein.

»Wie wär's mit einem Drink, Lieutenant?«

Sie wollte schon dankend ablehnen, dann dachte sie – warum eigentlich nicht?

Sie gingen zu Fuß zu Vittorio's. Wie oft war sie mit Joe hier gewesen, als sie noch jung verliebt gewesen waren. Hier hatte Jim Felix die Party zur Feier ihrer Beförderung zum Lieutenant steigen lassen. Es war ein allgemein beliebtes Stammlokal ihrer Kollegen, aber sie selbst kam nur noch selten her. Dennoch ging Vittorio selbst hinter den Tresen, um den Weißwein einzuschenken, den sie immer bestellte.

»Gratuliere, Lieutenant. Ich habe gehört, Sie haben heute einen großen Fang gemacht.« Er stellte ihr den Wein hin. »Der geht aufs Haus.«

Die Tür öffnete sich, und Nicholas Tedesco kam herein. Dann Julius Ochs. »Hallo, Lieutenant«, riefen sie und setzten sich zu ihr an den Tresen.

Einer nach dem anderen kamen die Männer von der vierten Abteilung hereingewandert – die, die gerade ihren Dienst beendet hatten, kamen von der Dienststelle herüber, und die, die in einer früheren Schicht gearbeitet hatten, kamen von zu Hause. Sie scharten sich alle um sie.